GAEA

GAEA

特殊傳說 II
恆古潛夜篇 04 完
護玄 著

特殊傳說 II

互古潛夜篇 04 完

目錄

特殊傳說 II

THE UNIQUE LEGEND

亙古潛夜篇

登場人物介紹

Atlantis 學院

姓名：褚冥漾（漾漾）
年級/班別：高中二年級/C部
性別：男
袍級/種族：無/人類（妖師）
個性：非常普通的男高中生，個性有點怯懦，不太敢與人互動。

姓名：冰炎（學長）
性別：男
袍級/種族：黑袍/燄之谷與冰牙族後裔
個性：脾氣暴躁、眼神銳利。不過是標準刀子口豆腐心的好人～
目前狀況：沉睡中

姓名：米可蕥（喵喵）
年級/班別：高中二年級/C部
性別：女
袍級/種族：藍袍/鳳凰族
個性：個性爽朗、不拘小節，喜歡熱鬧。非常喜歡冰炎學長！

姓名：雪野千冬歲
年級/班別：高中二年級/C部
性別：男
袍級/種族：紅袍/？
個性：有點自傲，知識豐富像座小型圖書館；討厭流氓！兄控!?

登場人物介紹

Atlantis 學院

姓名：西瑞．羅耶伊亞（五色雞頭）
年級/班別：高中二年級/C部
性別：男
袍級/種族：無/獸王族
個性：個性爽朗、自我中心。出身於暗殺家族，打扮像台客。

姓名：萊恩．史凱爾
年級/班別：高中二年級/C部
性別：男
袍級/種族：白袍/人類
個性：個性隨意，存在感低、經常超自然消失在人前，執著於飯糰！

姓名：藥師寺夏碎
性別：男
袍級/種族：紫袍/人類
個性：個性淡泊，不喜過多交談，是個溫柔的好哥哥。
目前狀況：醫療班療養中

姓名：席雷．阿斯利安（阿利）
年級：大學一年級
性別：男
袍級/種族：紫袍/狩人
個性：友善隨和，善於引領他人。

其他

姓名：休狄．辛德森（摔倒王子）
種族身分：奇歐妖精族的王子
性別：男
袍級：黑袍
個性：看重血脈、家族、榮譽，厭惡隨便打交道。

姓名：九瀾．羅耶伊亞（黑色仙人掌）
身分：醫療班，鳳凰族首領左右手
性別：男
袍級：黑袍、藍袍（雙袍級）
個性：科科科科科……

登場人物介紹

其他

姓名：式青（色馬）
性別：男
種族：傳說中的幻獸．獨角獸
特色：能化為獸形或是人形
個性：只要美人希望我怎樣我就怎樣～

姓名：凱里厄卡達
身分：魔使者
性別：男
個性：冷酷無情、毫無情感波動
特別說明：真實身分為「六羅．羅耶伊亞」！

姓名：烏鷲
身分：連結漾漾夢境的神祕小孩
性別：男
個性：似乎非常害怕寂寞
特別說明：真實身分為「陰影」。

姓名：褚冥玥
身分：大二生，漾漾的姊姊
性別：女
袍級/種族：紫袍/人類（妖師）
個性：直率強硬，很有個性的冷冽美女。
　　　異性緣爆好！

我們的故事，其實一直都未結束。
人從生開始，會有無限的選擇與不斷的分歧。
直到時間終止，那些還一直在繼續。
雖然有停止，但是遲早會再起步。

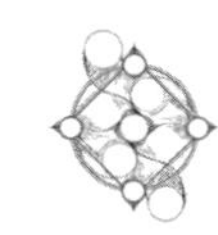

第一話　現實的接觸

黑白精靈隱遁世界、時間引退歷史不現。
羽族天空展翅肅肅、妖精錯落遊走凡間。
獸王喻如狂風殛雷、海民水中旋舞翩翩。
人類好比猛火流連、凶影只像暴雨閃電。

這是記載在圖書館中某本書的一段話。
源起於世界神話之一，廣爲人知的一段傳說。
那是一個屬於星星的故事。
很久之後我才理解這個神話所傳達的眞正過去。
比起聽與翻閱著過往的書籍記錄，不眞實地吸收，沒有辦法了解那個時代的傳遞。
我就只是看著個故事而已。
沒察覺到，眞實上演時，那些書中文字的講述，都還不及萬分之一。

※

四周空氣不斷震動著，幾乎可以感覺到空間被震出一片片漣漪。

視線所見完全都是黑暗。

「還沒、不要動。」

黑色仙人掌的聲音從黑暗某處傳來，靜寂的空間裡特別清楚，「這還眞是有趣的歡迎，沒想到連動手都不用了……不過我比較喜歡生鮮的，傷腦筋。」

生鮮的什麼？

那瞬間，我聽到怪怪很像電線走火的劈里啪啦聲音，接著四周又震動幾聲，猛然就亮起來。先看到的是五色雞頭的腦袋……太顯眼了。

「嘖，老三你傳對位置嗎？」頂著彩色刺眼腦袋的五色雞頭猛地站起身，我才發現原來他的姿勢是蹲著的，手上還提著不知道什麼時候脫出我手的小飛狼，抬手直接往我這邊丟回來。

「對啊，這麼多肉應該沒錯了。」

肉？

抱住飛狼，我過了幾秒才緩緩從轉移震盪中回過神來。

首先進入眼睛裡的還是一整片黑，白話點講，類似整個房間都掛滿黑布那種視覺效果，黑色甚至連頂上都罩住了，根本看不出來是不是我們剛剛離開的底部空間。

難怪五色雞頭會有那個疑問。

黑暗背景之外，我聞到一股異常濃郁的血腥味。

接著，看見黑色仙人掌的移動陣下，是近乎黑色的暗紅色液體，那股讓人雞皮疙瘩全部立起的味道就是從我們腳下傳來。

仔細一看，裡面還漂著不明的肉塊——

這應該是黑色仙人掌他家吧！

我們根本不是被傳到最底層吧！

等到意識到那是什麼時，我腦袋整個一暈，喉嚨也不斷湧出很酸的味道，差點沒直接吐在黑色仙人掌的陣法上。

「褚同學，吐出來我就抽你的骨頭。」黑色仙人掌對我露出非常險惡的微笑，讓我當場又哽回去了。

不過他怎麼知道我想吐？

難道又是跟學長一樣的可惡回答……因爲他是藍袍嗎！

意外地沒有什麼廢話的五色雞頭環顧了下周圍，「老三，還不少。」

因爲他罕見地沒亂講話也很正常，這下換成我比較緊張了，「這裡眞的是剛剛的地方嗎？」沒有看見走道也沒有看到牆壁，更沒有看見應該要在這邊的安地爾與其他人，那些黑色很像布幔的東西安靜到讓人發毛。

等等……是什麼東西還不少！

「漾～開戰了。」根本不知道我內心有多糾結多掙扎，五色雞頭瞬間甩出傷痕累累的獸爪，微蹲了身體。

站在一邊的魔使者也同時甩開黑刀，身體緊繃。

四周立即陷入詭譎的沉靜，而且這裡可見範圍有限，基本上怎樣看都是黑黑的，除了陣法外就沒什麼光源，讓人從腳底到頭皮麻起來。

連五色雞頭都沒有亂跑，這讓我覺得眞的很不對勁。

他連鬼王戰時都會亂跑亂竄啊！

「看來自己闖進來還眞是一頭栽進死路嘛。」黑色仙人掌笑得有點詭異，讓我更毛了，「不要亂動喔，同學，這次和在學院可是不一樣了，會死的。」

我一秒抓著飛狼不敢亂動。

所以到底是什麼狀況？

完全沒有半點聲音的魔使者盯著黑色的那些東西，看起來相當緩慢地移動了黑刃，但刀鋒卻在瞬間劃出了冷光。我們面前的黑色幾乎剎那被割開了非常大的洞，一片黑色中詭異地出現像是咧嘴笑開般的破口。

接著破口後面開始有了景色——那裡出現像是被硫酸還王水潑過一樣的殘破屍體。

地上可觀的血量似乎就是從這邊流出。

血肉模糊的屍體又讓我的嘔吐感湧現。

那個根本已經看不出是什麼了，整個扭曲得非常嚴重，可能是臉部的地方完全變形。

「漾～不要看。」五色雞頭的爪子擋在我前面。

「估計底下的封印幾乎都被解除了，我們剛好闖入陰影的中心點。」黑色仙人掌抓抓臉，然後拿下眼鏡收好在口袋裡，「這樣看起來根本沒有好的內臟可以回收，眞是白跑一趟了。」

難道你下來是專程要回收東西的嗎你！

魔使者揮刀的聲音又發出了幾次，周圍的血腥味更濃了，我在想那些黑暗後面應該都有著不堪入目的屍體，很有可能是原本留在這邊的夜妖精，或是其他闖入者。

這樣說起來，賴恩說不定也凶多吉少了。

而安地爾基本上從裡到外整個構成很像蟑螂，我倒是不覺得他會死在陰影爆發下。比較要擔心的是……他現在又跑去哪邊搞鬼了？

底下變成這樣十之八九和他脫離不了關係。

手邊的老頭公震動幾下，那股濃到讓人作嘔的血腥味緩緩淡了些，同時黑色仙人掌的陣法外多出一道像是隔離層的東西，接著啪答幾聲，幾條黑線撞在上面，沒辦法靠近我們。

黑色仙人掌瞄了我一眼，「喔，眞是好東西。」

果然有黑袍就比較不一樣嗎？之前城主還以爲是我自己辦到的咧。

因爲四周氣氛緊繃，我把米納斯取出戒備，有點怕怕地站著完全不敢動。

接著，水的聲音飄浮在我的側邊——

「這裡充滿了黑暗之力。」不知何時自己化體的米納斯完全無視於主人我的白眼，相當自主地出現在空氣中，鱗片的身體慢慢移動著，「老頭公雖然可以暫時隔離有害物質，但是時間一久依然會被襲擊。」

「呃、是多久？」

「約一個小時左右。」

這個叫時間一久嗎！

也太久！

根本馬上就到了吧可惡！

「漾～先把地板洗一洗。」五色雞頭不知道是終於手痠還是怎樣，爪子突然放下來，不過我也沒有看到那些屍體了。

被魔使者切開的黑色又重新覆蓋上去，剛剛出現的扭曲物體也被再度藏起，恢復一開始進來時的樣子。

……等等，叫誰洗地板啊你！

我並不是跟下來當工友的啊！

雖然在心裡這樣瘋狂抱怨，不過我也眞的覺得這個地上……該洗洗了。

「米納斯。」

轟地一記水子彈，把地上的濃稠血液沖得一乾二淨，擅自跑出來的米納斯也跟著消失了。

我深深覺得我的幻武兵器真的越來越不乖了，哪家的幻武兵器像我家的這麼來去自如？不要對主人視若無睹還自己出來逛大街啊我說！

「如果主人能夠讓人徹底放心就好了……」

而且還會頂嘴。

地面的血液被水沖淨之後，站在我旁邊、包括魔使者在內的三個人突然非常有默契地全都面向四周的黑暗，反而我被包在中間，有點怕怕地看著他們轉過來的背。

周圍的黑暗開始不斷出現怪異的漣漪。

然後，黑色的面孔從那裡面浮現出來。

我很難形容自己看到的是什麼。

不是夜妖精那種皮膚焦炭的黑色，而是一種很純粹的黑，好像張面具般覆蓋在人的臉上，眼睛睜開都是血肉模糊的窟窿，大概是剛剛那些屍體被黑色給裹住。

還沒想到是怎麼回事，照理來說應該死到不能再死的屍體突然震動了下，開始從那些黑色裡面爬出來，睜開的眼洞與黑紅黑紅的嘴巴裡湧出黑色扭動的細線，像蟲子般大量往外攀爬，一整個很視覺衝擊。

鬼王的手下都沒有這麼驚悚！

「原來這個就是傳說中黑暗驅使的軍隊啊。」黑色仙人掌看起來還算是心情愉快，不知什麼時候出現的鐮刀橫在前面，「嘖嘖，全都不能用了，爛到一個徹底，真是沒有藝術美感。」

我想如果是屍體完好然後剝了層皮、掛滿內臟血管開小花地衝過來，說不定他會異常高興地反撲回去——

不要在這種時候還要想挖屍體的內臟啊我說！

我突然有點累了，心靈上。

「漾～你不要亂動喔，本大爺也不知道打不打得掉。」五色雞頭嘖了聲，給我一個很不妙的發言：「行走江湖沒看過這種黑色行屍，妖道角又變種了！」

變種的……

我看著很像某種電影中會出現的東西從黑暗裡掉出來，沒有像正常人一樣直立，反而是手腳並用地在地上竄爬，一整個覺得很恐怖。

安靜的空間裡沒有太多亮光，好幾具那種屍體在我們周圍繞來繞去，而且似乎還有變多的趨勢。

難道下面的死者都被捲進來了嗎？

我左右張望了下，還是不太確定我們現在的方位。

邊看著，我突然有點火氣浮上來，不爽感壓下本來想吐酸水、在抽動的胃不適症狀。

「烏鷲！是不是你搞的！」那個傢伙果然完全沒有把我講的話給聽進去，下次再看到他先抄起來打屁股再說。

反正也沒有人說過夢裡面不可以體罰！

不曉得是不是我的錯覺，我好像看到四周那些黑色抽動了下，接著若無其事地繼續把會動的屍體丟出來。

像是被覆蓋在身上的黑色牽引，那些死透的屍體發出怪怪的聲音，濃黑血液滴在我剛剛才沖乾淨的地上。

完全沒有打招呼，就在我想著要怎麼對付臭小鬼時，旁邊的黑色仙人掌猛然揮動了鐮刀，同時，旁側的五色雞頭和魔使者也出手攻擊了。

被包夾在中間的我還沒反應過來，那些怪異繞走的屍體已被粉碎，全都變成肉塊掉在地上，速度快到我還以爲是加速版的絞肉機，連眨眼都還來不及就全切了。

出手這麼快可以嗎？

「老三，那些黑色的東西很礙眼，沒辦法弄掉嗎？」指指旁邊的整片黑，五色雞頭嘖了幾聲。

「可以啊，還有給我叫三哥、臭小子！」直接往五色雞頭那邊一刀揮過去，差點連我也砍掉的黑色仙人掌非常乾脆地跳出他的陣法，踩在某塊屍體上面，「三十秒。」

「三分鐘也給你。」五色雞頭跟著跳下去，囂囂張張地送他哥一記中指。

「好啊，你就給我撐半小時。」黑色仙人掌冷笑了，鐮刀上的骷髏也跟著亂笑，「沒撐過就剁掉你的手。」

說完，他沒等五色雞頭的回應，逕自把鐮刀往地上一插，也不知道是多用力，上面的骷髏突然全部脫落散開來半浮在周圍，繞成一個圈弧。

「第二型態。」

喃喃唸著我沒聽過的怪異語言，黑色仙人掌周圍開始颳起了怪異的黑風，那些浮在空中形成包圍圓圈的骷髏咯咯亂笑，空洞的笑聲加上骨骼碰撞聲，像是來自彼岸般讓人毛骨悚然。接著留在原地的鐮刀發出鏘然聲音，巨大刀面脫離棍身落在半空中被風捲住扭曲變形，像是重新塑造成某種型態。

似乎反應黑色仙人掌的動作，地面上那些肉塊跟著有了動靜。

黑暗不斷覆蓋在上面拉扯著，鄰近的碎肉與骨頭居然又被拉著重新組合，然後極度不自然地從地上慢慢站起。

「漾～不要亂跑喔。」丟下這句話後，五色雞頭快速地將那些重組打回地上，黑線跟著他的動作突然暴出，接著被隨後跟上的魔使者斬除。

「米納斯。」看正在重組的幻武兵器好像不是立刻可以完成，黑色仙人掌四周又很沒防備，我連忙朝他附近正在扭動的黑線和肉塊多開幾槍，把那些鬼東西打得更粉碎。

但我們的攻擊好像不是很有用，就算魔使者揮出了術法燒除散掉的肉屑，黑暗裡還是又補上新的屍體，越打越多，很快地我們周圍重新補滿了濃重的血腥味。

「全部回去。」

一直站在兵器前的黑色仙人掌突然前進了兩步，伸出手握住新成形的兵器，那瞬間他四周的風炸開來，強烈的風壓衝擊滿地肉塊，把那些物體掃出一段距離，接著出現的是……弓？

弓嗎？

看起來好像就是弓沒錯，型態跟千冬歲在用的差不多，都是一個彎彎的身體外加一條弦。

他握住的同時，圍繞在周邊的骷髏突然停止笑聲，接著包裹上一層烏色不明金屬，完全覆蓋後不斷向上抽長膨脹，像是有看不見的手快速熟稔掐捏拉扯，眨眼形成了九尊類似某種宗教佛像的大型女性雕塑，足足有一層樓那麼高大。

雕像重重落地，全都面朝外，詭異的黑色面孔上鑲有紅色或金色的寶石爲眼、爲飾，表情各有不同，有高傲有冷笑也有嚴肅，居高臨下睥睨著外面的敵人；六條手臂各成不同手勢，軀體也各自伸展開，有的是舞姿有的是斜站，有的赤裸黑腳下還踩著骷髏。所有雕像底部浮起相連的軌道，像是某種祭壇保護著圓陣中的黑色仙人掌。

如果不是因爲現在地點不對，我還眞以爲是某種密藏文化的展示現場。

……看起來比之前的鐮刀還要讓人發毛，尤其是在這種地方。

就在我想著不知道能不能稍微參觀一下時，被留在黑色仙人掌後方的鐮刀棍身突然發出裂響，刷地一聲朝兩邊成扇形裂開，抽成幾十支黑色的長箭插在地面。

「漾～快點蹲下來。」一跳回陣形上的五色雞頭毫不客氣地把還想觀覽的我整個踢倒，「當心飛出去。」

「飛出去？」

難道他是要射我們嗎！

要射也是先射你吧，明明每次挑釁別人的都是你，不要又牽拖到我啊可惡！

「你們自己當心喔，被射死不管。」黑色仙人掌發出了咯咯的恐怖笑聲，頭也沒回地一下子抽出好幾支黑箭搭上了黑弓。

就在他把弓弦往後拉時，我看見後面那些箭全都消失了，接著外圍詭異的女人雕像嘴巴慢慢張開，出現了好像變大的箭矢，蓄勢待發地含在嘴唇裡。

「老三的幻武兵器很變態，跟那個四眼田雞一樣，所以本大爺才都很討厭。」五色雞頭發出了牽連別人的批評。

所以你是因爲千冬歲會用弓才常常槓他嗎！

不要把這種事情也算在別人身上啊我說！

等等那些雕像不是環繞在黑色仙人掌周圍嗎——

「絕對殲滅型態。」黑色仙人掌說出了讓我覺得很不妙的話。

他放手那瞬間，我看見黑箭從女人雕像嘴裡往四面八方射出，挾帶著轟隆隆的聲響，很像強悍殺人的落雷不斷劈下。

接著箭矢打中黑暗瞬間，爆炸了。

沒錯，就像踩到地雷一樣，整個雄壯威武地爆了。

這根本不是弓箭！是火箭炮吧！

還有你這個根本是不分敵我的全體性攻擊吧！

什麼鬼武器啊！

我根本不知道黑色仙人掌的幻武兵器轟了多久。

地下洞穴劇烈搖晃，晃到我很害怕會連我們都被這種敵我不分的攻擊直接埋掉，趴在陣法上還可以看到地面出現嚴重裂痕了──

你到底是想敵人死還是自己人死啊！

底下的陣法泛出更明亮的光，看來也跟著增強保護作用了，一開始就擋在我們上面的魔使者也多覆蓋了層結界，很有自我危機意識的老頭公不用說也已經做好防範。

但在這種一層一層又一層的狀況下，還可以感覺到外頭重兵器傳進來的凶殘威力，讓我開始懷疑爲什麼當初鬼王戰時黑色仙人掌沒有使用這種型態，搞不好連鬼王都可以殺得掉。

啊，大概是不分敵我會全死光，所以才都沒用吧。

……那幹嘛要現在用啊！

我們死就沒關係嗎、渾蛋！

又過了一會兒，外面的轟炸聲才慢慢停下，周圍全都是被翻起的砂石亂飛和濃濃煙霧，那些屍體碎屑根本不知道被轟到哪邊去了，連一點點殘渣都不見。

等到煙霧慢慢平息下來，魔使者移動開後，我整個錯愕了。

不要說走廊還什麼，這裡完全被轟爆了，原本不大的空間被重擊成異常巨大的洞穴，讓我覺得在這邊蓋個體育場都夠了，而且頂上還疑似透光，可以看到遙遠的上方投射下淡淡的光線啊！

不是說只要收拾黑暗嗎！

你是打算連上面的人一併收拾了吧！

聽說上面還有叫作重柳族的人在重塑結界……該不會其實黑色仙人掌也跟他們有仇吧？所以才打算用這招把他們一起歸西了，想想說不定還眞的有可能，那三個一臉就是很容易到處得罪人家的臉。

給我多點字讓我好回到現實啊！

「眞通風。」一樣看到了上面那個穿頂的光，五色雞頭只有三個字作爲感想。

小飛狼則是被嚇傻了，整隻僵硬地愣在我懷裡，四隻腳還伸得長長的都不會動，我打賭牠生平肯定沒有看過這種驚悚場面，牠主人的訓練裡可能也沒有轟炸掉整個地下空間這項。

這下子我也不用擔心會不會被落石壓到的問題了，不過最上面如果還有人大概要小心，從這裡往上看只看到盤子大的光，如果從那裡摔下來大概不死也半殘。

煙塵被吹散後，轟掉整片地底的始作俑者才出現在九尊雕像之間，還很悠哉地把弓隨便擱在一旁。

「好，都收拾掉了，空間也變大了，有沒有心胸跟著寬廣一點。」

黑色仙人掌發出讓我想脫鞋丟他的話。

但仔細一看，剛剛四周包圍的黑暗眞的全都不見了，取而代之的是在我們不遠處，有一大團黑影不知道包裹住什麼，凹凹凸凸的形狀，完全沒有動作。

「封印之門在那裡。」黑色仙人掌如此說道。

太好了，連找都不用找，連黑影都可以被嚇縮回去保護原地，我還能講什麼呢。

張了張嘴，我發現有點太震驚了所以沒辦法馬上發出聲音，過了幾秒後才看著那些好像在邪笑的雕像發出疑問：「……這到底是什麼幻武兵器？」連自己人都殺也太狠了吧！

「喔，完全毀滅系的兵器。」黑色仙人掌撥了撥有點亂的頭毛，下面那張嘴巴丟給我回答：「跟奴勒麗的破壞兵器、普達重王差不多啦。」

……你這個是超渡系的兵器吧，敵我都超渡掉。

等等，難道奴勒麗的幻武兵器另一種型態也是敵我全毀嗎？

我決定以後離他們這些人有多遠就多遠。

「旁門左道。」本身也不是什麼正道的五色雞頭對他哥的兵器充滿唾棄，「是男子漢就要靠雙手打天下！靠這種東西算啥啊！鐵拳才是決定勝負的一切！」

那麻煩你用鐵拳去把陰影破壞掉吧謝謝。

爆破完全解除之後，我們底下的陣法也開始退去消失，很快地就踩到了爆炸後凹凸不平的地面，魔使者也暫時收起武器，顯示目前沒有立即性的危險。

重新拎起了弓，黑色仙人掌搭了一箭往黑暗包覆的地方射去。

我差點跟著一縮，還以爲那些塑像又要噴火箭炮了。

不過這次只是很簡單的射箭，長尾的黑箭直接插在大片黑暗中，發出了細微聲音，被射中的那部分散開了蜘蛛絲般的紋路，接著碎開。

像是剝橘子一樣，一個地方裂開後，陰影開始慢慢往外翻開。

我看見那中間站著小孩，最眼熟不過。

小孩臉色陰沉，陰影就像是他的翅膀般張開來，身後是已破了一半的封印大門。

隨著黑暗繼續往外翻，第二個看見的是被黑暗嵌在門邊左側柱子上的賴恩，不知道是死是活，黑色的皮膚看不出來有沒有事，眼睛閉死地被埋進柱子，只露出了臉和一點點胸膛。

另一根柱子埋著一個女人。

很快地，我認出來了。

是紫袍的女性考古學家。

然後，我將視線移回，看著站在門前的那個孩子。

這是我第一次在現實看見他的實體，先前頂多是幻影，現在就像有自己肉體一樣，存在得異常眞實。

「陰影的實體化嗎？」顯然也看見的黑色仙人掌露出很有興趣的表情。

連他都看見的話，那就沒錯了。

這個烏鷲，眞實地站在我們面前。

※

「爲什麼一定要逼我呢？」

烏鷲站在那邊，陰影慢慢地捲在他身上，再度散開時他的形體已經變了。最開始時我看到的是小孩模樣，現在像是成長抽長，變成十五、六歲的外貌，而且他的臉左看右看好像哪邊有點眼熟……

「漾～跟你很像耶。」五色雞頭摩拳擦掌一巴就想打過去。

不要看到我的臉就想打！

莫名其妙變成我樣子的烏鷲站在黑影上，硬生生就是比我們還要高不少，從上往下俯瞰，「從很久很久以前，你們要的就是被稱爲寶藏的黑暗力量，從戰爭、從爭奪、從殺戮開始，白色的力量與之抗衡，導讀的種族無法再度理解我們的語言，然後你們又開始要爭奪這些被封印的力量嗎？」

他的語氣一下子變得很成熟，跟之前我遇到的完全不一樣，我想應該是記憶幾乎都恢復的關係。

但幹什麼要變成我的樣子啊！

我又沒有比較帥，要選選別人啊你！

「喔，這個倒是沒有興趣，你還是乖乖回去睡覺吧，公會的黑袍封印師已經開始往這邊集中了。」靠在神像旁邊，黑色仙人掌涼涼地說著：「你自己主動點，不要讓我麻煩，封印母石有我們要的東西。」

我偷偷瞄了黑色仙人掌一眼。

頂替母石其中之一的是六羅，如果烏鷲肯甘願回去，說不定很多事情都可以順利解決。

似乎有點忌憚剛剛黑色仙人掌毀滅性武器的強大力量，烏鷲冰冷地看著他：「現在我的力量不到完全的十分之一，衝破母石封印是遲早的事情，到時候，你們認為還能威脅我嗎？」

不到十分之一嗎？

我皺起眉，想到剛剛那些被毀掉的屍體。

被丟棄在這邊的夜妖精、山妖精，可能還有考古隊和很多艾里恩的衛兵，就這樣不明不白地沒了，而這些都還不到他的力量一成嗎？

向前走了一步，魔使者突然擋在我面前。

「漾~你幹什麼？」五色雞頭疑惑地看著我。

「沒事，我跟他講幾句話。」把飛狼交給魔使者，我慢慢往前走，那張外表與我一樣、裡面不一樣的臉也直視我的動作，幸好沒有出手攻擊，就這樣讓我走到彼此的中間，「下來。」

烏鷲呆呆在上面看著我，好像沒想到會聽到這兩個字。

「下來講話。」很認眞地重複了剛剛的話，我順便指著前面的空地，「要不要隨便你，如果不下來，以後也不用來了。」

烏鷲愣了半晌，看了看後面的五色雞頭等人，然後咬著嘴唇一臉不甘不願、但眞的下來了，然後慢慢走到我面前，黑暗直接在我們兩個周圍劃出一個圈，似乎也怕其他人突然出手攻擊。

「你現在是我夢裡的那個，還是已經不是了？」看著臉色變化不定的對方，說眞的越看我也越想一巴打過去，沒想到正面看自己表情扭曲的臉還滿想打的……還好我沒有雙胞胎。

「還是……」想了半秒，烏鷲很快補上：「是他們先來欺負我的，而且我不想一個人待在這裡……」

「原本在這附近的人全死掉了嗎？」按著額頭，我其實一時也不知道該講什麼。

一路過來時明明還有不少人，現在卻連個骨頭都沒了。

烏鷲沒有回答我這個問題，只有點心虛地視線亂轉，「是他們的錯，全部都是他們的錯。我只要有人陪我就好……」

「所以，我不是說如果你乖乖的，夢連結就可以一直在一起啊……」

「你騙人！」猛然打斷我的話，再抬起頭時，烏鷲臉上已露出了不善的凶狠表情，「就算我眞的肯乖乖回去，其他人絕對也不會放過我。你們不是已經找來時間種族的人重塑封印了嗎！不管是現在還是以前，這些人都一樣！全部都一樣！是他們先開始的，為什麼我就必須要重新被封起來！什麼也沒有、一直待在黑暗裡面！」

看著我，他突然冷笑了起來，「於是，只要我將這裡完全毀滅，直到沒有其他人之後，不管是不是在夢連結，我們都可以遇得到吧。」

黑色的物體從四周不斷向外延展，然後在其中浮出一個個人形，不需骨頭或血肉，帶著青色眼睛的黑色人形逐漸排列開來。

「漾～快回來！」後方的五色雞頭叫了很大一聲，我轉頭才發現他們那邊四周也全是一樣的東西，而且還漸漸往那個光點的方向前進。

「就算我們是毀滅世界的兵器，也是會難過的。」慢慢往後退開，烏鷲用複雜的表情說著：「世界歷史，沒有人真正知道當初被創造出來的我們代表什麼意義，那麼，就讓知道的人去毀掉那些討厭的人吧，我並不需要那些。」

我退了兩步，注意到他剛剛那段話有點怪，「到底誰知道？」

烏鷲並沒有回答我，從他身後傳來另外的聲音：「當然就是我。」

然後，我看見消失的那隻蟑螂……不是，那個鬼王高手就站在黑暗之後、封印之門前面，絲毫無損，還一臉挑釁地看著我們。

「你果然沒死啊。」相較於兩個被掛柱子的，還可以站在我們前面的安地爾顯然得到好很多的待遇。

「承蒙妖師的協助，你越覺得我不會死、我就不會死。」安地爾臉上的笑實在讓我很想一槍開過去，也不知道會不會開花。

那還眞是抱歉，原來我應該日日夜夜想你死才對嗎！

你應該早點告訴我！我肯定每分每秒都詛咒你快點死一死！

「幸好你們都跑上去，讓我跟陰影有短暫的時間可以聊聊，啊、雖然這邊沒有桌椅有點煞風景，不過的確是有好的共識了。」無視於我們這邊的瞪視，鬼王高手繼續那種很討厭的微笑，順便還捅了我們幾句，「眞是感謝了。」

「封印已經打開了嗎。」看他好像已經和烏鷲有合作的協議，我也知道事情不妙了。

「喔，還差一點喔，最後那個代替封印之石的東西怎樣都弄不死，有點棘手，不然你們其他人早該被黑影吞噬了，沒可能活著又回來。」把玩著手上的黑針，安地爾很不以爲然地回答我的問題：「褚冥漾，我老早就說過了，跟我合作是不吃虧的，起碼命還會留下，依照你妖師的身分，世界顚倒後，就等於精靈族的存在，跟著那些種族不會有什麼好發展。」

「謝了，我現在待得很好，還有拜託不要一直來找我，換個人會更好。」

話說完，我馬上抱頭直接朝前趴下，老頭公瞬間在我周圍布下一層層結界，連米納斯都圍繞上一層水霧。

在我身後，黑色仙人掌再度拉開他的弓。

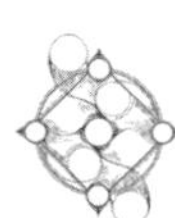

第二話　破碎的生命

是說，如果黑色仙人掌的幻武兵器還沒取名字，我覺得「核爆一瞬間」還滿適合的。

在地底空間爆了第二次、上面變得更通風之後，我深深這樣認爲……還有，這次公會搞不好要賠大了，因爲聽說這裡好像是契里亞城花錢買下要開發成觀光勝地的，現在連可以觀光的地方貌似都沒有了。

這次爆炸粉塵退得很快，自主發動的米納斯幾乎瞬間洗去暴塵，讓比較靠近的我可以馬上知道眼前狀況。

剛浮現的陰影果然又全都被炸毀，只剩保護著封印的那些。

「眞是，久久沒發動這個型態，一發動就這麼耗力。」黑色仙人掌的聲音從我身後傳來，他旁邊的箭支已經只剩下一點點了。

「老三，你不會現在喊沒力了吧。」五色雞頭在鄙視他哥。

接著一支黑尾箭射過去，差點被串起來的五色雞頭罵了兩句我沒聽過的話。

回過頭，我看到黑影再度打開，被裹在裡面的烏鷲和安地爾果然一點事情也沒有，不過可能閃得有點勉強，身上多少有被砂石擊中的痕跡。

「你們這群傢伙，要是不快點解決，這裡可能會被轟到連渣都不剩喔。」看起來好像還可以多來兩次的黑色仙人掌笑得很可怕，可見他剛剛一定有聽到安地爾在講母石的事情。

我沒有跟黑色仙人掌講過六羅的事，但隱隱約約總覺得他知道的應該不比我少，是因爲公會的關係還是他家本身的關係？

算了，不要想太多以免自己腦破比較好。

在黑色仙人掌講完話後，五色雞頭和魔使者幾乎同時出現在我身邊，還動作很一致地一個甩刀一個甩爪，顯然有速戰速決的打算。

「對付我們之前，你可能還有比較棘手的人要應付。」優雅地拍掉身上碎石，安地爾彈了下手指，本來被困在柱子上的賴恩和那名紫袍同時落地，包圍住他們的黑暗瞬間侵入皮膚，消失無形。

「哈，就這兩個嗎，本大爺一隻手就夠拍死他們了。」獸爪發出幾個骨節聲，五色雞頭一臉自己要打兩個的興奮。

「不，我指的可不是這個。」安地爾很快地反駁他的話。

同時，從我們上方那個已經變很大洞的空間快速跳下幾條影子，而且全都朝我凶惡地靠近，連我都可以感覺到刺痛的壓力。

眨眼剎那，鏗鏗鏘鏘的兵器碰撞聲在頭頂上炸開。

我過了好幾秒才反應過來是什麼東西差點像切西瓜一樣把我的頭切成四片。

三把長得很像的長刀直接被擋在我頭頂，擋住的除了魔使者的黑刀、五色雞頭的爪子外，還有柄很陌生的長刀，最後這個應該是和那些身影一起跳下來的，地面被衝擊出一股冷風。

接著，我後知後覺才看見那三把刀的主人……是重柳族那些我超想掐的傢伙。

他們不是在上面重塑封印之門嗎！跳下來砍我幹嘛！

然後拿長刀的那個，是早先與我們分開行動的艾里恩，剛剛好擋住了最後一把刀。

「妖師！」三個重柳族其中之一發出了怨恨的語氣。

原來砍我比重塑封印還重要嗎！

我感覺到頭上有點熱熱的，一摸還眞的有血流下來，然後我才注意到剛剛好像眞的差點往生了！這次連我阿嬤都沒出現，就差點被砍死了啊啊啊啊啊啊！

「違逆時間的存在！」另一人瞪著魔使者，瞬間，他的刀便斜切往魔使者揮過去。

一動作，我才發現腿都軟了，有點半癱連動都動不起來。

小飛狼從我手上竄出去，立時變成巨大飛狼，把跟著掉下來的三隻大黑蜘蛛打出去。

「所以，才說跟著我們這方比較不吃虧啊。」安地爾發出很刺耳的笑聲，轉頭就往已破掉一半的封印之門走進去，沒再管我們這邊了。

烏鷲冷哼了聲，還是多看了我兩眼，才慢慢跟著進去。

「站住！」正想追上去，一把刀揮過來，我差點被砍個正著。

很俐落擋下攻擊的艾里恩冷冷看了來添亂的重柳族，「難道幾位寧願浪費時間也不去重造結界嗎？」

「……門已毀。」重柳族女性的聲音更冷，而且還非常生氣地瞪著我，「被妖師連同所有遺跡盡毀。」

……

給我看看妳身後啊！

毀掉的人跟那九個神像還站在那裡！妳是眼睛瞎了沒看到那邊有重兵器嗎！而且中間那個傢伙還在打哈欠、去砍他啊！

快給我轉頭去看那個真正連門都轟掉的元凶！

等等！居然連封印門都毀了！

我直接瞪過去黑色仙人掌那邊，他還悠悠哉哉給我聳肩，一整個就是「那麼不耐打怪誰啊」的態度。

……我應該說不愧是殺手家族的人嗎，相信他真是我的錯。

很想直接跪在地上深深懺悔，不過還來不及這樣做，艾里恩已一把抓住我的領子往後丟，順勢攔下了那個女重柳族的刀，「快去阻止他們破壞封印之門。」

魔使者和五色雞頭已和另外兩個打到拉開一段距離，連飛狼都對著三隻蜘蛛咆哮，黑色仙人掌不知道是不是不能離開原地，一直站在那邊……總之，還可以自由活動的貌似只有我。

「快點！」艾里恩的臉很蒼白，長刀一揮，直接撞上那個女性和我拉出一段距離。

「呃……我是很想。」

但是你有沒有看到我前面站了兩個被扭曲的，一個是紫袍艾麗娜、一個是夜妖精賴恩，再怎樣看，他們的危險程度也不低於重柳族啊！

轟然一聲巨響，頂上又跳下兩個人，正好就站在我面前。

所以黑色仙人掌打穿那個洞變方便很多，看看現在大家都不用走迷宮了，一個接著一個跳下來就對了。

是說既然連門都被轟掉，這些人安然無事也算是厲害了，畢竟仙人掌是突然發難、還完全沒告知，差點連我們都一起打死。

「艾麗娜！」還沒站穩，跳下來的其中一個看見紫袍低吼了。

「那已經是陰影侵蝕體了。」站在旁邊的默克按住想上前去的沃庫，皺起眉，「你知道，來不及了。」

沃庫頓了下，突然抹去所有表情。

「那至少，讓我送走她。」

「快趁現在進去。」

四周全都僵持不下時，我隱約聽到另一個淡淡的聲音：「制止正在發生的事情。」

不知道是誰對我講的，總之現在大家各打各的，我也沒想太多，握著米納斯直接向封印之門衝去。

夜妖精和紫袍瞬間出現在我面前，然後眨眼被沃庫和默克阻擋，趁這機會我很順利地衝到了還被陰影包圍大半的封印之門前面。

整片地底大概就剩這邊還完好了。

我看到上面的母石已經裂開一半，門也被毀得差不多，不過更前面有黑暗簾子阻隔著，所以從這邊看不見安地爾和烏鷲的動作。

水珠出現在我周邊。

「別動、暫時不要動。」米納斯的身影輕輕浮現，然後她伸出手，無數帶著銀光的水滴快速組成，刷洗著攀附在牆面上的黑暗。

那種銀色似乎不是我幻武兵器的力量。

「……水嗚？」

現實與夢境交錯那瞬間，我看見有另一種東西和米納斯重疊在一起，藉由什麼力量幫助我們打開了黑暗的道路。

就在黑暗一點一滴被破開時，我突然感覺到脖子後面一涼，整個人馬上往旁邊跳開，正好一柄彎刀劈在我原本位置上，如果剛剛猶豫半秒，現在應該已經變兩半了。

銀色的水力量瞬間削弱大半。

「消失在歷史中吧，妖師。」不知道什麼時候甩開艾里恩逼近我的重柳族發出了冰冷的聲音：「你們沒有存在的價值，與黑暗一起永遠……」

眞是有夠煩的！

知道水鳴正在和米納斯做連結，又被硬生生打斷，我的火氣也跟著起來了，「與其殺我，還不如進去殺那個鬼族啊！這麼多陰影，難道不用先處理嗎！先後順序搞清楚一點啊！」

「是一樣的。」給了我莫名其妙的回答，那個重柳族又揮刀殺上來。

米納斯暫時不能動用，對方又強到一個見鬼，該不會我眞的今天要去見我阿嬤了吧！到今天才去見也太慘，至少讓我先抓到烏鷲狠狠地揍幾下屁股啊！

小孩子沒人打，他都不知道要怕！

彎刀劈下來那瞬間，我聽到好幾個叮叮噹噹的聲音，重柳族的刀突然被打偏，地上掉了好幾顆我之前看過的水晶珠。

「快趁現在進去。」米納斯直接推了我一把，然後突然成形擋在門口處，從她水做的身體中分裂出另一個形體，很明顯不是我的幻武兵器，是另外一個。

瞪著地上水晶珠半秒，重柳族馬上回神，刀子一揮又想打上來，不過被米納斯的水給擋住了。

「不允許你觸犯我的主人。」帶著冰冷嚴厲的聲音，米納斯抬起手張開手掌，多出來的那個形體變成了長劍讓她握進手中，直指攻擊者。

「閃開！」

米納斯冷哼了聲。

估計她應該有自己的辦法……好吧，就算再怎樣都比我有用，我還是不要在這邊打擾他們了。

鑽進被破壞的封印之門，進去前，我看了第三封印，上面已經有點淺淺的裂痕，不知道裡面那兩個人到底在幹什麼，總之我絕對不會讓他們就這樣害死六羅的。

……是說他好像已經死了。

算了，先進去再說！

看著被水鳴刷出來的路，我也沒想太多，直接向前跑。

反正總是會有辦法的、大概。

一路衝過去到達盡頭，原本我預想裡面應該就是個大房間還是個小房間之類的，然後有個什麼關鍵性的東西關著陰影，結果沒想到進去後，還是一條走廊。

難怪剛剛在外面會看不到裡面。

黑暗的走廊兩邊全都是已模糊不清的雕刻，可以看得出有著輪廓，但根本分辨不出來是什麼東西。

不知道是時間太久還是被陰影磨平的。

進入通道後，變得異常安靜，外面的聲音瞬間消失，一轉頭，身後的路不見了，只有不知道從哪裡出現、隱隱約約的光讓我可以看清這條走道。如果不是知道水鳴就在附近，我還真沒勇氣自己一個人走這種地方。

通道沒有我想像的那種走到死的長度，也沒有整人的迷宮，很快就變寬，最後出現了巨大空間。

一抹暗紫色的火焰在空中搖晃燃燒著。

安地爾就站在那個地方，像以往一樣微笑著等我踏進去。

……該不會我又中他招了吧？

「放心，到這邊我就不會再耍手段。」貌似知道我在想什麼，鬼王高手笑了兩聲。

鬼才相信你的話。

不對、連鬼都不會相信你的話啊我說！

硬著頭皮走進去暗紫色的空間，這裡異常空曠，只有安地爾踩著的地板有個圖騰印，以及上面的一團火，之外就什麼也沒有了……大到可能喊兩聲還會有回聲，目測大概有普通操場大、好幾層樓高吧。

這就是封印陰影的地方？

烏鷲慢慢從空氣中出現在安地爾旁邊，證明我沒有想錯。

「這邊是裡封印，與外面的母石封印相對連結，移動外面等於移動這邊。那麼，你跟我們是一樣的，趁現在這個機會，快點考慮到底要不要加入我們的陣營吧。」優雅地勾著笑容，安地爾甚至還故意行了個禮，「此處陰影已經答應要協助耶呂鬼王，只要取得力量，我們的王立刻可以重新降臨世界，到時候就不只學校那次那麼簡單了。」

「既然學校那次你們都慘敗，再來一次也是一樣的吧。」不管他們來多少，其他人肯定可以再擊退。

「先前用的是凡斯的軀體才有所限制，但只要陰影造出容器，耶呂鬼王就可以發揮完全的力量。」提醒我剛剛在外面看過什麼，心情很好的鬼族環著手，「鬼族第一王者的實力，在學院戰時根本沒有發揮出過半，如果不是因爲無法使用全力，你們的學院應該早在第一時間就被全毀，根本別想反擊。」

「……」還沒過半是嗎……難怪他那時候帶來的什麼什麼高手都那麼強，和鬼王的感覺有點不搭嘎。

看來那時候我們算是僥倖了。

「耶呂鬼王可是獄界屬一屬二的王者，與妖魔之王可以比擬。」站在我面前的鬼王高手又附上這麼一句：「某方面來說，不會有什麼壞處。」

騙鬼。

最好是沒壞處。

「選我們。」烏鷲露出很渴望的表情注視著我：「你和我們一樣都被世界歷史當作敵人，應該要站在我這邊，我們可以永遠在一起，這個世界其他的都不要。」

世界的敵人嗎……

妖師、鬼族、陰影，似乎還眞的都不是太好的存在，而且還被一致劃上等號的。

「褚冥漾，你都不奇怪爲什麼沒有被陰影侵蝕嗎。」看著我，安地爾說著。

「……老頭公的結界。」不然就是烏鷲下意識不想影響到我吧。

「你用陰影夢連結那麼久，連一點都沒被影響，不覺得怪異嗎？難道你沒有注意到你的夢使者很容易衰弱嗎？你都不認爲是因爲陰影相連的關係嗎？」鬼王高手再接再厲地繼續發問。

他這麼一說，我也疑惑了。

長期和烏鷲接觸，爲什麼我會沒事情？

「運氣好？」

「你是笨蛋嗎？」

說眞的，安地爾微笑說出這句話時，我還滿想衝上去賞他一拳的。

你才是渾蛋！

「我對這些東西都不感興趣，你們到底還想做什麼。」

有時候，人不要知道太多，很多次慘痛外加皮肉痛的教訓告訴我別太好奇，所以搞到現在我都沒什麼求知慾了……拜託千萬不要告訴我！

我心臟不好啊！

安地爾聳聳肩，「等我幫助他脫離封印，能做什麼就做什麼，包括殺光外面的礙事者。」

你去殺重柳族我是沒意見、謝謝，但是其他人我並不想讓他們又重複以前那些事情。

像阿斯利安一樣、像學長一樣，還有很多很多人。

最早開始，很多事情明明都是我可以做到、甚至阻止發生的，但是我卻讓他們被牽連波及了，而自己卻什麼都沒有做。

夏碎學長知道自己會死，但還是選擇要用自己的方式照顧千冬歲。

摔倒王子明明很嘴賤，但對於自己想要的很努力追求、然後又被一棒打回來……希望他早日了解自己眞的搞錯方向了。

所以，即使是這樣的我，應該也可以有所選擇。

於是，我才會站在這個地方，這種以前我打死都不會來的地方。

「所以、決定好了嗎？」那個輕輕的聲音又傳來。

「嗯。」

「那就證明，妖師存活的價值吧。」

「米納斯！」甩出了幻武兵器二檔，我快速填充帝給我的贈禮，「我絕對不會讓你們離開湖之鎭的範圍。」

因爲在外面，還有其他人。

「褚冥漾，你還是這麼不知好歹啊。」安地爾冷笑了。

「沒關係，你一定會加入我們的。」烏鷲伸出手，陰影瞬時布滿四周，將牆壁全都抹得漆黑，連光都黯淡下來，「如果不想受傷，就不要抵抗。」

評估著帝給我的子彈有沒有黑色仙人掌那種爆發力，可以一次掃蕩整間陰影，突然一隻手掌從後面伸出來，按住我的動作。

「這是我的任務。」不知道什麼時候跟上來的重柳族青年從我旁邊走出來，手上提著與之前完全不同的長刀，整把都快比他高了，上面綁了好幾個封條，還寫了怪怪的文字，「做你該做的事情。」他指著嵌在老頭公上的黑石，說道。

我現在才發現，他的聲音就是那個淡淡的講話聲。

「眞是，你也眞麻煩，難道時間種族都這麼纏人嗎。」鬼王高手露出個誇張的嘆氣。

相信我，不是只有會纏人，他是特別會纏人，看我被跟那麼久就知道了，他們根本纏不放棄的，意志力堅決到普通人沒辦法參透的領域了。

連颩風下雨重傷看到怪事情都沒辦法逼退就知道有多堅決！

其實你們是公的鮟鱇魚吧……

沒有回答對方的話，重柳青年單手握住那把有點過大的刀，好像完全沒重量一樣，倏然指向了陰影與鬼族，「這名妖師與你們不同。」

「喔？這種話從重柳族嘴裡講出來，還眞是有點諷刺。」安地爾把注意放到實力幾乎可以對立的重柳族身上，比起我，再度出現的時間種族貌似才是他最難搞定的對象，「重柳族不就是追殺妖師一族的人嗎。」

繼續不回答對方的話，重柳族青年發揮他的冰冷性質，一直給對方釘子碰。

我偷偷瞄了下他的腰，似乎重新包紮過了，看起來沒有之前那麼嚴重，起碼沒有再滲血。

「帶著黑石，找到適當的機會扣進地上的最後封印裡，我會將最後一個替代母石的力量轉移出來，別錯過了。」

愣了下，所以他的意思是要幫我把六羅弄出來嗎？

那把長刀發出了清脆的聲響，震動周圍的空氣，連陰影都不敢逼近，不知道什麼時候成形的人體在外面發出斷斷威脅聲。

「看來你也不算是一般重柳族族人，能夠動用到封印武器。」抽出黑針，安地爾慢慢收起笑，臉上浮現的是嗜血的冰冷表情，「難道你在重柳族中有很高的地位嗎？能如此輕易動用這類兵器，不是王族身分也是貴族身分，眞是讓人好奇哪。」

依然選擇當蚌殼一個字都死不肯說的重柳族一個頓步，瞬間衝到安地爾面前，長刀一揮，兩人一起翻出圖騰刻印外。

然後，我走向前。

烏鷲前面沒有陰影，似乎也在等我過去。

「你跟其他人一樣了嗎？認爲我不應該在這個世界上？」烏鷲用著我的臉，對我發出質疑，「我……知道很多事情，從很久以前開始我們就存在的那些事情……」

「那個先放在一邊，不要用我的臉講話，很不習慣。」都不知道他是故意的還是無心的，本來樣子好好的，沒事幹嘛用我的外表，讓我越看越覺得手癢，就想往自己臉上打。

癟了嘴，烏鷲有點不甘不願的，但在黑影拂過之後，變回原本小孩子的樣子。

是說，難道他這個樣子是六羅以前的樣子嗎？因爲之前是使用他的殘缺記憶，而且外表上也滿相似的。

「所以，你眞的也想把我封印回去嗎？」抬起頭的小孩，露出了像是快哭出來的表情，拚命想確定我的答案。

「我一開始就講過我不想做這種事情，但是，爲什麼你也不肯聽我的提議，你知道很多事情，你應該知道出來會造成什麼後果，爲什麼不聽。」明明事情還不算難解決啊，搞成大家都打起來也不知道要怎麼收尾。

「那是因爲……」烏鷲突然仰起頭，微笑。

我感覺好像有什麼冰冷的東西從我腹部穿進去，低頭一看，不知道什麼時候出現在我身邊的陰影，像是把刀一樣，貫穿過去。

「因爲我是陰影啊。」

都不知道這次出來到底是怎麼回事，大家有事沒事都喜歡挑我的肚子捅。

不過也好啦，總比頭被扭掉來得好……

捂著劇痛的肚子，我直接腳軟跪下去。

「正好我們一直打不破最後一個封印，如果有妖師的血和力量，應該可以輕鬆很多吧。」

烏鷲歪著頭看我，然後露出了以前在夢裡那種笑容，「沒關係，很快就可以把那些討厭的東西都消除掉。就像那些光明的種族討厭我們一樣，只要把世界全部染黑，我們才是『正確』，而他們才是『邪惡』。」

我摀著肚子，心裡一堆想問候的髒話。

果然火星人跟正常人類是不一樣的，到底爲什麼學長他們每次被捅來捅去砍來砍去都可以面無表情繼續打，我被捅個洞就痛到眼淚快噴出來了……超痛啊！怎樣都不會習慣的我說！

看著地上流了一灘血，站在旁邊的烏鷲不知道在幹什麼，離開我一小段距離，所以我忍著隨便摸了兩把。地面的圖騰其實是個刻印，不是那種法陣，是刻在地面的巨大存在，摸下去有很多凹凹凸凸的地方，不過看不出來封印在哪邊。

「快點找到。」傳到腦袋裡的話雖然很冰冷，但重柳族好像隱隱挾著火氣。

我轉頭一看，他正把安地爾打得節節敗退，不過也沒比對手好到哪裡去，右手已經被插了好幾支黑針，看起來不是很妙。

說得簡單，請想想我只是普通高中部的學生，我人生在兩年前還是個正常人類，這麼複雜的封印我怎麼看得懂啊！

你以爲我是外掛全開嗎！不要如此要求一個沒有外掛的普通人啊！

等等，我看不懂的話……

側過頭，我看見剛剛捅我一刀的烏鷲已經走到了另外一端，離我這邊有一小段距離，他抬著左手，手上轉著一圈血球……難怪我就覺得我好像失血很多，但地上的血量不知道爲什麼看起來卻很少，原來是被他給拿走了。

「米納斯。」可以感覺到外面的力量都收回來了，我讓槍轉成二檔，靜靜地放置平貼在地上，然後從手環敲出了那塊黑石。

瞬間，老頭公的力量也偷偷流瀉出來，包著那塊石頭。

很好，不要引起其他人注意。

慢慢地將石頭裝塡進米納斯裡，另外那邊的烏鷲也已經把那些血和黑暗混在一起，做出一把短刀。

就在他刺下去那瞬間，我也扣下了扳機。

預料中的巨大衝擊力直接把我撞出去，狠狠摔到很外面、撞到牆邊才停下來。

不管有沒有傷口，照例又摔到差點全身解體，我痛到爬不起來，只看見本來纏在一起打的重柳族青年和安地爾幾乎同一時間往刻印衝去。

也幾乎同時把黑刀送進封印裡，被米納斯衝力彈開的烏鷲，可能沒想到會被我反咬一口，錯愕地看著封印處瞬間爆出了黑色光芒，接著還未讓他來得及有任何動作，那道光直接綻開，快速爬滿整個刻印，導出另一種金亮色澤。

快一步到達的安地爾朝刻印周圍散出大量黑針，整排黑針刺進了光還沒到的地方，擋住了黑金色的傳導，「阻止時間種族！」

立刻回過神，烏鷲發出了怒吼，陰影瞬間爆開，朝已經翻上空的重柳青年包圍過去。

沒閃沒躲，青年翻著手上已撕去所有封條的長刀，揮開大量陰影，眨眼瞬間落在刻印上，毫無猶豫地將長刀往我剛剛射的地方插去，直到刀柄碰地才鬆開手，炸開整片刺眼的銀色光。

然後，我看見他從刻印地面拉出了第四個人，銀光讓我不得不捂住眼睛……畢竟我還是人，不是五色雞頭，持續看那麼閃的畫面是會眼睛瞎的！

再睜開時，重柳族青年已經衝出刻印，翻了一圈落到我旁邊，動作迅速地拔掉手上所有黑針，然後根本沒問沒講一把抓住我就往出口處跑。

「嗚、現在是……」我看刻印那邊還一直爆銀光，看起來還真有點煙火大會的感覺，不過是從長刀那邊爆出來的，這讓我想起我們之前去炸掉水妖精聖地，也是差不多這種畫面。

「失敗了。」聲音直接傳到我腦袋裡，挾著我跑的青年騰出另一隻手，上面是被我打出去的那顆黑石，已經出現裂痕，另外還有一顆暗淡顏色的光球，「保護好。」

不用講，我當然知道光球是什麼東西，所以連忙將這兩樣都塞進老頭公裡。

後面還在炸銀光。

重柳族速度非常快，而且一路上逼退了攔路的陰影，在我收好同時，我們已經撞出封印之門，重重摔在前面的階梯平台。

四周一片光亮。

痛個半死後，我才注意到一樣趴在旁邊的青年身上都是傷，衣服好幾處都破損了，拔去黑針的手臂上還有幾處黑色痕跡。

空氣安靜了下來。

「漾～快躲開！」

我遲了一點才想起要我命的其他重柳族還在外面，但身體痛到連根腳趾都動不了，完全沒辦法移開。

鏘然一聲，黑刀擱在我身側，擋掉奪命的彎刀。

魔使者揮動了手，將衝上來的重柳族打回去，接著將黑刃插在地上，轉出了大大的塗鴉陣法，阻隔還想過來的對手後，一轉頭就將手掌按在我們兩個身上，用起了治癒類的術法。

這時候，我才有時間看外面變成了什麼樣子。

黑色仙人掌的神像已經不見，他站在較遠些的地方，手上掐著賴恩的脖子，將他重重摔在地上。

默克和艾里恩則是擋住女性的重柳族。

五色雞頭在打艾麗娜，沃庫和另一個重柳族已經躺平。

飛狼還在和三隻大黑蜘蛛搏鬥。

除了魔使者外，所有人身上幾乎掛彩，剛剛已被打得很大的地下空間又多了好幾個窟窿，看起來殘破到一個極致。

這種地方之後若要從頭蓋城鎮，就算是免費的我也不要住，誰知道哪天會不會突然地層下陷，太危險了！

魔使者的治療沒有持續很久，只是基本處理，稍微讓我們傷口止血後，塗鴉陣法就被剛才揮刀的重柳族打破，對方一看見我就像看見殺他全家的仇人，略過魔使者往我砍過來。

像是反射動作，魔使者移開按在青年的那隻手，直接握住砍來的刀面，血噴出來的同時手腕一扭，重柳族的彎刀被他折成兩半，回手就將斷刀反射回去。

重柳族跳開，不過沒有眞的全躲過，臉上的布罩被射下來了，露出一張看起來就是歐吉桑、還帶有刀疤的臉。

……跟蹤我這個長得比較好看。

我還以爲會像精靈一樣每個都漂亮到想掐死他，沒想到還是有如此平民化的，眞是讓人有淡淡的感動。

重柳歐吉桑注意到封印裡一直閃爍的銀光，臉上明顯浮現不爽的表情，惡狠狠地瞪著從我旁邊爬起的青年，好像當場抓到姦一樣，大有連他一起劈死的氣勢。

魔使者拔起黑刀，瞬間擋在我們面前，順便遮掉那個很像在用眼神殺自己族人的視線。

歐吉桑丟開斷掉的武器，然後握著空氣，平空抽出一把新刀，也不知道是想先劈我還是先劈我旁邊的。

不過他還來不及劈，我們後面的封印門就發出一大堆怪聲音，接著銀光猛然停止，破風聲從裡面傳出來。

本來還坐在我旁邊的青年一個翻身抬手，接住被他丟在裡面的長刀。

那把刀已經全變成黑色了，而且裂得很嚴重，破破爛爛的完全看不出原本模樣。青年面無表情地看了幾秒，另隻手在刀面上一彈，刀瞬間粉碎，變成粉塵掉落在地，全然消失。

接著，地面開始微微震動了起來。

本來在鬥毆的其他人都停下動作，艾麗娜和賴恩就像被操縱的人偶失去動力般停止了，抓住機會的黑色仙人掌快速往他們身上打了幾個術法，趁隙將這兩個制住。

「陰影衝破最後封印。」青年看著地上的粉塵，站起身，很冷淡地開口告訴自己同伴。

其實他省略很多。

如果他同伴知道是因爲拿我的血去衝的，肯定不管現在情況危急，直接衝過來扭斷我的脖子……有可能也會一起扭斷青年的脖子。

歐吉桑冷冷瞥了我們一眼，然後吹了口哨，還在和飛狼僵持的黑蜘蛛馬上跳來，另外還清醒的女性重柳族也出現在他旁邊，絲毫沒有理會被擺平的那個同族有沒有事情。

對手都跑掉之後，五色雞頭幾人很快地也出現在我們這邊。

默克拖著沃庫，幫他簡單治療後對方清醒了，看到艾麗娜被黑色仙人掌封住，嘆了口氣。

雙方人馬站定後，地裡震動逐漸停止。

接著，我看見那道封印之門像之前上面的建築一樣，晃動幾下，無聲無息塌了，露出隱藏在裡頭的黑暗走道。

就在這時，不屬於在場任何一人的聲音打破僵持。

「啊哈哈，你們這些人也太有趣，就這樣讓陰影自己跑出來了啊。」

我抬頭，看到單眼黑烏鴉從半空中飛下，盤旋下落在魔使者頭頂，嘎嘎地發出水妖魔的大笑：「眞不愧是我們有興趣的傢伙們，果然把封印之地搞得一團亂。」

……妳是來湊熱鬧的嗎我說。

「妖魔！」重柳歐吉桑發出冷哼。

「喔？重柳族的小蟲子們，還在大地上一爬一爬的啊。」只回了他這幾句就懶得再抬槓，烏鴉直接轉向我：「到手了嗎？」

「拿到了。」我想她應該是說六羅，還在這種時候出現，大概也是一路在監視我們吧。

「拿給那個鳳凰族的，他知道怎麼做。」烏鴉用喙指向站在旁邊的黑色仙人掌，後者正在把玩一顆血淋淋不知道是什麼、好像還滿新鮮的東西。

看到他的動作，我們這邊有幾個人臉色一變，連忙摸了摸自己的身體，然後鬆了口氣。

黑色仙人掌果然惡名昭彰啊。

等等，大家都沒有的話……

我轉頭看向那幾個重柳族、還有躺著的賴恩，有點默默替他們感到悲傷。

「什麼要給我？」也不打算公布謎底，讓主人知道自己缺了個器官，黑色仙人掌隨手把那顆東西塞進去他的異次元口袋，問著。

把那顆光球取出來，我根本不用講，顯然知道是什麼的黑色仙人掌一頓，馬上接過去。

「凱里的身體是靠我們妖魔的力量才能生存下去，就算靈魂復甦，他依舊是個死亡的軀體。」烏鴉這樣傳達著主人的話：「機率是一半一半，如果沒有弄好，可能就會變成有意識但是軀體不斷腐爛的活屍喔。」

黑色仙人掌沒講話，只是盯著那顆發光體。

「那麼依照我們先前的協議，凱里就全交給你們了，我們要帶一具屍體走，頂替凱里的位置。」烏鴉嘎嘎怪笑了好幾聲。

「現在沒有屍體可以給妳。」之前可能有，不過也全都被毀光了。

水妖魔的聲音突然笑得更猖狂了，接著突然一道黑雷劈下，直直打在賴恩身體上，某種黑色的東西被打出來後粉碎，夜妖精也不會動了，然後慢慢消失在我們面前，「現在就有了。」

跟六羅力量相當，而且還是殺死他的人，身分是霜丘夜妖精的隊伍首領。

我看著黑烏鴉，說不定，他們一直都有這種盤算。

不過，他們幹嘛不劈死重柳族算了，還有一個躺在那邊不是嗎？

……大概也是怕被時間種族找麻煩吧我想。

看到賴恩直接被妖魔打死，艾里恩動了下，正要衝上去時被默克按住，黑袍朝他搖搖頭，

「就算妖魔不弄死他，也沒救了。」

默克指的是被陰影附體的事情。

艾里恩看了看死亡友人最後留存的空地，又轉回看著黑袍，深深地嘆息。

※

四周安靜得詭譎。

我們都在等待接下來會發生的事情。

本來還貼滿陰影的走道突然退得一乾二淨，看進去就是條長廊，幽幽暗暗的沒任何東西，也沒有任何聲音。

現在的狀況非常像傳說中的——暴風雨前的寧靜。

「煩死了，要等多久才要滾出來，伸頭一刀縮頭也一刀，好漢就要敢死敢當！」先忍耐不住的還是五色雞頭，他臭著一張臉把手抽回來，正在幫他治療的默克愣了下，不過在競技賽時多少知道這傢伙的死個性，也沒說什麼。

「西瑞小弟，你這句是在講我們吧。」黑色仙人掌詭異地笑了笑，「最壞結果就是跟那兩個一樣囉。」他指了下艾麗娜。

「哼！本大爺寧願自我了斷！」

「這我倒是可以幫忙。」非常願意幫自家人了斷的黑色仙人掌還有點期待，黑頭髮後的眼晴亮亮地盯著他想要的各種肉體部位，害我也打了個冷顫。

「去死吧老三！」

聽著他們兩個的對話，我突然驚覺了下，其實現場有兩個黑袍……還加一堆算是強到亂七八糟的人，不知道有沒有辦法壓制烏鷲。

如果可以是最好。

可是……眞的必須這樣處理嗎？

有沒有其他辦法？

無意識地轉看旁邊，站在側旁的艾里恩盯著自己的手腕，這時我才發現他手上的刺青已經全黑了，而他整個人面無表情，也不知道在想什麼。

「那位可能會消逝。」

愣了下，我猛地轉向另一邊的重柳青年，他倒是沒看我，很專注地盯著通道，像他另外兩個同伴一樣，讓我不敢開口問他是什麼意思。

艾里恩嗎？

但是陰影爆發，影響的應該是艾芙伊娃。

不知道爲什麼，在這種時候我突然想起之前那個重柳女人稱呼過他什麼——

「半身克利亞的城主。」

這代表什麼？

「他只將種族的責任，分出去了一半。」

青年的話，讓我全身全冷起來了。

「如果你擔心對付不了陰影，是不是讓我先幫你傳送出去比較好？」默克突然按著我的肩膀，問道：「這已經遠遠超過學生該做的事情，你們非袍級、也不是該處理者，不應該待在這裡。」他同時看了眼五色雞頭，顯然「你們」裡面也包括那隻雞。

被他這樣一講，黑色仙人掌才擊了下手，「對喔，原來西瑞小弟你是普通人。」

五色雞頭差點把獸爪往他哥臉搧下去。

「本大爺要去哪裡就去哪裡！江湖道上還不用你們這些傢伙來多嘴！」非常強悍地宣示完，五色雞頭哼哼了幾聲，完全不買黑袍的帳。

「我也不用……」

「妖師不能離開！」

打斷我話的，是那兩個重柳族。

「妖師只能死。」歐吉桑冷冷地瞪著我。

魔使者和默克直接擋在我們前面。

「即使要追溯歷史原罪，也應該先將眼前的災難平息。」突然打斷僵持，艾里恩看著那兩個重柳族，「不這麼認爲嗎，時間種族。」

他的笑，很冰冷。

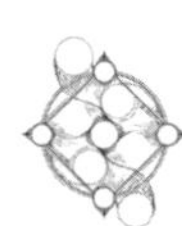

第三話　導讀黑暗之族

「差不多要出來了。」

看著通道慢慢散出黑色光芒，黑色仙人掌突然在他那件塞滿內臟的大衣裡摸來摸去，「眞的得認眞小心一點了，不然之後樂趣就都沒了。」

難道你剛剛都是不小心嗎？

不小心轟了整個地下、不小心掛掉別人、不小心挖人家內臟……你也太不小心！

難道你小心的時候世界就會毀滅了嗎！

摸著摸著，黑色仙人掌拿出了一個沾血的長長髮夾、上面還有小花裝飾，隨便擦了兩下就把前面遮視線的頭毛給夾起來——

「嗚喔！好刺眼！」他的第一反應居然是捂眼睛。

我看著雙袍級，無言了。

不過夾起來之後，底下那張很像魔使者的臉完全出現了。

站在一邊的艾里恩愣了下，轉過頭看了眼魔使者，又看了看黑色仙人掌……我完全可以體會他的心情，之前我也這樣驚愕過，看來對黑色仙人掌只有一堆黑黑頭毛印象的人也不是只有我一個嘛。

他的驚愕並沒有持續太久。

一直要爆不爆的陰影就在我們抬槓那瞬間整個噴出來，連讓我們反應的時間……不對，其實已經給很多了，是我們這邊自己搞到忘記就是。

總之就是在一瞬間四周全都蓋滿黑色，比之前還要深沉，而且更多的是往上面那個很通風的洞直衝而去。

最先有動作的那兩個重柳族，比陰影快了些直接一跳消失在原地，接著上面那個洞便蓋上了層淡淡金色結界；第二是默克和黑色仙人掌，沒開口卻默契十足地在下方做出了雙層大型結界，將我們所在區域包圍起來。

「這只能短暫維持。」艾里恩咳了聲，臉色有點蒼白。

「吼，有種就出來一對一單挑，本大爺最恨這種沒完沒了的東西！」看著根本不能直接觸碰的陰影，五色雞頭很焦躁地磨牙怒罵。

「再等等。」

我愣了下，轉頭看著剛剛好像真的有開口的重柳青年，不過他老大顯然根本沒打算讓我確定，閉緊嘴巴抽出彎刀，在空氣一劃弄出了半浮空的陣法，眨眼打進黑暗通道裡。

像是丟進水池裡的石頭一樣，只發出了個怪怪的聲響之後就什麼都沒了。

「這沒用。」一直在看自己老婆的沃庫突然開口，神色還是滿哀淒的，不過他瞭解現在狀況已不能讓他繼續悲傷下去，只能先打起精神，「進到這邊來之後我們陸續看見些記錄壁畫，與所知的歷史結合，就算有重柳族的封印法術，也不能讓陰影停止，他是侵蝕一切的存在，當初神創造八個種族，留下的陰影就是毀滅世界、重塑的最後武器。」

「最早的時族負責看守陰影，後來種族大戰時分散到各地，到現在為止，還沒有能夠完全毀掉的方法。」

接下來的就與之前我聽到的差不多了，頂多曉得有精靈犧牲了自己重新封印陰影，其他資訊幾乎等於零。

「現在唯一的辦法，就是能撐多久就多久了，希望在外面的其他公會夥伴能夠在這段時間做出暫時封印。」和黑色仙人掌一起撐住大型結界的默克站在原地沒有動，然後看了眼對面的另一名黑袍，「不過九瀾先生剛剛用了不少力量，時間上或許也不會太久，我認為還是能走幾位就盡量先離開幾位，讓黑袍殿後。」

「本大爺說不走就是不走！男子漢大丈夫死就是也得死在戰場上！大爺我字典裡面沒有臨陣脫逃這個道理！」還是很堅持要留下來槓的五色雞頭再度表明他的立場，然後也開始讓我猶豫要不要用米納斯射看看有沒有安眠藥那種子彈，把他打昏丟出去算了。

「沃庫，你先離開。」艾里恩轉看向紅袍，後者對他搖搖頭。

就在大家堅持誰該不該滾時，怪異的尖叫聲從我們側邊傳來，我都還沒看清楚是怎麼回事，旁邊的五色雞頭突然抓住我跳開，同時，所有人都做了一樣的動作。

腳才離開地面，轟然巨響整個傳來，落地時，我看見應該被封起來的紫袍女性站在被轟開一個洞的正中央，眼睛應該是白色的部分變紅，眼瞳本身卻變成白色的。

離我們稍遠一點的沃庫表情完全變了，想衝上去時被艾里恩攔下來。

紫袍的女性微微偏著頭看我們，然後轉成紫色的嘴唇勾起難以形容的詭異弧度。她雙手在胸前交叉，像是某歌手的動作還是什麼擴胸運動般向前優雅張開，隨著她的動作，原本與我們差不多的體型越來越大，象徵公會的紫袍也受不住由內而來的壓力逐漸破裂。

白皙的肌膚變成了深紫色，上面出現了黑色的圖紋，修長的十指抽得更長、拉出了銳利的指甲，雙腿交纏著融為一起，長出了一片片泛著紫黑色光芒的鱗片，在地上拉出了一圈不知道比她身體長了多少倍的蛇體，愉快地擺動著。

披散在身上的髮拉成了波浪的長，染了暗黑的顏色，還有點熟悉的紫色面孔右眼拉下了一滴紅色像是淚水般的痕跡。

她拉長了頸子，從喉嚨深處發出已經不像人類的淒厲尖叫，震盪在空間中。

「艾麗娜！」沃庫發出了痛苦的聲音。

停止喊叫，她慢慢轉過頭，異色眼睛疑惑地看著眼前的人，接著又露出讓人毛骨悚然的笑容。

當我們發現她的身體會散出毒氣時，已經是沃庫抓著自己喉嚨跪下的時候。

黑色仙人掌丟下陣法，立刻出現在紅袍旁邊，替他壓制劇毒。

我們之中唯一一個不用結界也不怕毒的魔使者轉眼間握著刀跳衝過去，與隨後而至的重柳青年聯手對付已經扭曲變形的前任紫袍。

「你們幾個注意一點！還有一隻！」和艾里恩一起按住沃庫的黑色仙人掌猛然轉過頭對我們喝了一聲，我才想起來還有個被打趴的重柳族，那個可能比紫袍更危險好幾倍。

才剛一這樣想完，旁邊的五色雞頭突然一腳踹來，把我整個人踢飛出去，接著我們本來站的地方砰地一個巨響，從底下往上爆開了大洞。

「終於來隻有趣的了！」差點被剁到腳的五色雞頭從摔倒的反方向一躍而起，不知道是亢奮還是怎樣，爪子一甩就朝那個洞衝過去。

從那個洞站起來的，是另一個重柳族的人，身體已有一半覆滿銀藍色鱗片，也不知道會變成什麼種東西，眼神異常凶惡地瞪視著距離自己比較近的五色雞頭，已經變形的那半身體慢慢舉起手，讓我們看見他的手臂以下已經變成像是巨大刀刃般的東西。

然後，他瞬間消失在我們面前。

「很驚訝嗎？這只是我最微小的力量喔。」

帶著笑的聲音，和幻影一起出現在我腦袋裡，烏鷲就站在我們看不見的地方，衝著我露出了笑意，「現在投降，我就讓他們停手。」

「想都別想。」按上跟著痛起來的頭，我突然覺得腳步有點虛浮，這個徵兆對我來講非常不妙。

「那麼，你要不要看看現在外面的狀況？」

就在那瞬間，我四周完全反黑，那些在戰鬥的朋友完全消失，分心的眨眼剎那我被拖進了闇色的夢連結裡。

站在我前面的是大約十四、五歲的金眼少年。

「你看那些人，完全無法抵抗我的力量。不管是什麼種族，甚至時間種族都一樣，只要一沾上陰影，就只能服從我們。」少年微微笑著，與我所知的天真笑容不同，帶了點陰險狡詐，很類似安地爾那種想讓人一巴打上去的笑容，「歷史封印我們，讓鬼族成爲我們種族之後，大家都認爲我們應該永遠消失，但又想奪取我們的力量。」

他指向我們所站的黑色地面，那裡馬上出現一小片漣漪，接著慢慢清晰起來，出現了正在不斷閃動的畫面。

那是一整片黑暗天空。

與我們闖進來那時完全不一樣，破碎的湖之鎮上面有好幾個人在遊蕩，有的是山妖精有的是來不及離開的衛兵，每個人神色都相同，慢慢地在地面上拖行而走。部分走著走著，就像艾麗娜一樣發出了哀號聲，扭曲成另一種型態。

就像，鬼族正在不斷地誕生。

只是吸收了陰影的力量之後，比一般的鬼族更凶狠、強大，得到了黑暗，變身成爲另外一種東西。

還有能力保護自己、沒離開的人被那些扭曲物包圍，無法保護自己的已經被扯成碎片，連原本是什麼樣子都看不出來。

那些鬼族在黑暗的天空下冷笑著，盤據在這個原本應該要復甦的城鎮上。

不斷向外擴張的黑色天空比初時更逼近契里亞城，外圍站滿了公會袍級和其他來協助的人手，每個人相隔一段距離，以湖之鎮為中心做出了很大的結界，努力壓制著不斷擴張的黑色力量，同時阻止裡面的鬼族衝出外面。

契里亞城裡，衛兵們正在撤離人民。

艾芙伊娃倒在柔軟的床上，手腕和艾里恩一樣完全發黑，不斷咳出血液，周圍的治療士怎樣使用高階治癒術都沒有辦法停止。

「你看，這些種族這麼脆弱，完全無法抵抗，只能拖一點時間算一點時間。很快地，你在這邊的其他朋友也一樣，到底為什麼你要堅持保護他們呢？反正最終，這些人都會變成我們的夥伴吧？」金眼少年慢慢轉向看著我，臉上多了不容拒絕的氣勢，「所以，有什麼好為他們擔心。總之，你只要過來我們這邊就好，我們不會害你。」

「……那為什麼我不會變成跟他們一樣。」用力握了握拳頭，我用自己都沒想到的冷靜，問出了這個問題。

金眼少年愣了一下。

「既然這麼想要我過去，為什麼不直接把我也搞成那樣子就行了，碰到陰影很容易就變對吧，那為什麼用那麼久的夢連結都沒事？」看著周圍所有黑色，還有我一直陪著玩的小孩，既然這些全都是陰影，那麼我怎麼不會起變化？

就像，之前安地爾所說的。

雖然這傢伙眞的是個渾蛋沒錯，但他每次故弄玄虛的話裡面都一定有什麼鬼，按照往常被耍得團團轉的經驗，他會提起這件事肯定有問題。

就像，我祖先也被他耍過。

這樣想想，妖師這個種族除了會被精靈剋之外，還會被鬼族耍，怎樣都覺得我們很悲傷啊！還要被重柳族追著咬！

我看追究起來不是我先天帶衰，這個衰根本就是遺傳的吧！

……眞想去掐學長他那個猴子老爸，沒事去搞個鬼族回來讓我們這邊一衰幾千里到底是什麼道理！

難道學長他老爸其實是很想整死妖師一族嗎？

我突然有種好像醒悟的感覺，搞不好事實還眞的是這樣。

有點遷怒地看著金眼少年，突然察知千年前的事實讓我眞的很想去掐已經掛掉的三王子，「到底為什麼？」

「……這你不用管，你只要來我們這邊就可以了。」

他的臉上多了點心虛，連我都可以看得出來。

所以果然有問題，不知道是陰影有問題還是我有問題。

「這可不行。」

從我後面伸出了手，帶著冰冷的聲音，赤紅色的火焰直接掃開我們身邊的完全黑暗，同時讓金眼少年發出尖銳的怒吼聲，一下子跳離我這邊很遠。

接著我的後腦爆開了熟悉的劇痛，轟地一下差點害我連眼淚都噴出來。

「褚！你想死嗎！」

抱著連在夢裡都會痛的後腦，我抖抖地往後轉，果然看到整個紅通通的學長就站在我身後，只差沒長角跟獠牙而已，基本上挾著火焰背景的感覺完全就是修羅之類的東西再臨，害我差點沒跪下來拜他。

「跟你講過幾次不要和這種東西還有鬼族單獨交涉，你居然還一頭栽進去！你是沒死看看不安心是嗎！」看起來很想把腳底貼在我後腦像踩蟑螂一樣多轉幾下，學長用很恐怖、讓人完全無法直視的表情這樣說著。

難怪我會覺得陰影根本不可怕。

陰影還不會怎樣，但是學長會把人怎樣啊！

學長比較可怕，真的。

原來我已經看過最可怕的東西！原來如此啊！

「對不起我錯了，請原諒我。」現在要不要眞的跪下去？我覺得學長的臉看起來好像很想把我打到跪下去啊……我要自己先跪嗎？起碼自己跪比較不會痛，被打到跪絕對會非常痛……爲保個人性命安全，好像我自主跪對任何方面都好。

在我想先跪下去時，好像也不是專程來讓我跪的學長向前走了兩步，手一揮就撤掉火焰，「雅多用了過多的力量，可能會虛脫幾天。」他看了我一眼，冷冷哼了聲：「透過夢連結與幻武兵器力量重疊這種事情，連黑袍都不一定能做到。」

果然我想的沒錯，那時候和米納斯在一起的就是水鳴。

覺得很對不起雅多，他們幾個每次都被我牽連啊……

「我明明就截斷了所有夢連結。」被逼開的金眼少年用不可置信的口氣喊著，憤恨地瞪著突然闖進來的人。

「我們多的是和黑山君交換的東西。」學長回了他這樣的話，馬上讓我知道他是怎麼闖進來的了。

話說回來黑山君也眞可憐，就被學長他老爸闖進去一次，現在大家有事情都往他那邊找……結果原來帶衰的是他老爸嗎？

而且還不是他本身衰，都是衰別人。

我恍然大悟了，一切謎題終於都解開了。

這個世界還眞錯綜複雜啊。

我人生的閱歷果然很淺。

「褚，你又在亂想什麼！」

紅色的殺人視線馬上讓我回過神，就算現在學長沒偷聽了，但我總覺得他好像還是知道我在想什麼，連想在背後偷罵都很難。

「沒、沒事，請忽略我。」抱著腦袋，我很怕他在這種非常狀況還是會撲過來揍我，而且機率高達百分之兩百。

懶洋洋地瞪了我一眼，學長才轉回去看著金眼少年，「時間有限，不跟你廢話太多。」

「離開我的地方！」金眼少年憤怒咆哮著，周圍的黑暗又開始慢慢朝我們這邊擁上，「否則就殺死你、精靈！」

「安地爾那傢伙又跑哪去了。」

一開口，不只金眼少年，連我都愣住了，沒想到學長會突然問這句。不過仔細想想，的確從封印解開後，就一直沒看到那個鬼族，也不知道他又在搞什麼鬼了。

根據過往皮肉痛的經驗法則，發生事情之後有看到他總比沒看到好，通常沒看到就要皮繃緊一點，因爲接下來恐怕會有壞事。

金眼少年冷笑了聲，「不曉得，我給他想要的東西之後，就不見了。」

這句話他是對我說的，我想應該不是說謊，大概也曉得的學長微微皺起眉，似乎在思索著什麼。

過了一小段時間，學長突然抬起頭，「你給了他一部分對吧，足以讓耶呂鬼王完整重塑的力量。」

「這有什麼嗎？」金眼少年笑了笑，「現在我已即將完整甦醒，那部分就像根頭髮一樣，造成不了什麼影響。」

其實這件事情之前我就知道了，看來學長他們那邊的情報也不差就是。

「哼……褚還不曉得他應該知道的事情。」

學長說了這句話之後，金眼少年明顯一僵，臉色都變了。

「我要知道啥？」愣愣地，我也無法理解學長在講什麼。

「你馬上就會知道了。」笑了下，學長微微瞇起眼睛，「很快，等到我們的連結搭上。」

他抬起手，我赫然發現那隻單眼烏鴉出現在他的手臂上，還嘎嘎亂叫了兩聲：「是啊，接著我們就可以看見很有趣的事情了。死精靈的小孩，你最多也就半小時的時間，再多就回不去了喔。」

「很夠了。」

他們在講的我完全聽不懂。

很顯然，金眼少年也不明白，因爲他開始焦躁了，「出去……都給我出去！你們很快就會都死掉了，不想再看見你們！」

「當然，不過你也得出來，好好面對現實吧。」震了下手，學長讓那隻烏鴉消失在後面的空氣中，「也差不多時間了，還眞是恰好，如果你不浪費精神把褚帶進來，說不定他們還眞趕不上。」

「……你們在拖延時間！」

隨著少年憤怒的叫聲，這個夢境瞬間破碎，像是無數黑色玻璃碎片一樣粉碎得非常徹底，所有人的身影都消失了。

然後，我立刻睜開眼睛。

那一秒我看到的是一把刀當著我的臉砍下來，連讓我尖叫的時間都沒有，夾腳拖鞋瞬間從側邊踢開了那把刀，鞋子的主人還從我身上跳過去，「喔、漾～你終於醒了，本大爺還想說再不醒就要把你種在地上。」

你還眞是無時無刻都在想要處理掉我啊！

看著五色雞頭身上多了很多血痕，還有一、兩條嚴重到肉都翻出來、隱約可以看到什麼白白的東西……

我立刻從地上爬起，看清楚了現在的狀況。

原本以爲在其他人聯手下，起碼可以解決掉一個……但現在整個地下空間多了好幾十個不同變形種將我們包圍。很可能是從其他地方集中過來的，讓我想到剛剛夢裡，金眼少年給我看的各種畫面，包括那些被侵蝕的其他人。

原先各自散開對付其他的人都已回到我周圍，底下有個特大號保護陣法；連剛剛上去布置結界的另外兩個重柳族都已經回來。在接近他們之處，躺著不久前變形的那個重柳族同伴的屍體，被狠狠卸成了三大塊，連原本的樣子都看不出來了。不知道爲什麼，我直覺是被他們自己人殺掉的。

雖然對重柳族不了解，但變成鬼族的同伴，怎樣都是必須除掉的吧？

但是，太冷血了。

果然我還是無法對他們有任何好感。

這種狀況下，還可以睡一覺的我眞是好命啊，難怪五色雞頭想種掉我！

在我清醒後，本來好像沒有動作的陰影開始活動起來，黑暗再度覆蓋整個空間。

這次就沒有再搞鬼了，金眼少年的實體浮現在最後還沒被毀掉的通道前，帶著冷笑慢慢朝我們走來。

原本包圍著的變形體讓開一條路，像是恭迎王族一樣，恭恭敬敬地完全不敢出手。

站在比較前面的魔使者一下子就擋住他，這麼多敵人環伺，他果然多少也受到傷害，本來戴著的兜帽斗篷已經不見，露出了那張和黑色仙人掌幾乎同模子印出來的臉。

「你們再怎麼掙扎也沒用的。」金眼少年停下腳步，圍繞我們的那些變形東西全都轉過來，一時幾百隻眼睛刷刷刷地盯著我們，在這種詭異的氣氛裡讓人寒毛都倒豎了。

「閉嘴、陰影！」叱喝了聲，重柳女性冷冷舉起刀，刀尖指著歷史中的黑色禍害，「這個世界容不下你！」

「閉嘴、時間種族！」一樣回敬了對方，金眼少年指著她：「時間種族封印我們夠久了！現在我甦醒了，很快地所有陰影都會重回大地，然後世界會成爲我們，對我們而言，你們這些才是容不下的東西！所有、全部！」

「現在世界需要的是光明種族。」靜靜地，站在另一側的重柳青年開了口。

大概沒想到他會突然說這句話，那個同族的女性啐了聲，「誰叫你說話！」

「喂喂，妳個女的以爲別人的嘴巴是妳嘴巴嗎，要閉嘴妳自己閉嘴就好了，搶太多話不怕嘴巴裂開嗎。」可能原本就看重柳族不順眼的五色雞頭一逮著機會就槓上去。

「低下的異族沒資格有意見。」

「妳個——」

「好了，西瑞小弟，陣前別自鬥啊。」黑色仙人掌笑笑地抓住他弟的爪子，沒讓他一巴往那個女性的臉上拍下去，然後又笑笑地轉向那個女性，「還有，既然重柳族要插手，就少數服從多數吧，這麼不講理的話，小心腸子會掉下來喔。」

他笑得雲淡風輕，但我們這些知內情的都跟著抖了下。

顯然沒怎樣在意的重柳族女性再度不屑地冷哼了聲，懶得再開口。

「最後，我再給你一次機會。」看向我，金眼少年一字一句清晰地說：「身爲黑暗種族，理所當然應該要和我們站在同一陣線的妖師，過來吧。」

他還眞是不死心。

難道反派都有天生不死心的個性嗎？安地爾也是，現在這個也是，就不能乾脆一點嗎，老是追著我咬到底有什麼用啊？

「拒絕。」直接送個大叉給他，「我絕對跟朋友站在一起。」

「漾～夠義氣，不愧是本大爺的僕人！」五色雞頭一巴掌打在我肩膀上，差點沒把我打跪下去。

「哼，就算拒絕，你也不會活太久，那些重柳族絕對會取你的命。」金眼少年最後看了我一眼，那瞬間眼神放得柔軟些，「我眞的、眞的很喜歡你，但是爲什麼你要跟其他人一樣，不能接納我們……就因爲我們是陰影嗎？但是、那也是神創造的，會變成這樣，是其他人害的，爲什麼你不能和我們在一起？」

「因爲，這傢伙是個白痴。」

很直覺就想在腦子裡罵回去，我頓了下才發現不對，因爲聲音不是從旁邊或後面來的，而是從前面……站在前面的魔使者發出來的。

顯然也嚇了一跳，五色雞頭和黑色仙人掌瞠大眼睛瞪著自家兄弟。

拍掉了身上的灰塵，魔使者撥了撥短髮，慢慢轉過來，「還有，他是你的主人，記清楚了，陰影。」

第一眼，我看見的是火焰般的眼睛，不同於六羅該有的顏色。

單眼烏鴉飛了下來，就停在他的肩膀上。

「……學長？」

魔使者冷笑了下。

接著，我們上方發出坍塌的聲音，一下子上頭的洞口整片裂開，更多的光灑下，約七、八道黑影就這樣快速落下，直到重重降落在我們周圍。

黑色的身影夾雜著輕巧的盔甲碰撞聲。

從地面上站起的是夜妖精輕裝部隊，由盔甲上的花紋判斷隸屬沉默森林，領首者是我以爲可能不太會再碰到的哈維恩。

「如果這傢伙不是白痴，怎麼會沒聽懂夜妖精的話。」

看了魔使者一眼，顯然趕路來的夜妖精們揮去了沾染的塵土，一致地站直身體。

「我們是導讀黑夜之族。」哈維恩開了口，鏗鏘有力。

接著，我突然驚嚇了，因爲我想到比陰影出現更恐怖的事情——

一開始我根本沒有特別去理解夜妖精的話、聽聽就算了，我還以爲就是跟人馬啊還什麼預言家一樣，就是做著某種記錄工作而已。

現在仔細想想，他們一開始就告訴我了，只是我沒有仔細想。

如果沉默森林的工作是協助妖師規正黑色定律，那麼黑色定律又是什麼？

如果妖師在相反世界是等於精靈的存在，那精靈可以使用靈魂與自然之力，妖師擁有的又是怎樣的東西？

能讓所想成眞的，是當代妖師之首，以及少部分人特有的能力。

那，妖師一族到底是規正哪種黑暗？

如果，夜妖精的導讀黑夜，指的並不是所謂的「黑夜」……那，賴恩那麼有自信能夠取得陰影、六羅不殺他的事情都有了解答，包括重柳族非幹掉我們不可、鬼族一直找上門應該都跟這個有關係。

沉默森林的夜妖精，正確職業不是看夜晚。

「我們、是導讀黑暗之族。」

我這次眞的嚇傻了。

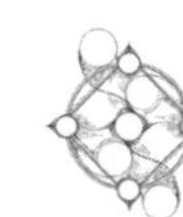

第四話　歷史的兵刃

我一直沒想到所謂的黑暗之力指的會是陰影。

但其實如果反過來想，光明種族是精靈、黑暗種族是妖師，若兩者地位相等，使用著自然力量和術法的精靈擁有很多獨特的先天力量，這點不管是賽塔還是學長，都可以發現到。倒過來，妖師擁有的便少很多，甚至其實不太能與精靈族抗衡。

不過如果陰影就是妖師管轄的範圍，那就可以理解當時其他人有多懼怕妖師了，怕到恨不得他們都死光得好。

聽說三千多年前爆發過陰影戰爭，那時候妖師已經很稀少，可見他們能規正黑暗的事情在很久以前就被遺忘了，甚至大概也沒幾個人知道最早時候妖師就是制衡陰影的人。

那麼最開始，妖師讓人害怕的就不是將事情成眞的力量了，畢竟能夠使用這種力量的就只有族長跟幾個特異者，也不到全族都得死的地步。

難怪，我就一直覺得因爲這樣被滅族很沒道理，總覺得隱約還少了點什麼更正當的理由，畢竟光影村也沒有被屠光啊。

所以安地爾那時候在講爲什麼我沒有被陰影侵蝕，就是因爲這樣嗎？

嗯……沒有實地實驗果然還是會心存懷疑。

「褚，我只有半個小時的時間。」站在前面的魔使者淡淡說著：「所以你最好少把腦子用來裝廢話。」

我一秒擋住自己的頭……都練成反射動作了，好可悲。

後面的黑色仙人掌似乎先瞧出端倪了，冷笑了聲：「呦，學弟，你也還真是不死心，傷患就該有傷患的樣子吧。」

「所以我才沒有完全回來。」斜了黑色仙人掌一眼，學長很快打量後面幾人的狀況。包括一臉不可置信的艾里恩等人，和臉色變得很難看的重柳族……他們不知道是不曉得這回事，還是不想讓我知道這回事。

但他們的表情有點震驚，讓我覺得應該是前者。

我抬起頭，看著鬼族中的金眼少年，「所以，你也知道這件事情吧？」難怪他們會一臉好像在埋藏什麼事情的樣子。

金眼少年看著我，開口：「現在你知道了，覺得沒有阻力之後，更想把我封印了吧？」

「……」說眞的，我是有這麼想，如果哈維恩他們能夠掌握控制陰影的方法，那的確是把他封回去才是最好的。

「我們，是歷史的黑色兵器，放置著等到毀滅大地時使用的。」輕輕將手按在胸口上，金眼少年這樣說著，語調平緩冰冷，聽不出有什麼打算和情感，「精靈，是生與白的維繫者；妖師，是死與黑的平衡者，唯一有資格觸碰我們不受影響的就是妖師一族，但在很久之前他們已經被驅逐了。然後，就是這裡的其他生物妄想使用我們的力量……」

妄想使用的傢伙剛剛不是就跑了嗎！

一想到又溜得不見蹤影的安地爾，我打從心底問候他起來，沒見過那麼難死的鬼族，難道眞的得每天想他死才可以嗎？

搞不好每天想他死他還不會死，有夠難咒。

「但是，我已經不想再被封印了，就算妖師一族也一樣，這個世界早點消失得好。」金眼少年伸出手，黑色的液體從他手掌滴落，一點一滴沁入地底，「現在開始，不再手下留情，你們就用自己的生命來體會陰影的恐怖吧。」

「喂！你！」

我聽見身後起了騷動，一轉過去，就看到艾里恩吐出了黑色的血，雙手都是黑的，搖晃了兩下，被默克接住。

「陰影在污染大地，首當其衝的就會是克利亞。」學長與黑色仙人掌互看一眼，「所有人能離開的，馬上離開這邊！接下來不是一般種族能夠處理的事情。」

「本大爺才不會放下僕人……唔——」

才抗議不到一半，五色雞頭直接被他哥夾住了脖子，以絕對優勢的力量將人快速往後拖。然後默克抓著還在掙扎的小飛狼、沃庫等，他們踏進了黑袍準備好的傳送陣法。

我注意到重柳族好像沒打算離開。

「學弟，接下來換手了。」黑色仙人掌朝學長拋了個東西，然後他們啓動了陣法，「我們在城裡面等。」

幾乎一眨眼，我就看不見五色雞頭他們了。

也好，這樣比較安全，就不用擔心他們一個意外變成鬼族。

重柳青年慢慢走過來，無視他同伴冰冷的視線，站到學長旁邊，很明白地表示他會出手幫助我們。

「對了，所謂導讀黑暗到底要怎麼做？」看著好像很有自信的夜妖精們，我也跟著覺得很有自信。

「實際上，我們也不是很清楚。」哈維恩轉過來，給我一個中氣十足的答案。

那瞬間，我黑線了。

根據哈維恩的說法，因爲幾千年前我不知道哪一代心情好的久遠祖先解除他們的職務後，所謂的解讀方式已經隨著歷史消失許多，到他們這代整個不完整，只曉得很少的部分。

用我自己的方式理解，他想說的應該是：鬼才記得那麼多。

「而且，夜妖精只是導讀，主要的控制還是在妖師手上。」哈維恩看著我，說了如此的結論。

好吧，我們根本是龜笑鱉沒尾。

起碼他們還知道他們是導讀種族，我連他們是妖師手下都不知道啊哈哈哈——那你們到底是來幹什麼啊！來氣死我的嗎！

「總之，你們還是死馬當活馬醫吧……小心！」

風涼話才說到一半，目前使用魔使者身體的學長臉色一變，然後甩出手裡的東西——剛剛黑色仙人掌丟給他的六角符紙，眨眼成形拉出了火焰顏色的長槍。

沒有絲毫猶豫，學長槍尖落地，地上轉出了金色陣法，連同夜妖精在內拉開了保護結界。

黑色陰影瞬間吞噬我們，強力衝撞著金色結界，那種感覺很像遇到土石流一樣，侵蝕性的猛爆一口氣壓上來，連結界都發出了嘰嘰的不自然怪異聲響。

看著黑壓壓過來的陰影，我有點恍然了。

現在唯一的機會就是沉默森林的夜妖精和妖師，如果可以順利控制住陰影，那什麼事情都可以平息，包括那塊黑石也能夠送還給白川主。

問題在於，夜妖精知道的是一小部分，而我幾乎完全不知道。

「這個，我知道。」

冷冷的聲音從旁邊傳來，我愣了下，一秒轉過頭去，剛好看到那個重柳青年拉下臉上的布，可能是剛剛打鬥時弄壞的，破損得很厲害。

「難道你是夜妖精嗎！」看著臉很白的時間種族，我有點震驚，如果不是怕他一刀砍下來，我還差點用手指去指他。

藍色的眼睛轉過來，完全面無表情。

……這個比揍我或鄙夷我還要讓人悲傷。

哈維恩顯然比我還震驚，連個字都沒有說出來，瞪大眼睛看著時間種族，之前都沒看過他有這種反應。

「不許干預！」重柳歐吉桑一步踏上來，非常不客氣地拽住青年的手臂，凶凶地往後一扯，也不管對方身上的傷勢，相當強勢。

「時間種族不參與任何戰爭。」重柳女性也附和了同伴的話。

啊不然你們剛剛是在幹什麼，打撞球還是嗑瓜子？難道你們剛剛還是在這邊做家政嗎！

斜眼看著還在睜眼說瞎話的兩個重柳族，我還真有點無言，有必要這麼逃避現實嗎？我還以爲這種事情只有我會做耶，沒想到連時間種族也會，只是表現的方式有點不同而已。

就在他們還糾纏著僵持不下時，我轉了米納斯，朝地板上開了一槍，兩個重柳族還沒意識到我幹了什麼，直接兩眼一翻一左一右地啪答倒地，連黑蜘蛛都跟著趴掉了。

重柳青年愣了下，馬上轉過來看我。

「呃，安啦，應該是新開發的安眠彈之類的東西。」摸了摸米納斯，我深深覺得她眞是個不可多得的好幫手。

——我想修理那兩個重柳族很久了！

「看來你膽子也變大不少嘛。」學長還很悠哉地冷笑了聲，然後看看上面一直裂開的金色結界，陰影似乎還沒有停下的跡象，根本看不到外面現在是怎樣的狀況，「但是對重柳族出手，很可能會爲現任妖師一族帶來麻煩，說不定還會引發對戰。」

對喔！糟糕、我完全忘記，他們清醒之後一搞清楚是我幹的，我家不就完蛋了嗎！

我眼巴巴地看著學長，這次眞的不知道怎麼收拾了。

「你可以考慮再補一槍轟掉他們的頭。」

你居然還給我看笑話！

哈維恩走上來，突然抽出刀子。

「住手！別當眞啊你！」連忙抓住夜妖精，我都不知道他們站在妖師這邊的話執行力會這麼強。

「這是最快的方法。」完全不像開玩笑的哈維恩用打量豬肉的眼神看那兩個沒抵抗力的重柳族，隨時都會剁下去的樣子。

「絕對不准用這種方法。」直接警告他，我很怕他們沒事想到又回頭來劈重柳族……難道他們之前也有什麼過節，讓夜妖精一有機會就要剁幾下做紀念嗎？

哈維恩嘖了聲，把刀甩回鞘裡。

從頭到尾盯著我們不表示意見的青年緩緩蹲下來，把手掌放在同伴臉上，接著掌心下出現了淡淡銀色光芒，柔和柔和的看起來有點舒服。幾秒後，接著換到另外那個女性的臉上。

「在清洗記憶嗎？」學長冷不防開口。

「嗯。」

你對學長和六羅的態度貌似都很好……對我到底是怎麼回事啊！

很想一腳從蹲著的重柳族屁股踢下去，但又不敢這樣做，因爲很可能還沒踢到腳就沒了。

「欸……那你說的知道，是指你知道怎麼使用陰影的方式嗎？」雖然這句很多餘，不過我還是要確認一下，萬一他只是說他知道有這回事，那我們就更糗了。

「嗯。」輕輕在自己族人身邊設下幾個結界，青年呼了口氣，有點費力地站起身，「全部的方式，都知道。」

其實你根本就是夜妖精吧，後面那幾個是路人甲乙丙丁之類的。

期待地看著據說知道陰影控制方式的時間種族，過了幾秒後我才注意到他好像沒那麼簡單就開口。

……非常時刻耶大哥。

「褚，這是違背時間種族的規則。」學長白了我一眼，依舊用那種看白痴的表情看我，「你以爲白色種族會協助黑色種族去動搖歷史嗎！」

欸……好像不會。

但說到協助，學長聽說你好像就是第一個，而且你老爸也做過一樣的事情，追溯上去還不知道其他隻有沒有。

「你又欠揍嗎？」號稱已經沒有在偷聽的學長瞇起眼睛。

「對不起我錯了。」連忙倒退一步，我轉向了重柳青年，「那要怎麼辦？」如果他不能幫助，幹嘛要說他知道，大可以裝作什麼也不曉得就好了，既然講了就是要幫忙才對。

「僅此一次，在使用過後我會洗除相關記憶。」冷冷的眼睛看著我，聲音直傳腦袋裡，「妖師與陰影都不應該影響時間歷史的前行，這是特例。」

我看著他，白色的臉頰裂出一道傷口，慢慢溢出血液。

「好。」

※

四周慢慢被白色洗開。

睜開眼睛時，再度出現了之前那種一堆透明物的夢境。

「陰影是歷史的兵器。」站在我面前的重柳族青年是與平常不同的姿態，冰冰冷冷的，很認真地告訴我：「世界是依照時間之流在循環，任何種族都必須依照規律，以及揹負使命。」

他講的這個我很清楚，自從來到這邊之後，有很多體認，反正就是常常可以碰到一堆在實踐自己種族使命的人，像是阿斯利安、像是喵喵、千冬歲他們，每個人好像就是一個蘿蔔一個坑，大家都在做該做的事情。

所以這邊的世界有種微妙的平衡。

每個人都有自己的任務使命，不踰矩、也不相互干擾，然後各自運作著，卻組織成這麼大一個守世界。

這和我們那邊的世界不一樣。

不知道什麼時候開始，我們那邊已經沒有這種強烈的平衡感了，人與人之間就算了，像是那些生物、植物還是種族都已經沒有了，感覺上就是單方面的佔有和失控。

以前自己還沒什麼感覺，現在在這邊久了，就開始出現那種違和感，讓人有點不舒服，然後多少也知道爲什麼我們那邊世界的東西會越來越少，大多都已經離開了。

越想越偏離主題，我把心神拉回來，似乎也在等我回魂的青年才慢慢開口繼續說著：「世界的運行到最後都會出現失衡，走向無法控制的地步，這點時間種族已經印證了非常久遠的時間。並非我們，而是純正的時族，記載了幾個歷史中所有事情。總在世界最後時，歷史的兵器會呑沒一切，直到黑暗退去，世界重生。」

他講得很簡單，但重點很清楚。

總之就是正式使用時世界就會毀滅就對了……世界也太容易毀滅！

每次有事情世界就會毀滅，如果我是世界我都哭了，三百六十五天裡最少有三百天都是處在要被毀掉的威脅裡，到底是招誰惹誰啊！

連我都覺得淡淡的悲傷了！

「但是，在過程中許多人都妄想動用這個兵器。」青年淡淡看了我一眼。

接下來的事情我就都清楚了。

大部分都是從烏鷲那邊知道的，總之就是他們可能被封印起來，本來好像沒這麼多，但就是被那種想要力量的人亂放了，大概中間又分裂了好幾次，接著在各地一直被封著，其中又有幾個是有意識的，才會造成這種場面。

那，妖師的兵器到底是可以一次控制還是一個一個用？

這個可能就是然得腦痛的問題了，畢竟當代的妖師不是我嘛……等等！然知不知道夜妖精的事情啊？

沒道理首領不曉得吧？

……不過或許還眞的是不曉得，不然歷代的妖師應該不會被殺假的。

「你能夠保證，在我告訴方法之後，不會妄動？」瞇起眼睛，重柳青年帶著一點點不太信任的表情看著我。

「欸、不會吧，我個人對毀滅世界好像沒有太多興趣。」而且毀掉之後我也沒得玩了吧？仔細想想，沒事毀滅世界幹嘛？

毀掉之後就不能打電動不能上網不能吃好吃的東西，而且也沒有朋友沒有家人，什麼重要的事情都沒了，最後就自己一個，到底有什麼好的？

所以對那種想要奪取陰影來控制世界的人，我萬分不解。

「那麼，立下血誓。」青年朝我伸出手，「只要你有邪惡之心，我可以殺死你。」

我可以相信他吧？

可以的，我想。與第一次比起來，他已經不是用那種殺妖師的立場在跟我講話，而是用商量的角度在說。

雖然我嚴重懷疑到時候他想想覺得不對勁，還是會一刀劈過來的可能度。

「可以信任嗎？」重柳族青年用非常認真的語氣，這樣問我。

「可以。」我伸出手，「是朋友，就打勾。」

那是很久之前，雅多對我講過的話。

不會背叛朋友，不要背叛相信自己的人。

藍色的眼睛看著我，不知道是不是我的錯覺，他的表情好像有點似笑非笑的，與之前冷冰冰的模樣不太一樣，看起來好像比較人性化一點。

……難道我又幹了什麼會被嘲笑的事嗎？

「時間種族不會有朋友。」雖然他是這樣說，不過還是伸出手和我勾了一下。

離開那瞬間，有個血紅色的東西順著小指纏到我的手背上，仔細一看好像是某種圖印，應該就是他剛剛說的血誓了。

「這次事件後，就會自動解除。」抬起自己的手，青年讓我看到他手背上也有同樣印記。

「……是說，爲什麼你對妖師這麼好？」雖然一開始可能是夏碎學長他們的關係，所以對方才會陷入要不要殺的猶豫裡，不過後來跟蹤我一直到庇護我不被他同族殺，應該都是他自己的意願吧？

所以說我也滿疑惑的。

自己對我提出「不想死吧」，然後幫忙藏匿的貌似也是他。

我眞的有點搞不懂了。

「不清楚。」看著手背上的印記，青年斂起剛剛的表情，又恢復冷冰冰的樣子，「或許是時間的必然性。」

「呃，當我沒問好了。」有問跟沒問一樣，也不知道他在想什麼，「那現在可以教我們了嗎？」這個比較重要，不知道學長的結界什麼時候會被衝破，繼續聊天下去，他不死我都死了——被學長活活打死。

「已經在教了。」

「欸？」

「其他人。」

「……你該不會是剛剛一邊在和我說話，一邊在和哈維恩他們講解吧？」想起他很愛用的那招叫作語言腦入侵，我突然覺得這個人眞的強到有鬼。就連學長每次都被煩到要叫我閉腦，他居然可以一次跟不同人講解！

「嗯。」不以爲然地點了下頭，青年彈了下手指，我們所在的白色地面顯現出影像，這個我遇過好幾次了所以沒有被嚇到。影像好像不是現在，是幾座比較像中古世紀的城市，有點像電影裡常常看到的那種，連居民的打扮什麼的都差不多。

那些城市外面圍著很多很多鬼族……我想那時候應該是陰影體在進行戰爭。被毀壞的城牆燃燒著，有的已經被攻陷了，有的還在搏鬥。

當中特別顯眼的，是掛著很像蝴蝶圖印的旗幟，幾乎沒有被攻進的跡象，還有將陰影逼退的徵兆。

「三千年前的陰影戰爭，七大種族祭出了神之物，才將主要的陰影封印起來。」指著那個蝴蝶旗幟的城，青年淡淡地說：「以伊多維亞城爲主的聯合軍，當年領首者幾乎無一生還。」

看著下面的古代戰爭，我大概了解他是在講沒處理好又會演變成這樣。

「神創造出兵器、創造出控制者，給予妖師一族的力量是特別的。但是，並不是人人都能使用，如果沒有使用好，將造成失控與混亂……你應該知道，主要控制者會是誰。」

我看著他，一秒就浮出答案。

不就是偉大的妖師首領嗎。

所以這樣說起來，其實妖師一族是使用歷史兵器的種族，由族長爲首然後其他族人輔助，平常可能還管理一些相關的事情之類的，例如散落在各地的小陰影；接著就像時間種族有重柳族一樣，再下面出現了夜妖精替他們讀取陰影一類的事。

雖然知道妖師一族被毀滅的事不單純，但更進一步想，我發現或許是刻意的。

就像賴恩與安地爾一樣，幾千年中，想要陰影的人或種族應該不在少數。

打個比方來說，等於在瞬間拿到了等同於神的毀滅力量，就算單純的精靈族不想、有力量的時間種族不想，難道其他種族不會想嗎？

不說別人，就我知道的，妖師一族會被毀滅的其中一個原因就是協助黑色種族進攻世界種族，就連我祖先都幹過這種事情，所以才會招來重柳族將我們滅絕，以免再引起大戰。

從這些事情看來，妖師一族被毀，其他的原因應該就是別的種族想要陰影了。

除了說動妖師參與之外，最快的方式就是毀掉能使用的人，然後再想辦法變成自己的，典型的你不給我我就幹掉你自己來。

這些理由不難想，很可悲地我們那邊的八點檔常常上演。

想通之後連我自己都想哭了。

一開始是刻意的，接著不用百千年、大概幾年後大家就都會覺得妖師很該死了，三人成虎謠言法。

「是的，所以三千年前到現在，妖師一族不再出手管理陰影，甚至散去了所有輔助種族，隱遁世界。」在旁邊注視著我，青年才淡淡地肯定我剛剛的想法。

「……這些事情你之前就知道嗎？」他之前也殺我殺得很暢快啊。

「不，我費了些工夫，從時間之流讀取與妖師相關的時間記憶，這些事情在歷史之間幾乎完全沒有記載。」

難怪他後來會這麼乾脆幫忙，是因爲這個關係嗎？

等等，既然歷史沒有記載，難道學長也是從他這邊知道相關消息嗎？還是從夜妖精那邊？或者是他又有什麼不爲人知的管道了？

「但是，我依然會執行重柳一族的責任。」青年搖搖頭、告訴我，「妖師的恨太深，無法正確使用陰影。」

……不，其實我覺得你們可能搞錯了。

歷代妖師不是恨太深，而是被追殺到自己都忘記有這件事情的可能性比較大。

我老姊和得到古代記憶的然都沒提過，現在碰到陰影也沒來個招呼，可見是完全不曉得，不然應該不會放我自己胡來。所以搞不好事實是這樣的：歷代妖師被追殺，一路殺了N代，其中族長都還來不及把祕密講完就被幹掉，不然就是被殺到沒幾隻、剩下的都還是小小孩，長大頂多知道有妖師血統和力量，當初凡斯進攻精靈族也沒看到他在用陰影……你總不能要求一個幾乎每天都在逃亡的種族還可以做好文化傳承吧。而且陰影也一直被封印著，沒可能跳出來說：嘿、兵器在這裡之類的話。

所以，根據我們這族被精靈族耍得團團轉的狀況來看，根本就是不知道這件事了我說！

那妖師到底是爲什麼要揹上這種罪名然後幾千年來躲躲閃閃地生活呢？

「……歷史時間的必然吧。」青年默默給了這個答案。

我去你的時間必然。

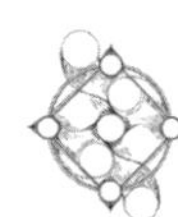

第五話　真正的力量

「嗯……別計較太多。」

青年淡淡地說了聲。

……你去被殺個幾千年再來叫人不要計較試試？

「控制陰影的方法不難，即是那個妖師族特殊的力量。」一秒拋棄剛剛的話題回到我們的正事上，青年很愼重地告訴我幾個要點，而且還貌似一邊在和哈維恩他們溝通的樣子，中途在講解時幾次停頓後才又繼續。

夢境的時間流逝得很緩慢。

「差不多就是這些嗎？」聽完他的重點整理，我瞠大眼睛，其實也沒有想像中那麼難，還以爲要來個什麼過五關斬六將，看來是我想太多了。

「是的。」

看著我環手把剛剛聽到的東西在心裡重複確認幾次，重柳族才開口：「那麼，離開了？」

「好。」

四周白色慢慢退去。

但是，我在睜開眼睛後看見了更多白色——地上很多白色斑斑駁駁的液體，都是來自於剛剛在夢裡還好好的那個人。

重柳族青年的黑衣已浸濕變得沉重，不過他沒有理會底下的傷勢，一轉頭就看向學長。

「過五分鐘。」學長抬了抬頭，示意我們看看已經全部都是裂痕的結界，「差不多了。」說著，他先提起臨時用的長槍。

哈維恩跟他幾個手下似乎沒有像我們一樣站著睡著，幾秒後回過神，很快全部列隊好，統一在我面前單膝跪下，把我嚇了一跳，差點沒跟著跪下去。

要知道不能讓比自己年長的跪，會短命的耶！

「我們將聽從妖師的指揮，讀取暗之力量。」領首的哈維恩代表說著，然後恭恭敬敬地站起身，退開了一點距離。

我呼了口氣，把米納斯取出來，閉上眼睛很專注地感覺著自己的力量氣流，就像以前黎沚教過的一樣，讓那些細微的力量慢慢地、填充進我手上的幻武兵器。

「以妖師部族之名義，平靜不必要的激起之力。」唸著青年教我的那種饒舌語句，初句起始後，的確可以感到周圍的空氣不太一樣，有某種東西從四周環繞上來，輕輕地飄浮著等待，

「我賦予的名字、聽從我所想與我的聲音。」

他說，妖師掌控陰影並不用什麼特別的咒語和技巧。

因爲神給予妖師的就是絕對的力量，誠心地希望如此，然後以心的語言作爲牽制的繩索，讓毫無形體的陰影成爲掌中利器。

其實還是有點模糊啦，不過概念上算稍能理解，反正就是努力把陰影給弄下來就對了。

卡地一聲，米納斯填裝上子彈。

「褚，你就放手去做吧。」

在我還很不安的時候，學長的聲音從後面傳來，「總之丟棄任務跑來這裡，沒有好好做到完，你就等死吧。」還伴隨著一些筋骨鬆動的恐嚇聲音。

……給句激勵的話會死嗎？

深深吸了口氣，我抬起手，直接朝頂端開了一槍。

其實根本不用多少時間，保護我們的金色陣法原本就已經快要壞掉了，一槍貫穿後像是蛋殼般發出了怪怪的聲音，隨即便跟著那發子彈一起向四周炸開。

「讓出我要的道路。」

原本正瘋狂衝撞結界的陰影瞬間安靜下來，接著慢慢往四面八方散開來，讓我們逐漸看清楚外面現在的樣子。

洞窟已經不見了。

正確來說，除了我們踏著的地與通道入口外，其他地方全部沒了，連上面的湖之鎮也完全消失，一點灰都不剩；就像是被隕石打到的地表一樣，凹陷了非常大一個洞，我們差不多就是在洞中央。

別說湖之鎮，連周邊的森林、溪流貌似都沒了，我好像可以看到很遠很遠很遠的地方有契里亞城的影子——

艾里恩這次大概會吐血了，他的投資完全血本無歸，只剩下一個大洞。

不只妖師觀光地，現在這裡連顆蛋都沒有給他留下來，空蕩蕩的只有個洞，也不知道要賠掉多少錢……希望他不是連周邊的森林土地都一起買，不然真的是上吊都算解脫。

是說這個公會會買帳嗎？

「第七隊型。」在陰影讓出對外空間之後，哈維恩立刻指揮他帶來的人手，瞬間夜妖精們無聲地消失在原地，再出現時已經有段距離，繞著周圍編列展開一個個奇異的陣法，接著低低的吟唱聲逐漸從那些定點傳來。

雖然不是用我這邊的語言，但我卻聽懂了，感覺好像還滿熟悉的，除了哈維恩以外的七個點一人一句——

第一句詩獻予持續生命的足跡

第二句話獻予護衛歷史的支流

第三句謠獻予傳遞記錄的翅膀

第四句訴獻予擔負責任的雙手

第五句語獻予捍衛種族的力量

第六句說獻予創造新生的搖籃

第七句言獻予統一族群的秩序

隨著每個人各自唸完，一個接著一個的陣法點出現了不同的光，從白到紅黃什麼的都有，一下子七種光芒環繞在我們這邊，讓還想翻來翻去的陰影停下動作。

站在我面前的哈維恩握著長刀，向前舉起，同時腳下出現了黑色光的陣法，「吾等為、終結世界兵刃、第八種族前使，在手握之前，讀取道路。」

「我為獸王之見證者。」

「我為時間之見證者。」

愣了一下，我才驚覺後面那兩句話是學長與重柳族講的，他們兩個異常有默契地已經自己找位置站好，而且還像串通過一樣整齊統一說出台詞：「以八族其一、王族之身見證黑色種族的使用，無關乎個人私慾、無動搖歷史之意，重新手握兵刃之力。」

……這個很像要拔出石中劍的前置詞到底是怎樣？

也慎重到太驚悚了吧！

更驚悚的是在他們講完之後，我腳下也跟著出來一個圖陣了，黑得異常純粹的顏色，不是一般的那種沉墨黑，是很像夜空那種近乎透徹的黑，好像可以透過這層顏色在裡面找到更多東西的感覺。

金色的絲線在上面繪滿了層層疊疊的圖形與古老文字，根本不知道代表什麼意思。

我抖了下，很想退後兩步。

這種大法陣感覺上在場任何一個人都比我適合，就是不該我站在上面，圖陣本身的氣勢都比人強了，害我也差點跪下來拜它。

「給我站好，敢退開的話，信不信我打斷你的腿。」

比陰影還恐怖的人站在我後面發出恫赫的聲音，光背對著我都覺得後腦勺快被紅眼燒穿洞了……學長，其實你才是要毀滅世界的那個存在吧。

就在我不知道要被打斷腿好還是一邊抖一邊站好時，我注意到除了黑影，四周開始出現黑黑的東西，從空間那邊來的，搖晃的黑色手有好幾條。

告密者嗎？

我這次眞的有種會死得很徹底的覺悟了。

連告密者都可以一次冒出來這麼多的話，人生還有什麼活路呢……說不定被打斷腿眞的好一點。

就在我思考著要怎樣留一點遺囑下來時，破風聲從後方傳來，劈里啪啦的全都砸在那些手臂上，甚至穿透了，把那些黑色手打得淒慘亂叫。

那種畫面非常滑稽，就好像毛毛蟲被踩到尾巴一樣捲起來，接著變成粉碎，直接消失在空氣中。

然後，穿透那些手臂的東西掉落在地上，滾得到處都是。

透明的、水晶小珠子。

「繼續。」

冰冷冷的聲音從我腦袋裡威嚇傳來。

我突然知道，爲什麼在旅程中後來我見到他的那幾次，都是傷痕累累的了。

用力做了幾次深呼吸。

底下的陣形壓迫感還是很大，感覺好像繼續看下去會反被這玩意給咬死還是控制住，一整個讓人很毛。

「我、不是……吾爲第八種族，終結世界歷史之刃。」吞了吞口水，我壓下陣法給我的恐懼抖著聲音慢慢開口，然後用力回想剛剛重柳族青年告訴我的東西。總覺得一個唸錯不只會被打斷腳，說不定還會被拔舌頭……突然覺得我這趟旅程好像跟來是自己找死路，「血爲憑、語爲媒介。」

隨便在手上找了條稍微止血的傷口，用力抓了下，擠著讓我痛到骨子裡的血液一點一滴落在黑陣裡，那些金線開始慢慢黯淡下來，但光逐漸轉變成一種說不出來的怪異顏色。

接著，我必須努力集中所有精神。

閉上眼睛，感覺著自己的力量和空氣的存在，其他事情就不用管了，要相信身邊其他人會幫我處理，剩下的事便交託在他們手上。

黑色的陣法持續發動，細細的金線在我腳底下不斷來回移動。

那瞬間，四周都安靜下來了。

「……誰？」

陣法的另一端，我聽到了疑惑的聲音。

孤孤單單的，就坐在那邊，如同一開始我們見面時一樣。

「你知道我是誰。」從頭到尾，都知道。

「我不知道，看不到你。」

「為什麼？」

聲音停頓了下，然後帶著低低的哭泣聲：「什麼都不想看，所以閉上眼睛。因為只有我寂寞，大家都不知道，沒有朋友、沒有家人，靜靜睡著的時候，他們也會逼迫我們醒來，讓我們控制不住自己。」

「你和我一起睜開眼睛，看看你是不是真的沒有朋友。」

「……」

其實我也沒什麼把握，不過還是得做看看，於是在自己默數三下後，便重新睜開眼睛。

四周是黑色的。

黑色的天空，不知道什麼時候我們踩在泛黑的雲絮上，隱隱約約可以看到七種光芒透過雲層，聯繫成漂亮的光陣。

然後在後面，又有另外一種光。

大概是我腳下這個陣很有力量，沒有那種突然在高空的驚悚，反而讓人覺得很安心。

站在我對面的，依然是個少年，不過已經不是之前金眼少年的樣子，是另一種我沒看過的、黑髮黑眼，身上刺了很多黑色圖騰，給人一種很神祕的感覺。

「你是朋友。」少年看著我，「但是，你和他們一樣不聽我們說。」

「……我知道，現在知道了。」

如果妖師對應精靈，精靈擁有的是大自然的力量，他們經常與自然交談，相對交流著，詩歌、舞蹈什麼的，經常伴隨在身邊，然後傳遞著那些東西的話語。

就像賽塔也擁有很多朋友。

黑色和白色只是字面上的不一樣。

從很久以前，我們就忘記這個存在，然後讓其他種族管理、封印，致於永遠沉睡的地步，然後又被利用。

就像人不可能聽得懂花草的語言，種族也不能與陰影溝通。

能溝通的我們已經忘記了。

「放你們寂寞那麼久，眞的很對不起。」

這是，身爲妖師一族的我們應該說的話。

即使是最凶惡的存在，都希望能夠被人理解，只要那麼一點點，他們就會有所不同，只要

能夠仔細傾聽，就會都不一樣。

少年的眼淚落下來，就像之前一樣撲著衝過來，一把撞進我懷裡，差點把我的心肝脾肺什麼的都給擠爆。

拍拍他的背，我呼了口氣。

看著陣法外，整片天空已經染黑，從上面拉出很多之前我們看過的那種黑色線狀體，雖然剛剛短暫地被排開，不過又開始向下掉，而且已經差不多覆蓋了契里亞城，顯然那邊的人也在搏鬥，大大的陣法還在抵抗著。

這樣說起來，我記得這一帶不是也被公會的人馬包圍嗎？還是已經影響太廣，所以他們又往外面退？

起碼隕石洞附近還沒有看到公會的人，也不曉得五色雞頭他們撤退到哪邊，但有黑色仙人掌跟著應該不用擔心。

那傢伙根本是犯規的外掛嘛。

「那麼，我要開始回收你的力量了。」陰影本身無法有效克制自己，所以才須要有妖師使用他，大概就跟槍械差不多道理吧，就算射擊的是槍枝本身，但取子彈的依然是人類。

少年點點頭，退開了一步，像是有點不安地又開口：「我們不會傷害你。」

「我知道。」

張開手掌，我看著少年突然蜷成一顆大大的黑球，接著翻轉出翅膀，變成了黑色的老鷹停在我的手臂上。

站在這種地方看著下面，其實還眞有種奇妙的感覺。下方亂成一團，要克制住還是得讓黑色種族出手啊……就不知道三千年前的戰爭時，其他妖師是怎樣的想法。

那個時候聽說沒有妖師出手。

其實很不公平的，對於我們來講，因爲我們是比較少的族群，還被貼上標籤，連旁邊的家人都會被殺害。

回到很久之前，然應該也是這樣覺得吧？

還因爲這種力量要吃一堆苦頭，人生莫名衰了十幾年，結果到頭來還要幫想殺我們的其他人……

「所以你現在理解那個羊的故事了嗎？」

轉過頭，我看見那個鬼王高手站在陣法另外一端。不知道是不是陣形的力量，我可以很清楚看見他身邊有著淡淡的暗色光澤，那種光蘊含某種力量，但是分辨不出來是什麼東西。

「很有趣吧，會被鬼族污穢的黑暗氣息侵蝕，卻在眞正純正的陰影前不受影響，妖師原本的能力實在是讓人害怕啊，所以那些種族才會拚了命想要毀掉你們這些黑暗種族之首。」勾著慣有的微笑，安地爾環著手，沒有靠太近，但也沒有離太遠，維持著恰到好處的距離。「雖然他們到最後自己也忘記根本爲什麼獵殺黑暗種族。但不就跟我說的相同嗎，直到有一天，那些羊會打著正義的旗幟，毀掉根本沒打算吃羊的虎，歷史必然、從以前到現在都是這樣。」

那時候我還會覺得他是在胡扯，但是現在，反駁的話已經說不出來了。

我們與陰影，其實都是被白色種族封印的一方。

陰影被永恆封印，妖師承受的是無止盡的獵殺，不容於世、沒有立足生存之地。但是現在，他們居然要藉助我們的力量，讓陰影離開大地。

這種奇怪的邏輯讓我淡淡地笑了。

加害者尋求受害者的保護呢。

還有什麼比這個更好笑？

我覺得自己好像哪裡怪怪的，但是說不上來。

站在這種地方看著下面，一時很多事情全都湧上，想到的都是關於妖師一族的事情，還有很久以前、我就決定深埋在心裡的那些記憶。

那時候的凡斯是怎樣被逼到絕路的？

看著自己父親被殺死的然做何感想？

什麼都不知道的老媽卻得面臨隨時都有的危險？

然後，這些都是其他種族做出來的。

因爲他們是正義，其他是黑暗。

那我為什麼要撤掉那些陰影的力量？既然他們都想要我們死了，為什麼要那麼好心地幫助他們？

「所以你現在也疑惑了吧，已經掌握了陰影的力量，你知道如何調度他，就算現在想要覆蓋整個世界也不是不可能的事情，只要改變主意，這個世界就會顛倒，而你們才會是正義。」看著我，看著那隻老鷹，安地爾悠哉說著，好像只是在跟我們講今天天氣有多好一樣，態度相當隨意，「我們才是站在妖師那邊的人，從以前到現在提供了多少次的庇護，同屬為黑色的種族。你要知道……其實虎也可以成為世界之白，只要讓羊的數量減少，你們就會是正確的。」

看著眼前我最痛恨的鬼族，腦袋突然有點恍惚了。

其實他講的沒有錯，現在我知道怎麼使用陰影，只要讓他擴展開，以後就會是妖師的世界了吧？

然後，就會變成妖師去追殺那些種族。

世界是可以顛倒的。

而那個力量就在我手中。

可是我……

「就算是這樣，我還是……」幾乎下意識地，我把手伸進口袋，摸到了涼涼的東西，一拿出來看到的是之前撿起來的水晶小珠子，冰冰涼涼的，讓人莫名其妙鬆了一口氣，「我還是比較喜歡現在的世界。就算會被羊咬，但是也不是每隻都咬，總是會有跟虎能夠一起相處的羊才對，因為這個世界註定就是這樣吧。」

他們所說的平衡。

那刹那，我清醒過來，好像被人潑了一桶冰水似地，全身抖了很大一下，害我以為自己抽筋了，冒出一堆冷汗，接著才發現我剛剛好像想了很多又奇怪又多餘的事情。

要死了如果我剛剛有想毀掉世界，第一個要面對的應該就是被學長扭斷脖子吧！

人家毀世界是想當大魔王，我並不想當一個被扭斷脖子的喪屍王啊！而且我肯定也當不到王的，九成十絕對會被別人給幹掉當肥料，那我幹嘛去毀滅世界啊！

毀掉我的網路遊戲等級就練不出來了啊！

我醒了，徹徹底底的。

盯著我，安地爾突然笑了，「果然如此啊……」

「差點被你騙，學長有說過你會動搖人心。」捂著突然回過神然後心臟亂跳的胸口，我慶幸還好及時反應過來。

「這次可不關我的事情。」安地爾指指下面，那個金線的黑色陣法，「褚冥漾，都還沒了解這東西是有自己意識的你也敢踩，這該怎麼講呢……白痴的膽子特別大嗎？」

「……」不知道為什麼，就是被他這樣講會特別讓人不爽。

就算我是白痴也輪不到被鬼族講吧……

鬼族？

我突然注意到一件事情。

眼前的鬼王高手身上有著奇異的光，與我之前看到的那些鬼族都不一樣，而且，他還站在妖師一族的古陣法裡，完全沒有受到什麼干擾。

爲什麼他可以這麼輕鬆來去各種地方？

「你眞的是鬼族嗎？」瞇起眼睛，我疑惑了。

「我是鬼王高手。」安地爾回給我欠揍的答案，聳聳肩，「這跟是什麼種族沒差吧。」

「……你到底站在哪一邊？」這個人一直很奇怪，明明是敵人，但常常做很奇怪的事情，例如現在，他大可以不用出現和我聊天，就剛剛的狀況我如果繼續自己想下去，大概眞的會想偏，他出來反而讓我有警覺心了。

鬼族不是很喜歡毀掉世界嗎？

「喔？我還以爲早就跟你講過了。當然、我是站在有趣的那邊。」露出很有深意的笑，安地爾還是丟給人莫名其妙的答案：「世界當然是越亂越好，你不覺得嗎？如果沒有這種樂趣，怎麼讓人待下去呢。」

「完全不覺得、謝謝。」他果然有病。

「對了，雖然我的計畫跟想要做的事全部被打亂了。不過看在這次託你們的福讓我拿到陰影，不用爲耶呂的新身體傷腦筋的份上，我最後再告訴你一點事情吧。」不知道是要故意激我還怎樣，安地爾伸出手掌，拋拋上面出現的黑色小球，「不用太煩惱毀滅的事情了，褚冥漾，歷代妖師寧願選擇閃躲而不是用基本力量毀滅其他種族的理由，我想你應該很了解了吧。」

「……因爲不想事物消失。」因爲這裡還有很多朋友，如同凡斯希望精靈存在，像是然寧願跟辛西亞隱居著，或者冥玥活得自在。而我們都一樣，在這裡還有我們牽掛的其他東西，所以不想要這裡不見。

鬼王高手冷冷笑了，「我很期待，不知道凡斯的後代會成爲怎樣的東西。」他揚揚手，收回了黑色的球，「下次見。」

可不可以不要再見了。

我超不想再見到你啊，每次一出現我的人生百分之三百都會不平靜，給我一個安穩的人生有這麼困難嗎！

完全不顧慮別人感受的鬼王高手往後一跳，徹底消失了。

結果最後他是什麼東西，我還是不曉得。

總之歸類成衰神一定就沒錯了。

「容我提醒你。」

冰冷的聲音突然傳出來，把我嚇了一大跳。

你早不來晚不來，現在才來是要嚇人嗎！剛剛我在那邊黑暗掙扎時好歹也出個聲音嘛！

「啓動這個陣法，消耗的是導讀者的生命，請不要太浪費時間。」

……導讀者？

所以其實夜妖精們正在燃燒自己的青春嗎？

這種事應該早點告訴我啊渾蛋！

你是存心要他們燒久一點嗎！

「現在開始回收。」

話語停止的同時，我身邊突然一個光影錯落，半秒後出現的是原本那個大坑，其他人及所有陣法還圍繞著，哈維恩在我面前也沒有移動過。

剛剛那個天空到底是眞的還是假的，我也不曉得。

黑鷹鳴叫了聲。

嗯，開始吧。

「我爲第八種族、兵刃之力。」

抬了手，我讓黑色老鷹飛在正上方，然後頓了頓，也不知道陰影散出去有多遠，很認眞想了一下，我決定講比較籠統的大方向：「……總之，以妖師之名，將此地散出的黑暗之力全部回收至此……」

「白痴！」

學長罵了一句和鬼族一樣的話。

還來不及搞清楚他幹嘛突然罵人，我突然就聽到轟隆隆的聲響。

起先很像是遠處打悶雷、接著好像是洪水還什麼，不管是地面上還是我們頭頂的天空都傳來那種聲音，接著開始震動。

……對不起我眞的是白痴。

我好像應該循序漸進地慢慢回收才對，看到天空跟地上的黑暗東西像是半個月沒吃飯的餓狗一樣鋪天蓋地衝過來那秒，我完全深深體認到學長罵我罵得有多眞心。

兩道黑色的影子直接閃到我前面，在我還在體會我眞是個白痴時，學長和重柳青年同時出手。

帶著火焰的長槍射飛出去，直接在天空打出了金紅色的陣法，一下子把整片壓下來的深黑色擋在外面，轟地一聲在外面四散炸開，接著像是下起雨一樣慢慢地灑落進來。

那些黑色的雨滴落在地面陣法上，順著金色的絲線圖往我這邊聚集而來，在其他夜妖精的導正下逐漸越來越多，顏色深濃得像是個沼澤，還不時給我出現驚悚的泡泡。

重柳青年的出手比較沒有學長那麼粗魯，他就是抬手捲起風的氣流，把地上衝過來的黑暗阻隔在外，一點一滴地放進來，讓那些黑色支流慢慢往我們這邊匯合。

要是兩邊一次衝進來，我想還眞的會連這個洞再被炸飛一次。

伸出手，手掌向下，那些液態的陰影像是被吸引一樣從地面向上攀延過來，在大概離掌心五公分的地方自己捲動成球，不斷壓縮著變小。

這個要很專心，我甚至沒時間去管其他人在幹什麼。

注視著黑色的球，只要稍微一分心它就會扭曲變動，只能一直想著它要全部收回來，不可以遺漏。

時間不知道過了多久。

事後我想想，其實應該沒有太久，因爲學長和妖魔爭取寄體時間只有半個小時，當我好不容易把最後一滴陰影壓縮成球狀後，他還沒倒下去，而且非常有餘裕地在我很高興要把球展現給他看時，直接往我腦後呼一巴掌，打到我眼冒金星、差點沒把陰影又全部丟出去。

「也太慢！」根本不知道剛剛人家有多認眞努力的學長哼了聲，「把它跟本體聚合。」

本體本體……

把黑鷹接下來，我也不曉得應該怎麼聚合，就把那顆球直接朝鳥頭蓋下去。

陰影在碰到鷹頭同時整個融進去，沒有多久時間就全部消失了。

我抬頭，看到的是開始變成橙色的天空，還有染金的雲朵，漂亮得好像什麼事情都沒有發生過。

周圍的夜妖精慢慢停止陣法，一個接一個地原地趴倒，連哈維恩好像都有點搖搖晃晃的。看來燃燒生命力很有可能是我祖先遺散他們的主要原因。

等到我腳下的金線陣法逐漸消失後，我也差不多腿軟一屁股坐到地上，黑色的老鷹跟著拍拍翅膀，轉回了原本的少年形態跳到我面前，跟著蹲下來呼了口氣，順便打了個嗝給我看。

「不要坐下來。」學長很不客氣地踢了我一腳。

「沒力了……」用了米納斯的二檔，又在下面搶陰影到現在發動這種東西，我連躲學長的力氣都沒了，如果可以還眞想整個人趴到地上先睡他一覺啊。

「你還沒處理完。」看了眼蹲在旁邊的少年，學長冷冷地說著。

我就是不想處理才坐在這裡啊。

「已經沒有封印了。」聳聳肩，我告訴學長現在這邊只剩下個大坑的事實。

「重柳族可以重製封印。」學長把這個問題丟給站在旁邊的青年。

青年用詭異的目光看著我和陰影少年，「需要很多時間重塑。」

該不會連你也想追究封印被炸的事情吧！這個應該要去找黑色仙人掌啊，明明就是他一個人歡樂地爆破，結果大家都跑來砍我是怎樣？

早知道剛剛就放給陰影去毀滅世界了。

「已經放過妖師了，看來也沒辦法。」不知道是不是自己在碎碎唸，青年轉過身，走去拖他兩個同伴，突然消失在我們面前了。

……這是表示啥意思？

全部爛攤子丟給我了嗎喂！

「褚，你想把這個封印起來嗎？」低頭看著少年，學長問著：「目前可以做到這件事的大概只有你和妖師首領吧，在沒有任何輔助下。如果要其他重柳族來重塑封印之地，要花一段時間。」

可是我不想封印他。

少年直直看著我，微笑，但是表情看起來很像快哭出來了：「沒關係，最喜歡你了，所以就交給你了。」

只要讓他重新陷入沉睡，一切事情就解決了吧？

但是我實在不想這樣。

「那就找個有力量的空石頭把他塞進去，丟到時間之流還是黃泉之河，說不定哪天就會變成幻武兵器了吧。」學長打了個哈欠，很隨意地丟出這段話。

「欸？」是誰告訴我一定要封印的？

「也有可能就這樣消失在時間裡面吧，反正陰影本來就是歷史產出的生物，看他運氣好不好而已。」冷笑了下，頂著別人外皮的學長這樣告訴我：「其實成爲幻武兵器也不是多好的下場，而且搞不好幾百幾千年才能洗鍊出來，被時間沖刷過的兵器雖然保有靈體，但很可能不會有之前的記憶，就像我們現在使用的一樣。」

但是，這樣好過一直孤單吧？

「我會回來，不會消失也不會忘記。」少年很認眞地看著我，然後轉頭盯著學長：「這樣就可以一直在一起了對吧？如果我不是陰影，而是幻武兵器的話，是不是就可以永遠一起？」

「是啊，起碼那個重柳族是這樣講的。」

我愣了下，呆呆地看著學長，一下子也不知道應該說點什麼。

「那麼，我願意。」少年自己做好了決定，而且還對我伸出手指，「約定好，要把我找回來當幻武兵器喔。」

欸……米納斯妳會介意嗎？

除了萊恩以外我還真的很少看到其他人帶兩個兵器使用，也不知道米納斯會不會反彈。

等了幾秒，別說反彈，我家很自主的幻武兵器根本鳥也不鳥我，大概是默許了。

然後，我跟少年勾了手指，「一定會。」約定好了，這樣他就不用一個人永遠孤單下去。

少年笑了，就像以前在夢裡面一樣。

「你們就繼續慢慢聊吧。」看了下天色，學長突然往契里亞城的方向走去。

很本能的，我一撐地面想爬起來跟著回去，手一碰突然就啪答一聲，全部按在水裡面，不知道什麼時候地上已積起薄薄的一灘水，好像還是從下面滲透出來，速度很快地把我的膝蓋淹過去。

「聊到淹死我也不反對。」

湖之鎮的水在黃昏降臨時，開始倒灌了。

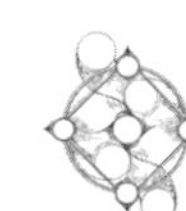

第六話　力量的石頭

契里亞城裡非常忙亂。

那個據說只有半小時可以用還給人家多撐十分鐘的學長一踏進城門就氣勢萬千地直接往地上撞，我們還沒來得及扶他又自己爬起，恢復成魔使者了。

哈維恩把那些帶來燃燒生命的人手暫時遣回後，也跟著我們一起走進契里亞城。

城外圍繞了一圈變形的亂七八糟屍體、活體，應該也是陰影覆蓋造成的；在外面跑動的都是公會人手，我一路過來就看到十幾個紫袍、白袍，不過沒有看見認識的熟面孔，有幾個黑袍在其中指揮，也都是不認識的。

可能是怕被人注意到還是出現在人多的地方不自在，總之進城之前，少年就變成黑鷹停在我的肩膀上，跟著左顧右盼。

「你們！」

我轉過頭，突然在一片狼藉中看到熟面孔……狗臉孔。

「雷拉特。」朝還有段距離的遠望者揮手，看到熟人都安全後我突然鬆懈下來，身體一時痛得亂七八糟了。看來剛剛果然太緊繃，結果什麼都沒有感覺到。

魔使者一手拍在我肩膀上，那種痛感突然減少很多。

雷拉特後面還有幾個遠望者，他轉頭交代幾聲，其他人就各自去協助公會處理清除事務。

「當心點。」走近這邊後，遠望者突然低聲給了我一句莫名其妙的話，接著他停下腳步，狐疑地看了看夜妖精和魔使者，似乎有點不能理解爲什麼他們兩個在我旁邊、其他人都不在的狀況，「山妖精全出，很危險。」

「欸？」我愣了一下，「山妖精還在嗎？」

「瘋狂、很危險。」雷拉特給我一個非常不好的消息。

……他們從山上抓狂到這邊也眞不容易了，眞的那麼想要白川主的石頭嗎？

「遠望者一路追蹤到這，有些死了、有些被陰影侵蝕了，沒事的還在附近。」看了城門外的變形體，雷拉特簡單地告訴我們狀況，「但是在附近追丟了，就先幫助契里亞城。」

「那你有看到五……西瑞他們嗎？」他們早一步離開了，我想應該也是回到這邊。

「聽到城主已經回去，其他不知道。」雷拉特有點擔心地看著我們，「出事嗎？陰影很嚴重，到現在城周圍還很多侵蝕體。」

「知道了，那我先去找城主吧。」先找到艾里恩應該就會遇到其他人了，遇不到還可以叫他幫我們找，這樣快很多，也總比我一個人拖著殘破的身體到處亂跑得好。

與之前人來人往的熱鬧街景不同，契里亞城裡的住戶幾乎都把門關上了，連便利商店都關了，跟著來的雷拉特才說是城主命令的，可以戰鬥的就協助，不可以的就躲到地下通道，與我之前看到的一致，看來那時候陰影給我看的並不是幻象、而是眞實。

然後我才知道原來五色雞頭他家的祕密通道有三分之一是申報公用的，好像是跟契里亞城有合作提供緊急逃難用……難怪他家可以在下面挖得這麼猖狂，但沒有申報的三分之二也太多了一點吧！

還有你家不是殺手家族嗎，爲什麼合作的項目會是挖地道，你家的子企業嗎！

我果然搞不懂他家到底在想啥。

因爲去過幾次外加之前艾里恩到處要抓我們，所以城裡的衛兵完全認得我的臉，進到城主住處也沒遇到什麼阻擋，還有衛兵帶我們進去，一路進去我就看見五色雞頭他們全在大廳了。

「漾～」五色雞頭一秒跳起，直接指著我的鼻子追究：「本大爺的僕人居然放本大爺鳥，當初我們歃血爲盟的事你都忘記了嗎！在江湖不講道義要斷手斷腳！」

誰跟你歃血爲盟！

還有明明就是你被拖走的，聽說被放鳥的應該是我耶！

「艾里恩和九瀾大哥他們呢？」只有看到沃庫很頹喪地坐在角落，還自體產生斜影，我決定不要去理他比較好。

「因爲克利亞的關係，城主和艾芙伊娃小姐都進入深度睡眠，藉此轉移土地的污染與修復身體。」唯一算是正常人的默克還滿認眞回答我的問題，「九瀾幻武兵器用過度了，剛剛醫療班把他拖去休息，休息過後就沒事了。」

原來黑色仙人掌還是要休息的，如果他沒有休息，我眞的決定以後都不要跟他一路了，整個超危險的，還不知道自己會怎麼死。

默克沒有問我們陰影的事情，稍微和雷拉特打過招呼，說要先去公會報到就跑掉了。

沃庫還繼續種在角落裡面。

五色雞頭的傷口也都包紮過，大概是被醫療班押著治療，估計用了某種手段，反正他看起來有點不爽就是了。

「對了，漾～你手上那隻是啥鬼？」

指著跟著我回來的黑鷹，五色雞頭疑惑地瞇起眼睛。

「喔，這個是……」

正想要講什麼先唬爛過去，不過我覺得眼前好像整個發黑，下一秒腳軟，整個人往前趴沒力了。

我倒入一片綠色的草地上。

「嗚嗚……」好歹也給我一個好眠嘛……

「不要裝死了。」超沒良心的學長直接從旁邊踢一腳，「我們也都很累，快點滾起來把剩下的事情搞定。」

感覺上我比較累吧。

起碼先讓我睡一下再說啊你們這些傢伙！

哀怨地從草地上爬起，正打算先在腦裡面唸一下，我突然注意到這次草地上又多人了。

……羽裡，不是聽說你夢能力使用得很吃力嗎？後期每次進來都有不一樣的人到底是怎樣啊，次次不同驚喜嗎？

仔細一看，我愣了三秒有。

「呦，還眞有趣，沒想到小黑會借你們這麼多力量啊。」那個聽說被拖回去可能會被捏死的白川主異常悠哉地對我揮手，「吃醋啊～眞不公平欸，每次看到我都火氣很大，沒想到一直在幫忙你們，嘖嘖。」

會對你火氣大除了找不到人以外，我想也有白蟻的怨恨吧。

正常來講，沒當面掐死你都算心胸寬大啊我說。

「難道是因爲踹門的人很少所以他也覺得很有趣嗎……」白川主很疑惑地支著下巴自言自語。

……原來進你家眞的是要用踹的嗎？

該不會敲門的會被剁手吧！

我突然在想賽塔和學長他的猴子老爸每次去每次踹，說不定還眞的是什麼祖傳祕方之類的，不踹會死等等。

你家的門就不能正常一點嗎！

「你在這邊不會被黑山君抓到嗎？」聽說羽裡的夢境是跟黑山君借力量的耶，他就這樣跑進來也不怕瞬間被抓包嗎？

「放心啦，我已經很有經驗了，只要抓在府君來的前五秒逃逸就好了，他們跑太慢了，跟不上我的速度。」揙揙手，白川主一臉欠揍地跟我分享他的跑路心得，「我都算過時間了，從小黑抓包我的氣息到派出府君，起碼還有十分鐘左右的時間，然後中間再丟個干涉術法把府君關一關，到他們跑出來起碼還可以混個一個小時吧，我再慢慢地想個形狀跑掉就行了。」說完還給我一記拇指外加燦爛笑容。

看著得意洋洋的傢伙，我還眞想一拳揮過去。

我眞的覺得黑山君好辛苦啊！

他會想要把白川主給鏈起來打斷腿不是完全沒道理的。

「好吧，來說一下正事。」從剛剛開始就一直自己在離題的白川主拍了下手，「我知道你有找到，給我吧。」

「欸……你應該要去現實拿吧。」我知道他是要那個石頭，不過現在聽說是在夢境耶。

「喔，其實是沒差，只是要經過你同意而已。」說完，白川主微閉起眼睛，再睜開時轉了下手，手掌上已經出現那塊黑石，上面還有裂縫，「比我想像的還要多，不過你們也太不小心了吧，如果要借用裡面的力量應該要溫柔一點啊，還好沒有弄碎，這個一碎又找不到了。」一邊碎碎唸，他慢慢在裂縫上摸了幾下，黑石居然又恢復本來的樣子了。

所以那個到底是什麼石頭？

在白川主收回黑石的同時，我腦袋裡突然浮現好幾句百句歌，看來他今天心情還不錯的樣子。

「對了，我們可能需要一個有力量的石頭，白川主大概知道哪邊可以找到嗎？」學長在黑石回收後才開口詢問。

……我還以爲隨便找一個就可以了，原來還有指定嗎？

「咦？他身上有一個啊。」白川主指指我，一臉莫名其妙。

說眞的，我還比他莫名其妙。

「你們是要做給陰影的容器對吧，他身上那個就很夠用了，而且還很適合啊，反正現在也用不到了，改做成容器石應該也沒關係了。」歪著頭，白川主這樣跟學長說：「啊，該不會你們不會用吧？」

「你說的是哪個東西？」學長也跟著疑惑了。

不知道爲什麼，我突然有點爽，因爲終於有學長也不知道的事情了。

呼哈哈！你再給我說因爲你是黑袍嘛，黑袍還不是也有踢到鐵板的一天。

「褚！給我閉腦。」鐵巴掌直接呼在我後腦，學長惡狠狠地瞪過來一眼，「看你的臉就知道你在亂想！」還順便解釋了巴我的理由。

捂著在夢裡還是會腫的後腦，我哀傷地退了幾步，退到起碼不要再被他巴第二次的安全距離。

「嘖嘖，我還在想陰影的事情怎麼會搞這麼大，才繞過來看看是怎樣，原來你們眞的不知道喔。」想了幾秒，白川主搖搖頭，還露出一臉同情，「害我還以為你們都曉得才在搶這個黑石，原來是搶心情爽嗎？」

並沒有！

誰跟你搶心情爽。

「黑石有什麼問題嗎？」學長瞇起紅色的眼睛，看來好像也一頭霧水。

「這個嘛……」支著下頷，白川主停頓半晌才繼續開口：「超過可以幫忙的範圍了，按照慣例要拿東西跟我交換。這個空間嘛，我們可以干涉的事情不能太多也不能太少，有說出去就必須要有收回來，所以要給我件東西。」

看來他跟黑山君差不多，不能干預時間啥啥定律之類的。

「身上好像也沒其他東西了，要哪種？」難道又是要什麼藝品嗎？那種東西我搞不好也買不起啊我說。

「我想一下。」還眞的很認眞抱頭在想的白川主有點苦惱地嘖了幾聲：「可惡，難道沒有出門在外好收好輕便又很實際的東西可以換給我嗎！」

……難道你想要帳篷嗎？還是野戰求生包？

不對啊，這樣白蟻都帶不動。

要以最基本的白蟻為考慮對象，眞的很難想啊啊啊！

「這個如何？」學長抛了一下手，上面出現個透明的小飾品，然後丟過去給白川主。

「欸，這個不錯，剛好給小黑當髮夾。不過這是精靈石之飾，沒關係嗎？」看起來好像很滿意的白川主轉來轉去地看著那個小東西。

「沒關係，還有好幾個。」不知道想到什麼，學長的臉一下子變很臭，讓我覺得他搞不好絕對是死都不會去用那個。

是說，學長的頭毛長歸長，我的確沒看過他用飾品就是，連綁頭髮都隨便拿個橡皮筋，拿不下來還很粗暴地扯，後來喵喵聖誕節時送他一打綁髮用的橡皮圈才改掉凌虐頭髮的行為。

「確實收下了取代。」隨便把飾品塞到口袋裡，白川主朝我走過來，「那我就自己動手了喔。」

「欸？」

還沒想到他到底要動什麼手，我就看見站在我面前的人從我身邊抓出一顆石頭，那種感覺就好像是魔術師突然從人耳朵旁邊拿出銅板一樣，整個很莫名。

不過他那顆石頭有點眼熟……

「啊！」看著白川主把玩的圓圓石頭，我一秒認出來是那個保險箱的石頭，那時候摔倒王子說沒用所以我帶著收好玩。

「就這個啊，你們沒注意到那個妖精保險箱裡面藏的是這個嗎？眞是的，小孩子們果然還是得多鍛鍊才行。」說得很老練的白川主轉了轉那顆有字樣的暖石頭，「不過連獨角獸都沒注意到也真誇張。」

……那隻獨角獸只要不是女人就不會注意到吧！

除非這是一顆會拋媚眼的母石頭。

等等，式青他們好像沒有看過。

那天我記得應該只有我跟摔倒王子、五色雞頭和那隻松鼠在場而已，如果不是他現在拿出來，我搞不好完全忘記有這個東西。

學長疑惑地盯著那顆據說沒有什麼力量的石頭，表情是對那個東西有點陌生，但接下來眼睛突然瞪大了。

「喔，看出來了對吧，上面有古文啊，雖然有夠久的，不過你多少懂一點，仔細看應該可以知道。」白川主擦了擦那顆被我洗過的石頭，一臉說教地講：「這是羽族古老日行部落的文字，平常保護這顆石頭的。」

我突然有種很不妙的感覺。

摔倒王子，你到底是真的不知道還是存心陷害我，學長都轉過來用會把我掐死的眼神在瞪我了，最好這是一顆沒有力量的石頭啊渾蛋！

「封印母石……」握緊拳頭，我覺得有百分之三千是氣到在發抖的學長低著頭看不見表情，然後從牙縫裡吐出幾個字，「蒂絲他們找到的不是子石……是母石啊！褚！你到底在搞什麼啊你！」

最後幾句是用吼的，整個夢境空間震動了下，連旁邊坐著看戲的羽裡都嚇到了。

「對不起啦學長！」

在厲鬼撲上來時，我最後一個動作不是逃走，是腳軟沒骨氣地先跪下來道歉。

「你乾脆去死吧！」

我摀著臉，痛到頭皮都是麻的。

不知道夢裡的傷會不會帶到現實，如果睡著睡著臉直接腫起來，外面看到的人一定會覺得很驚悚。

學長……你是眞的想把我揍死嗎……

好想哭喔……明明是摔倒王子先說那個石頭沒用的啊……

啊、流鼻血了！夢裡面居然還可以流鼻血！

「所以一開始你們如果把母石塞回去，找個時間種族還是精靈族來幫忙固定封印，所有事情都解決了啊。」在旁邊看完揍人武打劇碼的白川主還在說風涼話：「我就覺得很怪嘛，明明有感覺你們拿到母石，居然還把陰影弄出來，差點沒把附近都毀掉。嘖嘖，本來在另一個世界，害我丟下手上的事情趕回來，想說如果眞的不行就得出手，看來你們果然是小朋友啊。」

學長一眼瞪過來，我連忙把頭轉開。

都已經被打到快變豬頭了，再打下去我就眞的會暴斃了我說。

「……很抱歉，一切都是、我、們、的、疏、忽！」

學長，拜託你講話不要咬牙講，聽起來眞的好恐怖，而且感覺好像會再來揍我一輪。

連忙往羽裡那邊偷偷移了幾步，我很沒種地想著如果學長要再撲過來揍我，我一定會趕快叫羽裡把我弄回去。

起碼還可以躲一點時間不被揍。

話說回來，那個一直跟在我後面的重柳族還不是也沒看出來，一起放黑影他也有一份啊，如果那個時候他有注意到，不就也沒事了嘛……

對了，說到他，也不知道有沒有乖乖去治療，看他的傷勢也很嚴重，不曉得他同伴清醒之後會不會對他做什麼。

「現在封印整個被你們炸掉了也不能恢復，所以母石其實也沒什麼用處了，我想拿來當陰影的收容石是最好不過。先幫你把母石甦醒，你醒來後把陰影收好，再拿去給小黑，他會幫你們放到時間之流，等他變成幻武兵器之後再去找就行了。」一手拿著那顆差點害我被打死的母石，白川主拿出剛剛收起來的黑石，輕輕地碰了那顆母石。

瞬間，我覺得那兩顆石頭周圍的空氣好像震動了下，然後母石就微微發出微光，整顆亮了起來，就算是我都可以看得出那顆石頭充滿了某種力量，與之前完全不同。

「這樣就可以了。」張開掌心，母石慢慢消失在白川主手上，「還你了，這樣你們這邊的問題應該就解決了。」

「非常謝謝您的幫忙。」學長向白川主行了禮。

「小意思，反正我們是交換嘛。」拋了拋飾品，白川主笑了兩聲，「那我也差不多該逃了……對了，小黑還滿喜歡小點心的，入口即化的最好，下次你們要去找他時幫我帶一些過去，順便跟他說不要太想我喔。」

話說完，他也不等我們的回應，突然往後一跳，人完全消失了。

「白川主已經離開夢連結。」羽裡很盡責地報告著。

學長一秒轉過來瞪我。

「對不起啦，我真的不知道那個是母石……」連忙抱住頭，我有種今天搞不好會死在夢裡面的感覺。

羽裡你也太沒有義氣，起碼幫我阻止一下啊。

冷冷哼了一聲，學長還是那種很想揍我的恐怖表情，「我們已經快進入燄之谷的區域。」

「……欸？」

對喔，時間算一算也差不多了，小飛狼好像也要回去了。

「你跟西瑞就直接轉回學院吧。」在草地上坐下，學長呼了口氣，看起來也不是很輕鬆的樣子。

既然你很累，你幹嘛剛剛還要費力氣把我打成豬頭啊！

揍人凌駕於休息這樣對嗎！

「我們應該可以馬上追到你們，來得及吧。」跟水妖魔商量一下借用魔使者，我想絕對可以大大拉近這個時間差。

「你該做的事情也差不多做完了，接下來進入燄之谷，我們這邊就會安排所有復原的事宜，你和西瑞有沒有歸隊倒是都沒差。」搞不好一開始就覺得我們很礙眼的學長超不客氣地把事實講出來，「從一開始，你就不是在跟著我的旅途，是你自己的，現在已經差不多告一段落了，沒必要跟我走後面的治療行程……想想出門前你星相老師告訴你的那些話。」

星相老師？

說眞的早八百年的事情我還眞差不多快忘記了。

不過那時候她講的的確……

晦暗的星子並未告訴我們那是關於什麼方面，但那是屬於夜妖精的古老傳說。

夜幕降臨之後，徵兆出現於古老的神話當中，一個故事、引領旅程，這是我查看星相後所能得到的結論。

所以，就是指妖師與歷史兵器的事情嗎？

我這次出來，是因爲必須知道這個屬於自己和妖師一族的傳說嗎？

「而且，你必須把陰影帶去找黑山君不是嗎。」學長勾起冷冷一笑。

我知道他的意思，去找黑山君，半天就快一個月了，這個時間差根本不可能再執行學長的任務了，不管從哪方面來看，我這次的旅程好像眞的就到此爲止了。

「不過你如果要來送我們進燄之谷也是可以，之後你得處理沉默森林的事情，畢竟那是妖師的相關種族，沒有好好安置，可能會引起其他種族的圍剿。另外水火妖魔那邊、六羅的事情也都必須再去看看。」轉過來，收掉剛剛要殺人的表情，學長很認眞地看著我的腫臉，「褚，你已經過了要跟在我後面接受保護的那個時期，應該去做自己的事情了。這次出來算是不錯，沒有以前那麼沒種了。」

雖然我知道我很沒種，但是你可以不用這麼正經地告訴我吧……

「我也差不多要回去了，果然強行使用別人的身體消耗很大。」

會消耗大的原因應該有一半是你剛剛卯起來揍我吧！

然後，綠色的草地開始消散了。

❀

我睜開眼睛。

第一反應就是彈起來先摸臉，還好沒腫也不痛，連鼻血都沒有眞是太好了，看來在夢裡被扁不會帶出來，幸好不會被毀容。

雖然我不是靠臉吃飯，但是也不想帶著張豬頭臉出門。

慢慢放鬆下來後，我才注意到我已經躺在床上了，四周是黑暗的不過空間很大，應該是艾里恩他們這邊的客房。

裡面沒有見到魔使者也沒看到一起回來的哈維恩，連黑鷹都不見了，空蕩蕩的好像只有我自己。

大約過了幾秒，窗戶邊出現了人影，刻意走進來讓我發現。

那個剛剛我還有點擔心的重柳族青年拉開及地的窗簾，外面的月光一下子把黑暗的室內照亮了不少，還有涼涼的夜風吹進來，裡面透氣多了。

他已經換了套比較輕便的黑色衣物，不過照樣把自己包得緊緊的只露出雙眼睛，看樣子應該是有自行處理過傷勢了。

「欸……你的族人應該沒事吧？」其實我是比較想問他有沒有被刁難，可是感覺對方可能不會回我。

青年盯著我幾秒，才搖了下頭，也不知道是沒事的意思還是被掛掉的意思。

「來取走記憶。」一秒進入正事，根本沒有和我聊天意願的青年走過來，動作迅速地把手放到我臉前面，「其他人已經處理過。」

「欸？夜妖精也都弄好了嗎？」哈維恩不是把他家的夜妖精都先放走嗎，難道他還一個一個追上去把人洗記憶嗎？

想到那種畫面就覺得有點驚悚。

「是。」

「好快喔！」一瞬間就撲上去把他們都洗完嗎！

「你睡了一天一夜。」

「……」原來是我睡太久了。

看著對著我的掌心發出銀色的光，我連忙把眼睛閉上，也沒什麼特殊意義，就是很本能的反射動作而已。

其實洗記憶也沒什麼感覺，就是暖暖的東西抵在額頭上，沒有花太久時間對方就把手移開了。

「好了。」青年這樣說著，直起身往後退開了幾步。

仔細想了一下，我果然把怎麼抓陰影的那部分全都忘光了，一點都想不起來，不過其他相關的事情還記得，關鍵部分沒了就是。

我還以為他所謂的洗記憶是全部洗光光，把之前發生的事情都刷一刷，沒想到還有這種洗法啊……

看來哈維恩他們大概也是恢復到只知道一點點的那個部分。

這樣我也眞好奇他是把他同族洗成怎樣，是全洗光還是只洗關鍵部分？會不會再跑來追殺我們啊？

「對了，這個是你的沒錯吧。」抓出了之前撿的透明小珠子，雖然多少有些知道了，不過還是向本人確定一下。

藍色的眼睛瞇起來。

「呃……不是就算了。」有點怕他惱羞成怒一刀砍過來，我連忙要收回去。

「還來。」

出乎我意料之外，青年不但承認了，而且還直接伸出手，「全部。」

你也太小氣！

在對方瞪視下，我心不甘情不願地把之前撿到的小珠子都翻出來，然後還給他。

「同族已經忘記妖師一事。」將小珠子收回自己的腰包裡，重柳族像是很不經意地丟出了這句話。

「欸？這樣沒關係嗎？」

「嗯。」

我還是有點擔心，「這樣眞的不會被追究嗎？」

青年轉過來，不知道是覺得我很煩還是怎樣，就這樣盯了我好幾秒，在我以爲他是要瞪到我自己掩面轉開時，才突然開口：「不是第一次。」

「……」

你們這個種族到底是怎麼回事！自己人互咬很有經驗嗎你們！

一般同種族不是應該好好相親相愛大家團體合作共創族群最高繁榮盛景啥巴拉巴拉的嗎，爲什麼你家一天到晚都在互捅啊？不是互看不順眼就是洗腦不是第一次……難道時間種族內部跟養蠱一樣嗎？最後活下來那隻才是王對吧！

一切的謎底都解開了。

你們根本生活在罐子裡啊你們！

「對了，可以問一下你叫什麼名字嗎？」好歹也算是認識了，到現在都不知道對方叫什麼也滿奇怪的。

這次青年眞的沒有回答的意願了，一轉身直接往窗戶外面跳，消失得無影無蹤。

嘖，早知道就不問了。

該不會其實名字很奇怪才不想講吧？

看著空蕩蕩的外面，我呼了口氣，想爬下床去把落地窗關小一點才發現全身有種異常奇怪的痠痛感，剛剛跳起來摸臉後就都沒動了所以沒注意到，現在一個大動作才哀哀叫了幾聲，踩到地面後那種痛感更強了。

好不容易掙扎到窗邊，一碰到窗簾的那瞬間我傻眼了。

重柳族剛剛離開處的外面有個大冰雕，在月光下閃閃發亮，看起來有種異常的美感。

在冰雕裡面，是紫袍艾麗娜的變體。

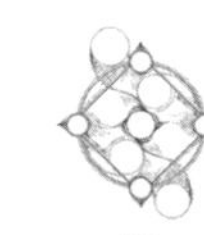

第七話　異界的分線

「漾～」

房門被踹開，五色雞頭超級不客氣地當作他房間一樣走進來，手上還拖著一大盒飯菜，面前甩來甩去。

「你居然昏睡那麼久，真是太虛了，本大爺都恢復得差不多了。」他還抬起拆掉繃帶的手在我面前甩來甩去。

……笨蛋不但不會感冒、皮還比較厚嗎？

太讓人羨慕了啊！

說不定當像五色雞頭這樣的人，人生也會比較愉快。

「九瀾大哥呢？」沒看到黑色仙人掌，我隨便問了句。

發現冰雕後，沃庫和默克外加很多衛兵都跑來處理，外面現在還滿吵鬧的，不過窗戶關上就完全沒聲音，也不知道打算把冰雕和裡面的艾麗娜怎麼處理。

但是據說喜歡屍體……好吧，不一定是屍體的黑色仙人掌到現在都還沒出現，也讓我覺得很疑惑。

「老三也一直在睡覺，到現在還沒醒，比你虛。」把盒子丟在床上，五色雞頭一屁股坐下來打開那盒超豐富的食物，「總之死不了，該醒就會醒了啦。」

唔，看來用那種幻武兵器比我想像的還耗力量。

「漾～多吃一點，吃飽就好了。」

看著又是油油膩膩的一盒，我有種傷勢都開始惡化的感覺。為什麼他會覺得大魚大肉可以療傷啊？上次被山妖精捅也是這樣……並不是所有人都是吃肉補肉啊！

「我不是說過不要騷擾病患嗎！」

一把鐵扇直接從五色雞頭的頭敲下去，發出很驚人的聲音，照理來說正常人說不定會腦袋爆開，但好像沒怎樣的五色雞頭罵了一句，倒是不敢動手。

「他和九瀾一樣把力量都用乾了，起碼還要多躺兩天。」站在後面的越見甩甩手，把鐵扇給收回去，另一手則是端著一盤藥物。

「你沒事了啊？」愣愣地看著先前重傷被送走的治療士，我突然有種鬆了口氣的感覺。

「小傷。」拍拍自己的肩膀，臉色看上去還是稍微有點蒼白的越見表現出沒影響的樣子，「現在城裡忙到連螞蟻都想抓來幫忙，所以我幫著看顧一點傷患還行……你們最好乖乖地都給我待著等到治療完畢，我沒那麼好的精神一個一個去追來關。」

……我們也不想被你抓去關啊我說。

「哈維恩跟魔使者呢？」還沒看到他們，我其實比較想問黑鷹跑去哪裡了，萬一他又想不開跑回去毀滅世界，這次可能很難抓了。

畢竟他已經是完全體，沒封印了。

但是看現在外面很正常，應該是暫時沒事才對。

「夜妖精的話好像去找什麼大地使者了，城主和小姐的狀況不是很好，他說有辦法可以淨化掉污染，所以就去辦了。」越見嘖嘖了兩聲：「其實送去醫療班總部也行說，我們有很多管道可以治療他們，不過既然沉默森林要幫忙，當然就讓他去忙，我們也比較省事；而且我也覺得沉默森林可能想跟契里亞城交涉什麼，才會突然這麼熱心，不要隨便打斷人家好事比較好。

另外魔使者就在外面，還有隻黑鷹，那是哪裡來的？」

看來公會暫時還不清楚陰影體的事情，學長大概沒說出去。

不過也有可能是消息全面封鎖，所以一般治療士才不會知道，不然又把鬼族引來會很慘。

「那個是朋友的。」我隨便搪塞了下，越見大概也沒有追問的意思，點點頭就先幫我換藥，然後告誡五色雞頭不准把油膩的東西往我嘴裡塞，沒收了那一大盒飯菜之後才在五色雞頭謾罵聲中囂張地走掉。

接著，幾個侍女送進來一些正常病人應該吃、但被五色雞頭嫌鬼都不想吃的清淡食物。

閒雜人等都離開之後，魔使者走進來，跟在他旁邊的黑鷹一秒飛到我床上。

「漾~這隻東西現在要怎麼處理啊？」五色雞頭顯然對陰影的實體沒什麼太大的好感。

「說到這個。」我抓過背包，找到了那顆母石，果然跟夢裡一樣微微發著光，隱約散著穩重的力量，現在怎樣看都不像是普通石頭了。

「你居然暗槓了好東西沒有跟本大爺講！」

我直接往後閃開，要撲過來搶石頭的五色雞頭落空，然後還想來搶第二次。

「這個不行啦，這是白川主交代要當容器用的。」連忙把石頭抓好，我很怕五色雞頭會搶上癮，到時候不知道會不會被他斷手斷腳。

「是喔？」五色雞頭疑惑地歪著頭，好像還是想搶石頭。

旁邊的黑鷹叫了聲，直接飛到我旁邊。

「啊，不過現在我想先追上學長他們。」左右看了下，小飛狼已經不見了。那時候的確是說第五天會進入燄之谷，看來牠已經自己回轉不等我們了，「凱里，跟得上嗎？」現在只好寄望妖魔們說不定有捷徑了。

魔使者點點頭。

看來水火妖魔說不定也有預料到這件事情，看他點頭點得多乾脆啊，連猶豫都沒有，黑烏鴉也沒出現，一秒就確認好路徑了……希望水妖魔不要又追加什麼代價。

「漾～你又打算跑路了嗎？」直接躺到我的床上，根本不知道什麼叫分寸的五色雞頭連拖鞋都踩上來了。

並沒有「又」，上次先跑路的好像是你，而且還不只跑一次，我根本都是被牽連的好嗎！

「我想在學長進入燄之谷前去一趟，不然感覺好像半途而廢了，做一個結束也好。」既然我出學校是爲了解決陰影這件事情，那麼學長那邊起碼要去送他們進燄之谷，這樣我想就差不多可以告一段落了。

從最初到現在，原來我是在走我自己的路。

不知道什麼時候開始，學長已經不是走在我前面保護帶領著、幫助規劃那種安全的路線。

人因爲相信自己而堅強，我現在多少可以明白這個意思了。

五色雞頭用怪怪的眼神看了我幾秒，然後翻起身，「那本大爺當然也一起去，漾～這種好玩的事情怎麼可以讓你自己先偷跑。」

一點都不好玩吧！

我一想到去搞不好又會被暴打，又突然不怎麼想去了。

現實的皮肉痛比夢裡的還可怕啊！

「那快點去把行李準備好，先逃再說。」

如果被越見知道，肯定會吃不完兜著走，所以要趁他不曉得快跑才行。

我突然覺得其實這樣好像有某方面的刺激。

難怪袍級喜歡跑路。

等待五色雞頭跑回去拿東西時，我想了想，總覺得還是有點想知道艾里恩的狀況。

因爲說不太好，反而讓我有點不安。

想說趁著空檔去看看應該沒關係，一打開門，看到越見就站在門口的同時我也窘了，有沒有這麼剛好！眞是怕什麼遇到什麼！

「看你這個臉，難道你是想逃走嗎？」端著藥盤的治療士瞇起眼，用很危險的語氣問道。

「呃、你多心了，我想去看一下艾里恩……你看我也沒帶包袱，魔使者和鷹也都在房間裡面，肯定不是逃跑。」只是看完之後就會回來逃就是。

「現在不能去喔。」越見一秒打斷我的妄想，「我也正要拿藥去給那邊的醫護人員，那邊是正在進行淨化的區域，一般人不能隨便進入，會打擾到治療作業。」

「這樣喔……」看越見的樣子好像不太緊張，應該就像他之前講的不會有問題才是，只是沒有去看果然還是不放心，「對了，外面那個冰雕會怎麼處理？」我有看見默克通知了公會，看起來好像是要回收，也不知道後續怎麼辦。

能夠幫艾麗娜恢復原狀嗎？

這次事情搞成這樣，其實對我有很大的壓力。

就像學長會抓狂一樣，如果一開始知道那顆是母石，其實就不用害這麼多人送命。包括賴恩在內，那些被影響的研究人員、衛兵和山妖精等等……我想我必須負很大的責任。

如果一開始就注意到的話……

「你不用想太多啦，學生就要做好學生的本分，這些事情是大人該處理的。」盯著我半晌，越見並沒有回答我的問題，而是突然這樣開口。他不可能知道母石和妖師與陰影的事情，大概也是反射性地說而已，「你要知道，平常我們對這種任務，是不會讓普通學生甚至一般居民介入，在那種狀況存活下來已經算是很萬幸了，尤其你還是超菜的菜鳥，這樣算是很有實力了。」

雖然我知道你在安慰我，但是超菜的菜鳥可以省略嗎，聽起來好哀傷啊。

不過我也很懷疑，在知道母石事情之後，說不定你也會想掐我就是。

「想太多對傷勢恢復不好，其實公會裡常常在處理類似的爛攤子啦，儿瀾之前出任務時還毀掉過妖精族的封印聖殿，而且他毀到一半知道那個是人家的聖殿還繼續毀，說啥完全消滅再重建比要死不活在那邊修復快得多，乾脆就把人家的千年聖殿夷平了，害公會收了好大一個爛攤子。」越見舉了個非常不對的例子給我。

……就是有毀過別人的聖殿，所以才把陰影封印毀得那麼理所當然嗎！

黑色仙人掌你到底是不是正義的一方啊你！

「所以你就好好養傷，不要再增加我們的麻煩就好，其他事情公會會處理。」越見拍拍我的肩膀，「艾麗娜的話……我想可能就沒辦法了。」

「咦？不能像學長還是夏碎學長一樣針對黑暗治療嗎？」我還以為至少可以救。

越見皺起眉，不知道是否在想要不要告訴我那麼仔細，過了一下才回答我這個問題：「是不一樣的，黑暗是鬼族的毒素，會侵蝕、毒害，將一個生命轉換成鬼族的一員。冰炎殿下與夏碎都是在過程中就被我們制止和化解，阿斯利安的狀況則是將無法排除的毒素抑制在眼睛中。在更久以前這些都是無法治療的，更別說已經變成鬼族的，如果已經扭曲是完全無法處理，只能將他消滅掉。」頓了頓，他想想，似乎是在找讓我更容易瞭解的說法，接著才繼續：「陰影則和這些完全不同，沒有毒素，而是將『白』在瞬間轉換爲『黑』，就像將精靈瞬間改變成鬼族，沒有毒素的中途期也沒有治療的機會，是非常純粹的黑暗影響……嗯……簡單來說就是這樣了；而陰影的影響比鬼族的毒素更糟糕，陰影變出來的幾乎大多都是高階鬼族，也幾乎完全臣服於陰影，這些都是鬼族的黑暗無法做到的，你可以理解這兩種的差別嗎？」

「……大概曉得了。」聽他這樣說，的確是有差。

我也聽說過鬼族是陰影大戰後殘留影響下而出生的產物，所以在這方面，完全的黑暗才是這樣吧。

「當然細分的話，還是有更多影響的種類與不同，如果你眞的很有興趣，可以在學院的醫療科目與古代學科中選修，能夠更進一步了解所有事情，現在由我來講對你太深奧。像我這樣的治療士已經對這部分習以爲常，所以沒辦法用更淺的方式把整個資訊都告訴你，由授師教導會對你比較好。」換了下端著藥盤的手，越見聳聳肩，「不過我想，公會應該會把艾麗娜暫時就這樣封印住吧，那個冰封印好像是時間種族做的，應該可以維持很長一段時間，說不定未來眞的可以找出將鬼族轉回原本種族的方式。」

「啊，既然陰影是將白轉黑，會不會有可能也有個種族還是什麼東西，能夠將黑轉白呢？」來到這邊以後，我都聽他們說世界有一定的平衡，既然陰影可以轉，那搞不好相對地也會有什麼東西可以逆轉不是嗎？

越見愣了下，旋即露出微笑，「說不定眞的有喔。」

「一定可以的。」我非常認眞這樣希望，搞不好就像妖師一樣，只是他們自己忘記而已。

「好好加油吧，或許你們這些新人員的能夠找到。」拍拍我的頭，治療士的笑容裡好像有什麼深意，但那時候的我沒有看出來，「現在就給我乖乖回去休息不要搞怪，其他的事情我們會處理好，不用擔心了。」

「好。」

在很久很久之後，我偶然想起越見這抹笑容時，才知道當時我的話有多天眞，還有身爲必須救治傷者的治療士有多無奈。

人其實都有這樣子的時候。

年輕時擁有很多幻想、期待，直到經歷後才了解有些事不如自己想像的那麼完美與輕鬆。

而這個時間的我，只想著再遇到重柳族時一定要問看看有沒有這個可能性。

如果可以將艾麗娜恢復就再好不過。

目送走治療士之後，我回到房間，要落跑的友伴已經在裡面等待了。

「漾～你也太慢。」

※

我在想，不知道是不是跟契里亞城八字不合還怎樣……

爲什麼最近每次離開都是深夜外加偷偷摸摸，活像來這邊沒跑一次路就是不正常。

「奇怪，本大爺怎麼覺得最近出門都是天黑。」

看來也不是只有我有這種疑惑。

斜眼看著害我常常跑路的五色雞頭，我對他的抱怨一整個不予置評。

抓好黑鷹，揹好包包，我看著魔使者，「快點追上學長他們吧，希望可以在他們進去之前跟到。」不然我們又要闖別人種族的陣了，並不想常常這麼驚悚啊。

而且這次對象還是燄之谷，據說是學長他老媽的部族，闖進去肯定不是夜妖精看到魔使者就尖叫逃逸這麼簡單，肯定是全都撲上來把我們切碎成塊我說。

還是快點追上去對生命會比較有保障。

魔使者抽出了黑刃點在地面，一下子展開了大型塗鴉陣法，與之前帶著我做跳躍式移動的那個是相同的……妖魔們果然在很多地方都設置定點，搞不好他們隨時都可以入侵各大種族了啊我說。

這樣眞的好嗎！

算了，這個就眞的不是我該去想的問題了，反正出問題其他種族會自己解決，我想這麼多眞是過頭了。

「漾～你沒問題吧？」

五色雞頭的問話讓我眞想瞬間噴淚啊，沒想到他居然還會想到我有沒有問題……就算有問題你不是照樣硬來嗎我說！

「應該是沒關係，好像暫時不能用力量而已。」連幻武兵器都不能發動了，我醒來後，米納斯和老頭公都還在沉眠狀態，看來大家這次都搞得夠嗆，可能要過個兩、三天才會恢復吧。現在還真的就是普通百姓了，連移動陣都弄不出來也超悲傷的。

「欸？你也很少在用力量吧。」五色雞頭講了讓我想揍他臉的話，而且還完全不自知，「安啦，本大爺會好好保護僕人的，反正每次都這樣。」

並沒有每次啊渾蛋！

根本都是我拿命在相搏吧！給我好好地用腦袋回想，不要自己竄改記憶啊你！

就在魔使者啟動陣法、空間開始轉移那瞬間，我房間的門突然被打開。

「對了，我剛剛忘記拿……」去而復返的越見當場愣在原地。

穩死的，回來絕對會被他關禁閉！

這種時候我還能做什麼呢？

我只能淡淡地微笑了，「欸、掰掰。」

「你們這些傢伙給我站住！」

醫療班和空間徹底消失之前，我聽到的就是這句咆哮。

「抓不到、你抓不到～～」五色雞頭還很可惡地對已經不見的景色扮鬼臉，可見他絕對還在記恨之前被醫療班拖去的事情。

也不知道下次回去越見會不會把我們抓去關個一年半載……還是不要想太多對自己的精神比較好。

就跟上次一樣，魔使者在途中換了好幾個定點。

不過不曉得是不是因爲陰影出現的關係，當中我們看到一些地方的戒備很緊張，一有風吹草動馬上就追上來，害我們還躲避了好幾次……應該說我還要一邊躲避一邊把想出去幹架的五色雞頭拖回來，好說歹說地一直勸他打消念頭。

轉了幾次之後連我都累了。

「對了，漾～你有沒有覺得好像忘記什麼事情？」根本沒有所謂累不累的五色雞頭在走到某個種族外圍時突然迸了這句話出來。

「欸？還有什麼東西嗎？」處理完陰影之後應該就都沒事了吧，去找過學長之後是夜妖精、九瀾和六羅的事情，然後去找黑山君，之外應該就沒有了吧？難道我還有忘記什麼嗎？

「本大爺總覺得好像漏掉某種東西。」腦袋一向很空的五色雞頭發出了疑問。

既然連他都這樣講，該不會眞的還有什麼事情吧？

努力地想了幾次我還是想不到有什麼漏掉的，「應該沒有了吧。」

五色雞頭聳聳肩，「算了，人生就是船到橋頭自然直。」

本來可能還沒事，但是現在被你這樣一講我還滿害怕的我說！

「先不說這個，這裡是哪裡啊？」跟他越講我會越動搖，乾脆轉移話題好了。魔使者在轉移到這邊之後突然停下來，還站在附近左顧右盼，不知道是在找轉移點還是怎樣，但是我們確實已經停了有一小段時間。

「本大爺怎麼會知道。」非常理直氣壯地如此回答，五色雞頭也跟著四處看了看。

斜了他一眼，我也稍微打量這個地方。

第一印象就是樹很多，不過這個世界其實到處都很多樹……就我走過的地方啦，所以很可能又是個森林什麼的，說不定裡面還住了什麼種族之類的。

接著就是水流的聲音，仔細一聽可以聽到周圍有點不同的細小水聲，距離滿遙遠的，空氣帶著濕潤，卻不至於不舒服，反而有種清爽涼快感，精神都跟著起來了。

森林茂密卻不幽暗，甚至還挺明亮的，可以看見淡金色的光線從枝葉間投射下來，把裡外照得閃閃發亮很好看。

魔使者又走了一圈，似乎還是沒找到銜接點。

難道妖魔們也有放錯地方的時候？

「漾～外面好像有啥東西耶。」根本不想等魔使者找到銜接點，五色雞頭自顧自地隨便找了條路就往外走。

「等等啦。」

看了下魔使者，他沒打算跟上來但好像也沒有要攔我們，應該不算危險，想了想我就跟上五色雞頭了。

不知道為什麼，我總覺得這種畫面有點眼熟。

好像之前在妖魔地也是類似的場景嘛！

不過這次的路比妖魔地長很多。

我和五色雞頭一前一後跑了起碼有半個小時，還是都只聽到水的聲音，怎樣看都是森林的樣子，根本沒看見什麼河流。

轉頭回去，剛剛魔使者所在處已經距離很遠。

「這森林是啥鬼啊，本大爺第一次看到這種地方。」停下腳步，五色雞頭開始發出抱怨。

……那你剛剛就不要跑啊！現在還要再花半個小時才可以跑回去耶！

幾個啪啪聲傳來，我一轉頭，看見黑鷹從後面追上來，眨眼便停到我的肩膀上。

「這裡不可以亂跑。」屬於烏鷲的小孩聲音從鳥嘴裡傳來，讓我愣了一下。

「有啥問題嗎？」五色雞頭轉過頭，一臉挑釁地問著，似乎如果回答有問題他會更高興，說不定還自己多事地先去把問題給找出來。

烏鴉噴了一聲，從我肩膀上跳下來，落地瞬間已經變回烏鷲的樣子，不過沒有先前那種戾氣了，和之前夢裡看見的差不多，「這裡是界與界的分線點，再過去不知道會通往哪裡喔。」一邊說話，他還一邊靠過來抓我的手。

「是像時間之流那樣子嗎？」我記得黑山君他們那邊好像也是什麼時間跟時間的交會點之

類的地方。

「不是，是不同世界的分線，有點像是通道，這裡有一個分界守門人，不可以亂闖。」烏鷲歪著頭想了想，指了另一個方向，「在那邊。」

「那本大爺就要去看看！」根本就是看到大便都想踩一腳的五色雞頭一秒朝那個方向衝。

「給我站住！」

根本來不及抓人，我就看到五色雞頭已經衝到森林深處了。

「哼，就說這些東西殺死算了。」烏鷲冷哼了聲，跳起身變成了黑鷹，追著五色雞頭的方向過去。

既然他都跑了，我也只好認命跟著追。

可能是這次方向正確，又跑了段時間，我看見森林另一端隱約出現了西洋式的建築物。

那種感覺很像在森林裡看到吸血鬼的住所一樣，整棟建築物大到讓人匪夷所思，外圍牆大概是鋼鐵製的，就像繪本上會看見的那種一根根很多花紋，整個是藍黑的，裡面種滿白色花朵的花園、水池……還好沒有墳墓。

建築物和黑館有點相似，但更大更華麗，與黑館相反的白色牆面上鑲滿了在教堂可以看見的彩色玻璃，不過這個是藍色的，深淺不一的青和藍拼貼成各種我不知道涵意的故事場景。

我注意到那些水氣好像是從這裡來的，因爲這邊的空氣更清涼，手指一搓好像還可以搓出點水來，水聲反倒不太清晰。

看樣子好像不是什麼可以正常進出的地方。

「漾～快點進來。」

我一回神就看到五色雞頭已在圍牆裡了……你沒事入侵人家家裡幹什麼啊你！你小偷嗎！

「出來啦！」我一整個緊張到最極點。

要知道這個世界雖然好脾氣的人很多，但好脾氣的人很可能會因爲你踹了他家門還是做了什麼把你給剁了啊！

「安啦，他大門是開的。」五色雞頭指向旁邊，我才驚覺這棟建築物的外圍門眞的是大開的，而且建築物本身的門也沒關，一整個就是叫人家隨便的感覺。

原來你剛剛是走大門進去的，眞抱歉我誤會你爬牆了。

黑鷹叫了幾聲，似乎有點不太想進去，振著翅膀唰地飛到旁邊的樹上盯著我們看。

在好奇心外加要去把五色雞頭拖出來驅使下，我也跟著從大門走進去。裡面的空氣又更清新了點，讓人心曠神怡。

然後我看到水珠，空氣中許多不知道哪來的飄浮水珠都朝房子大門飄去。

「有趣，看樣子房子主人也在等我們進去。」五色雞頭突然冷笑了聲，「漾～走吧，本大爺倒要看看是誰這麼好膽。」

希望進去的那一秒門不要突然關起來、房子裡面長出牙齒把我們給嚼了就好。

還好踏進去時並沒有我想像那種場景。

房子很寬敞，大廳是黑館的三、四倍大，明亮異常，外面的光透過那些彩繪玻璃，在牆面上投射出很奇異的藍，給人好像在水裡的錯覺。

踩進來時，我突然覺得米納斯好像甦醒了，但力量又不足，只是有點騷動而已。

大廳裡沒什麼特別的東西，就是一套桌椅、一些該有的陳設和掛畫。

但在我走向更裡面、看見末端擺著的東西之後，整個人錯愕了。

大廳最後的牆面上鑲著一塊東西，所有水氣都是從那邊來的，而且這東西我一點都不陌生，起碼看過兩次有。

那是一顆水精之石。

「這東西好眼熟。」注意到我的視線，五色雞頭走過來，歪著頭盯著水精之石看。

我完全無法形容自己現在的心情，這是第五塊水精之石了，只要拿下這一塊，就可以達到黎沚說的重製水鏡的最底限。

但是很顯然的，會鑲嵌在這種地方，對這棟房子的主人來說肯定也是非常重要的物品。

就在我想著要怎麼詢問出讓可能時，淡淡的聲音從我們側邊、大廳樓梯上傳來——

「兩位客人，直奔此處，是否有什麼問題呢？」

一轉頭，我就看到樓梯上站著個青年，外表年紀大概比我們長一點，看起來應該是二十八、九歲那種感覺，穿著銀藍色長袍，膚色有點偏淡藍，白色的長髮非常規矩地全梳好在腦後綁著，尖尖的耳朵上有些銀藍色掛飾，氣質異常好，根本就是人家常常在說那種不可攀的高雅。

從外表和這個環境判斷，我直覺他有可能是個水系種族。

銀色帶著淡淡藍的瞳孔沒有什麼特別的情緒起伏直視我們，多少有點探詢的意味。

「呃、我可以問一下，你這塊水精之石有出讓的可能嗎？」指著牆上，我連忙先問剛剛想到的事情。

「漾~你怎麼知道這是啥？」五色雞頭瞇起眼睛。

我當然知道，爲了這塊石頭我差點被埋被雕刻，只差沒有上刀山下油鍋了。

青年沒有走下來，就站在那個高度從上俯瞰我們，語氣雖然淡漠但不失禮貌，「這位年輕的客人，您應該知道水精之石的價値，認爲能輕言出讓嗎？」

「呃……我知道，但是我有朋友很需要這個，加上這塊第五塊才有辦法恢復。」看對方好像沒有動怒，我繼續硬著頭皮問：「是不是可以交換？還是有什麼條件，你才願意出讓？」第五塊就在面前了，一想到拿到的話，雷多和雅多就不用一直去危險地方找，所以說什麼我都得試看看。

「五塊？」房子主人疑惑地瞇起眼眸，不過很快又掩蓋掉那瞬間的表情，恢復原本的淡然，「您是爲了朋友相求嗎？」

「對。」連忙點頭，看起來好像眞的有得商量。

「……這個地方，是水界與世界的相交線。」突然講了似乎不相干的話，青年慢慢抬起

手，周圍立刻出現很多小水珠，襯著光發出點點微亮，「通常，只有水系力量特別強的客人才能夠踏進範圍。」

我的手動了下，突然被某種力量給拉著抬起，鑲有米納斯的手環直接暴露在空氣中。

等等，難道能進你們這邊不是因爲被水火妖魔給做記號嗎？

青年周邊的小水珠飄了過來，在米納斯周圍繞著繞著，然後慢慢融入幻武兵器中。過程中我完全沒有感覺到對方的惡意，也沒有遭受攻擊的感覺，甚至米納斯也都毫無反應，於是就這樣抱著不解和擔心，眼睜睜看著那些水消失在兵器寶石上。

接著，我發現幻武兵器突然充滿力量了，之前對陰影一戰消耗掉的那些瞬間全被補回來。

還沒反應過來，藍色的大蛇身軀已經出現在我身邊，莫名出現的米納斯也有點疑惑地看了一下自己的手，接著抬頭看向上面的青年。

「原來在這裡。」

房子的主人突然笑了。

※

「漾~你的幻武兵器是跟人有姦情嗎？」

來回看著米納斯和那個青年，站在旁邊很沒趣的五色雞頭突然爆出這句話，「看得很深情耶。」

「……並沒有！」不過看起來好像眞的很深情，他們兩個對上視線注視了有一會兒了。

「你的幻武兵器爲交換，水精之石即給你。」互相凝視了好半晌，青年突然開口。

「欸！這個不行。」我的第一反應馬上拒絕，米納斯也瞬間露出了警戒的神色。

「你個傢伙是要來搶本大爺僕人的武器嗎！」五色雞頭反應居然還比我們大，我都來不及感動他馬上就自己接下去，「本大爺的僕人已經夠弱了，弱到出門就趴下，你居然還要搶他的兵器！你混哪條道上的這麼沒理！報上名號我們兵家相見！」

並沒有出門就趴下！

青年瞠大眼睛，不知道是在錯愕五色雞頭講話這麼沒禮貌還是用字粗俗到他無法想像。

「不好意思，請不用管他，但是幻武兵器是不能給你的，起碼米納斯不願意就眞的不行。」連忙把五色雞頭往後拖，我很怕他又在這裡莫名其妙地樹立敵人。

轉向一臉戒備的米納斯，青年又盯了半晌，似乎還是很有興趣，「你了解你的兵器嗎？」

「我知道米納斯是王族兵器、也很珍貴，但是她是我的朋友兼夥伴，不能讓給你。」雖然我身邊一堆在用王族、貴族的，不過我多少還是知道罕見這個點。重點是，如果米納斯不願意，就算對方想換，我也不能換啊。

不然轉頭肯定會被王水潑死。

青年看了我一眼，再度轉向米納斯，「妳願意留在這邊嗎？」

「不願意。」米納斯根本沒有考慮，幾乎在對方講完馬上回答：「我有侍奉的主人，而且離開大概不出多久就會慘死，職責爲保護他平安，所以不願意。」

雖然妳回答很快讓我很感動，但是請不要跟五色雞頭同出一氣好嗎！

一個會趴一個會慘死就是你們對我平常的評價嗎！

我都哀傷了……

「這是妳的選擇嗎？」似乎也沒有想要爲難我們的意思，青年一副那就算了的表情。

「那麼，出讓水精之石是否有其他條件？」某方面來說其實眞的很體貼的米納斯重新問了原先的問題。

「那種東西，如果妳需要的話就拿去吧，在這邊不過就是個裝飾品。」

青年異常豁達的反應讓我們全都錯愕了，連米納斯都掩不住淡淡的驚訝。

似乎眞的不在意珍貴的水精之石，青年一個彈指，鑲在牆面上的石頭慢慢移動了幾下，整個脫出來被空氣中的水珠托著，慢慢送到了米納斯眼前。

「妳的主人若有讓妳不惜一切的價值，就拿吧。」

他這句話有點奇怪，我還來不及阻止米納斯，她已將水精之石送到我前面，「請收好。」

感覺好像哪裡不對勁，但又說不上來，可水精之石我是眞的需要，道謝後還是乖乖地收到背包裡面。

米納斯盯著我收好之後，突然蹙起眉，「你還有其他的水精之石。」

「有啊。」青年也回答得很快，而且還有點回答出興趣的樣子。

「你個傢伙，有多少就一次拿出來啊！不乾不脆的當什麼男人！」五色雞頭拍掉我的手，指著站在上面的屋主劈頭就罵。

「幾位也只開口說要牆上那塊。」很有禮地微笑著，經歷過一次五色雞頭的暴口後，顯然青年已經不將第二次放在眼裡了。

「如果能多拿一些，對重製水鏡會有更多的幫助。」米納斯柔聲地對我說，然後再度轉頭回去看著上面的屋主。

「……你們是想重製水鏡？水妖精那面先見之鏡？」還未等米納斯開口，青年先發問了。

「你知道水鏡？」看他的表情不陌生，我在想該不會伊多他們跟這邊也有關係吧？畢竟剛剛對方說這裡是水界相交點，搞不好水妖精眞的有往來。但是如果有，爲什麼伊多他們會不知道這邊可以找到水精之石？

記得很久之前好像聽過水鏡是時間之神打造的，可眼前這個看來看去也不像是相關種族，跟時間相關的我也就只聽過時族與重柳族。

那他怎麼一臉熟悉樣？

「水鏡出了什麼問題嗎？」這次態度認眞多了，青年沒有回答我的問句，只是詢問。

我想了想，偷偷在腦袋中詢問了米納斯，後者也給了我應該沒關係的回應之後，就稍微把之前伊多和先見之鏡被破壞的事情簡略描述了下。

聽的過程，青年倒是沒有什麼太多反應，維持之前不冷不熱的樣子。

「也就是說當代的守護者是叫作伊多的水妖精嗎。」聽完簡報，青年像是喃喃自語地講了幾句話後，才轉回來看我們，「重塑水鏡最少需要五塊水精之石，不過聽你們說的似乎有些嚴重，的確是多些更有幫助。」

「您可以再給我們多少？」聽到對方都這樣說了，米納斯也超不客氣地問。

「若是你們有先告知再來，說不定還能找到更多些。」似笑非笑地回了米納斯的問題，青年很隨意地張開手，沒過多久一堆水珠運來了兩塊一模一樣的水精之石，「這房子最多就是三塊，都拿走吧。」

看著太容易入手的水精之石，我可沒忘記之前和雷多、雅多找得有多慘，但現在這個人居然要一次給到三塊，連名字都還不知道的狀況下會不會太過慷慨？

該不會又是一個安地爾吧？

太過友好反而讓我有種很不祥的感覺。

看他的目標好像是米納斯，雖然現在很乾脆地放棄，但難免之後會用水精之石來施壓，這讓我考慮到底要不要收下另外兩塊。

顯然跟我有一樣疑慮的米納斯也沒有立即取下。

「欸……你個奇怪的傢伙，俗話說禮多必有詐。說！你該不會有什麼陰謀吧！」直接把我們的疑慮爆出來，五色雞頭完全不買對方帳地開口：「本大爺行走江湖至今還沒看過陌生人這麼慷慨，一塊水精之石起碼可以換一座城，你一次給到三個肯定居心不良！最好快把陰謀招出來，不然本大爺就打到你說出來！」

「陰謀嗎？」對於五色雞頭的話，青年笑了聲：「沒有，但遲早有一天你們會再來，到時候你們就曉得爲什麼了。至於三塊水精之石，有一半是因爲水鏡的關係，與我也有淵源，幫點忙不爲過。」

「那麼，就在此謝謝您了。」米納斯優雅地道過謝之後，將剩下的水精之石送到我面前。

「不用與我客氣。我的名字爲米契爾、米契爾沃斯亞，現在時候還未到，直到該相遇的那天，你們再來吧。」

青年的話語落下之後，四周連同我們所站之處的地板突然同時爆開，變成了無數水滴往四面八方散去。

眨眼瞬間，整棟大房子連同屋主消失得無影無蹤。

一切好像是我們的幻覺一樣。

回過神來，我發現我們已經站在森林裡了。

「搞什麼鬼！」五色雞頭罵了句。

米納斯也消失蹤影，可以感覺到她重回手環上繼續休息著，等待下次的召喚。

然後我一轉頭，就看見魔使者站在不遠的地方對我們招手，同時也發現我們站立之處已經變成了最開始我們到達的地方。

黑鷹飛過來，安靜地站到我的肩膀上。

魔使者已經找到轉接點了，而且還在我們剛剛到來的位置旁邊而已，也不曉得爲什麼剛才居然連魔使者都找不到。

眞是見鬼了。

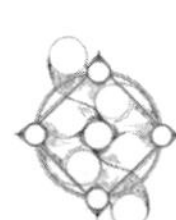

第八話　追上的路線

離開那處很奇怪的地方，差不多進入深夜後，魔使者才在不知道第十幾個轉換點停下來。

四周幽幽靜靜的還是片森林，很濃密，密到幾乎沒什麼路可以走。

被遮住的月光完全無法滲入這片森林中，不過攀附在樹身、地上的細小寄生植物居然微微發著螢光，讓這片深黑色的森林有了奇異的幻麗色彩。

……該不會又到了什麼相交點吧！

按著裝有三塊水精之石的包包，我有點怕又遇到怪人。

「又是個鳥不生蛋的地方。」五色雞頭給了以上的評語。

就在我想請示一下魔使者是不是又找不到轉移點時，森林的另一端突然傳來聲音，很像有什麼巨大野獸驚天動地衝進裡面，正在以非常快的速度往我們這個方向過來。

五色雞頭立刻甩出獸爪。

但是魔使者跟黑鷹沒有反應。

「西瑞，等等。」抓住要衝上去和對方決一死戰的五色雞頭，半分鐘後我看見非常大的東西從森林裡衝跳出來，而對方好像也注意到我們，差點踩上來的那瞬間突然轉了一圈，變得非常小隻，直接掉到我的手上。

「拉可奧！」沒想到會在這邊碰到已經先折返的飛狼，我吃驚到不行。

小飛狼叫了幾聲，甩著長長的尾巴。

既然會在這邊遇到飛狼，那也就是說……

「呦呦～又看見小美人了！一段時間沒見，好像變得更漂亮了啊啊～～」

從我腦袋裡炸出來的話，讓我瞬間肯定猜測。

魔使者幾乎在同一秒讓開身，讓從後面襲來的獨角獸撲了個空，差點沒再把他的角插到樹上。

其實也沒過多久，正確來說才幾天而已，但對於這種腦入侵的說話方式我還是覺得很煩，尤其是對方都在扭美人時讓我覺得更煩。

不知道第幾次懺悔以前常常讓學長聽我廢話之後，我才看到尾隨色馬出來的人。

「欸啊？褚學弟。」可能看到我們也非常吃驚，阿斯利安這次很露骨地瞪大眼睛，然後接住朝他撲過去的小飛狼，「你們怎麼會追上來？契里亞城那邊的事情鬧得很大，學弟才說要你們直接轉回學院了。」

「當然是小美人捨不得我們，要再來跟哥哥聚聚嗎～」根本沒有收斂過的色馬涎著口水又往魔使者那邊靠過去。

一巴掌將馬臉推開以免他被魔使者剁頭，我轉回去看阿斯利安，「呃、有很多原因，學長跟王子殿下呢？」沒有看到他們，按照之前的模式，大概在營地休息吧。

「我們的營地在不遠處，看你們也很累了，先過來再說吧。」想了想，沒有在第一時間追問，阿斯利安領著我們先走過這片森林。

到營地大約是五分鐘左右的路程，沒走多久我就看見小小的火光。

從學校出發後，其實我們很常在外面這樣野營，偶爾阿斯利安會教一些學校相關的事情，然後摔倒王子就在旁邊冷嘲熱諷。

才短短幾天，突然覺得那些時間距離得很遠。

遠遠地，我可以看見學長依舊躺在毯子上埋頭大睡，摔倒王子就坐在篝火邊雕刻著手上的東西。

「看看誰回來了。」很輕巧地鑽過最後一個樹叢，心情似乎不錯的阿斯利安抱著飛狼走回營地，愉快地先開口。

摔倒王子抬起頭，看到我們的同時整個皺眉，「怎麼還沒死。」

「……」你是這麼希望我們死在外面就是了嗎？

「哼！本大爺行走江湖只有別人死，你個渾蛋要是想早死就說！本大爺絕對不會讓你看見明天的太陽！」衝著摔倒王子那句話，五色雞頭一秒就爆了。

懶得跟他計較，摔倒王子冷哼了聲就把頭轉開。

「你們去契里亞城這幾天我們也夠累的，夜妖精一直追上來喔～」色馬的話突然在我腦子裡響起：「超多的，不過小美人跟那個王子算是很厲害了，還可以一邊甩掉追兵一邊保護美人沒偏離路線。是說這兩天夜妖精突然消失了，也不知道是不是跟陰影有關。」

「算是都處理好了吧。」小聲地和色馬說了下，其實今天搞了整天我也很累了，就習慣性地在篝火邊找個位置坐下來，一如之前旅行時。

五色雞頭又罵了幾句摔倒王子，才在一邊坐下，看來今天一整天他多少也有點吃力。尤其我不能用力量，所以被追被打都是他和魔使者在應付，但打過頭還是我連拖帶拉地抓他回來，其實都沒有舒服到哪裡去就是。

「休狄還在說陰影爆發，你們兩個什麼都不曉得就去湊熱鬧，也不知道會不會被牽連。」阿斯利安放開小飛狼，像往常一樣讓飛狼離開自行活動，「還託了些手下去打聽契里亞城的消息，現在看到兩位學弟安全歸來，眞是太好了……」

「閉嘴！」摔倒王子突然很大聲地開口打斷話，也不知道是困窘還怎樣，反正就是死瞪著阿斯利安，好像他繼續講下去會掐爆他。

「唉？我可沒說什麼吧。」阿斯利安聳聳肩，帶著一貫的笑容，完全吃定了摔倒王子不敢眞的掐他。

我有點感動地看著摔倒王子，沒想到他還怕我們出事啊……眞是錯看你了，我一直以爲你只是個嘴賤、裝死不想輪流做飯的王子殿下，原來還是會擔心別人。

摔倒王子回瞪過來，一臉就是繼續看他會衝過來把我眼睛戳掉的表情。

「對了，這個是……？」阿斯利安看著一到營地邊就飛到上面的黑鷹，很是疑惑。

「感覺不是很舒服的東西。」色馬也跟著抬頭往上看。

「陰影的實體。」

我才剛講完那一秒，阿斯利安和摔倒王子幾乎瞬間站起，抽兵器的抽兵器、張開手的張開手，連色馬都炸毛地跳起來，退開很大一段距離。

「我就知道，你看我坐擁那麼多小美人，故意要來找我碴嗎！」色馬直接控訴了，蹄子還在地上扒了好幾下，大有要往我臉上踩下去的意思。

「學弟，快點離開那邊。」阿斯利安非常謹慎地盯著黑鷹，一秒都不敢放鬆。

「欸、不用緊張啦。」

看著他們戒愼恐懼的樣子，不知道爲什麼我突然連惡作劇的心情都有了，朝上面揚了下手，黑鷹馬上飛下來抓住我的手臂，「這個不會害人，聽說好像是妖師一族的東西。」說著，我還搔了搔黑鷹的頸子，後者很配合地發出一連串舒服的咕咕聲。

阿斯利安和摔倒王子瞪大眼，不知是嚇到還是不敢相信，就站在原地完全沒有任何動作。

「騙人——」色馬尖叫了。

哼哼哼，終於有你這隻馬都不知道的事情了吧！

再給我囂張啊你！

火焰重新被添加了新的柴枝。

「你說的都是眞的嗎？」聽完我這幾天的敘述，阿斯利安還是有點不敢置信，「這些事情從未記載與流傳過，實在是太讓人訝異了。」

你訝異也不奇怪啊，就算是妖師本身的我也完全不知道這回事咩。

坐在另一邊的摔倒王子一直用陰晴不定的神色看我，讓我有點怕怕的，該不會他現在正在盤算要做掉我們，好讓陰影不會毀滅世界之類的吧？

「不過這樣一來，一些傳說神話應該就說得通了。」支著下頷，似乎沒什麼懷疑的阿斯利安又看了眼黑鷹，大概是確認眞的無害，他也放鬆很多，「原來還有這段遺失的歷史嗎……」

「是啊，不過陰影不能一直帶著，所以我打算等你們進入燄之谷後，就去找黑山君。」想了想，我不是很敢說母石的事情，就草草帶過去，「學長和白川主說應該可以將他改成幻武兵器，這樣應該就不會有什麼危害世界和被人使用的疑慮了。」

「這也是個方法。」阿斯利安點點頭，認同這種作法。

「嘖嘖，看你這個小妖師沒三兩重，沒想到居然可以讓陰影心甘情願放棄力量，進入時間之流被沖洗成幻武兵器啊。」色馬搖搖頭，看起來很有一種人果然不可貌相的感觸，「當初看走眼了，我還以爲這個隊伍只有小美人有可看性。」

你自己也好不到哪去吧我說！

當初我也看走眼，還以爲獨角獸眞的天眞無邪又純潔，哪知道一看就是個涎著口水被揍的料，眞是完全破壞我的印象，到底是誰說獨角獸是世界上最純潔的神聖幻獸！那個人肯定沒看過獨角獸卡門板又拔不出來！

「但是幻武兵器的形成不一定是幾年，也許是幾百年、千年，像我的兵器似乎在深淵渡過了九百多年的歷史才重新甦醒，很可能在你有生之年會無法再遇到他。」很認眞地這樣告訴我，阿斯利安似乎對這點比較擔心。

「啊，這個學長也有講過，雖然他是說一定會回來……假如眞的不行，反正在我之後也有其他的妖師，然一定也會有兒子有孫子，總有一天一定會有妖師可以再找到他，這樣他就不用一個人了。」其實我也有考慮過這點，不過就算我死掉，妖師部族應該還是會一直延續下去的吧，如果該持有者不是我，他肯定可以找到一個最好的主人。

看看我身邊的人，每個都對自己的幻武兵器愛護有加，所以這方面應該是不用擔心了。

阿斯利安微笑著搖搖頭，也不知道是什麼意思，但看起來不像是反對。

「好！衝著你這麼有義氣，這個忙我也幫。」色馬一秒熱血起來，「反正獨角獸的壽命很長，如果哪天你先死，我一定會幫你把這件事情傳下去，包準妖師後代都會知道。」

我向他點了個頭，表示感謝。

「你……」從頭到尾都沒出聲，不知道想什麼想了很久的摔倒王子在所有人差不多講完之後，才有點慢地開口。

不過他瞬間就閉上嘴巴，而且還臉色陰沉地站起來。

我還以爲他是要一炸彈打過來，但旁邊的阿斯利安和魔使者、五色雞頭也瞬間警戒，讓我知道絕對不是針對我來。

「有東西圍過來了。」色馬立刻左右查看。

黑鷹叫了聲，從我身上跳下，轉回了小孩的樣子，「有很多，要將他們一次都殺掉嗎？」

他抬頭盯著我看。

「你不要出手。」直接朝烏鷲的頭敲下去，看來他還是把其他東西都當垃圾看啊他。

男孩癟著嘴，又乖乖地轉成黑鷹跳回來。

「出來！」摔倒王子彈了下手指，不遠深處跟著爆了聲，但規模不大，只是聲音在這種黑夜特別明顯，將很多本來在樹林裡休息的蟲鳥嚇得四處亂飛。

「等等，不要驚動這邊的森林種族。」阿斯利安制止摔倒王子要再炸一次的動作，後者嘖了聲，倒是沒繼續動手。王子停止後，他才揮動了下兵器，周圍立刻颳起股風，竄進樹林裡推出了好幾個黑色的東西。

我突然知道我們忘記什麼了。

「欸！」在推出來的東西被營火照亮後，色馬先發出聲音，顯然勾起超級不好的回憶。

「又是你們這堆毛！」

一看到出現的是山妖精，五色雞頭火氣也跟著大了，「居然敢追到這邊來，之前的帳本大爺都還沒跟你們算，現在來剛好，本大爺就讓你們知道什麼叫作報應不爽！」

你就是那個報應嗎？

先搞清楚是不是同一批再說吧！既然夜妖精都有分部落，山妖精肯定也有，不要一次就把人家當作同一區的算帳啊你！

「將我們的光交出來——」

好吧、眞的是同一批。

而且這次更不妙的是除了數量多以外，還有一大堆的端姆混在裡面，黑壓壓的整片，也不知道什麼時候包圍上來的，居然連摔倒王子和阿斯利安都沒發現。

「看這個數量，應該跟我們很久了。」知道我現在沒有任何力量的阿斯利安把我拉到身後，然後轉向中間走出來的領首者：「你們要的東西已經不在我們身上，爲什麼一路都不放棄。」

藉著火光，我認出來帶頭的居然就是之前認識的那個長毛傢伙。

「我們全部族人分了兩邊，一邊去了契里亞城，一邊一直在這裡監視，那幾個小偷根本沒去過其他地方，所以東西一定還在你們身上。」山妖精指著我，面色異常不善，連著旁邊所有的山妖精都跟著發出了低低的吼聲，讓我一下子有了回到山上被包圍的錯覺。

看來他們的智商沒有我想像的低，前次被越見協助甩掉後，馬上分兩批追了上來，一邊繼續衝契里亞城追殺我們，另外一邊就追在學長他們後面，而且途中可能還吸收了端姆來幫忙。

到底爲什麼如此不罷休？

「黑石眞的已經不在我身上了，有人接手拿走了。」早知道就不要讓白川主在夢裡拿了，應該讓他自己正大光明地來，起碼被追殺也追不到嘛。

我就不信山妖精抓得到亂變成怪東西的白川主！連府君都抓不到了，更別說他們，這樣想想就曉得白川主肯定比我們安全很多。

嘖嘖，果然是世上沒有早知道。

「殺死他們、殺死他們……」完全不聽任何解釋的山妖精慢慢聚集過來，原本緊密的樹林被擠壓著，不斷傳來斷裂聲，其中隱約可見一些棲息的大氣精靈驚慌逃竄，可能沒想到山妖精會如此對待植物。

「這些都被自己的慾望給影響了喔。」黑鷹站在樹上，俯瞰著我們，涼涼地開口：「一開始大概是被自己想要什麼東西的慾望給生變，然後可能接觸到鬼族的毒素，雖然很淡、但現在已經因爲自己的扭曲越來越濃了。」

「欸？看得出來嗎？」我看起來山妖精沒什麼兩樣啊……是說，的確是整個很扭曲啦。

「因爲我是陰影，當然可以看到他們最深層的扭曲。」黑鷹發出了兩聲極度不友善的笑，「現在要讓我全部殺死他們嗎？都變成手下也是可以喔，這樣其他種族就不敢動我們了。」

「……你給我在上面乖乖蹲好。」

山妖精發出咆哮聲。

數量可能近百的毛妖精圍繞著我們，魔使者快速設下結界，讓他們無法再往前進。

「糟糕，真的得全部處理掉嗎……」阿斯利安看著外面不斷衝撞結界的大量山妖精，露出了不願意的表情。

「本大爺是沒問題啦，反正這些山妖精早該屠了。」五色雞頭磨著爪子，顯然就是一路殺到底的打算。

「不要對這些東西有無用的同情。」看了狩人一眼，摔倒王子毫不留情地丟了一句冷語：「到底什麼時候你才要改掉。」

被摔倒王子一罵，阿斯利安好像火氣也來了，狠狠地瞪了回去，「並不是所有生命都無用，肯定能有什麼方式將這些山妖精引領帶回。」

「哼！」

我說……我才在想剛剛回來時你們兩個好像融洽了不少，現在又要反目了嗎？早知道就晚點再回來了，大家好好相處不是很好嘛。

「唉唉，這兩天才沒聽到對罵的說。」顯然也很有相同感慨的色馬趴在學長身上，正在假保護之名行吃豆腐之實……

「給我下來。」一秒過去把色馬推開，他居然在短短幾天就把鹹豬手……鹹馬手給我伸得如此徹底！

「擋人姻緣是會被馬踢的！」說完，馬蹄子還真的要往我臉上蓋下去。

「趁人不備才會被豬踢！」連忙把馬蹄揮開，我趕快把學長扶起來，避開魔爪。

「喂！快點把這個結界打開，本大爺要把這些該死的山妖精都送地獄！」被隔在裡面的五色雞頭已經開始焦躁。

摔倒王子更乾脆，一個彈指，森林裡突然就爆炸了，位置離我們不遠，剛剛好就在最多山妖精的地方，立刻就看到血肉隨著爆炸橫飛。

「住手！」阿斯利安抓住他的手腕，制止他第二次動作。

我看別人還沒打來，這裡就先內亂了。

看著旁邊還想湊過來的馬臉，我一巴掌再把他推開，「如果你再來，我就把陰影叫下來。」聽說他超怕這個的。

「卑鄙啊——」色馬發出悲淒哀號，「沒天理啊，美人又不是你家的——嗚嗚嗚嗚嗚——」

不過他倒是眞的不敢再湊過來了。

就在我們裡面吵成一片、讓我思考著要不要讓米納斯乾脆再來一記安眠彈把所有人都擺平時，外面突然傳來奇異的聲響。

先是那隻我認識的山妖精抖動了下，原本正在衝撞結界的身體以很匪夷所思的方式抽搐著，接著頭與手扭轉了幾乎一百八十度，裡面的骨骼發出喀喀喀的不自然聲音，甚至噗喫一聲後看見了血淋淋的骨頭穿出來。

我完全知道這是怎麼回事。

「欸？鬼族化了。」

隨著黑鷹聲音一落，山妖精的外皮突然整個炸開，接著黑色的東西瞬間衝往前，巨大的力量將魔使者的結界撞開一個洞。

看見變化，其他山妖精根本沒什麼驚嚇反應，反而跟著撞進來，其中也有零散好幾個開始扭曲變形。

那種畫面比我在湖之鎮底下看見的還要恐怖。

外皮撕裂後，根本不知道變成什麼東西的山妖精就是黑黑的血淋淋一球，身上張開無數青色眼睛，看起來非常噁心，尤其他黑色的肌肉還一跳一跳的異常明顯。

端起黑刃，魔使者在山妖精衝進來的同時直接將那個已經鬼族化的山妖精劈成兩半。

「都已經這樣了，你認爲他們還能夠得救嗎！」摔倒王子抓住阿斯利安的領子怒罵了句才將人丟開，接著轉頭面向那堆衝破結界的山妖精，「身爲奇歐妖精，無法容忍扭曲之物存在於世上。」

「但是，身爲狩人，則是希望將迷途者引領回返。」阿斯利安偏過頭，不再去看一個一個裂開的山妖精。

我突然知道爲什麼他們這麼容易起衝突了。

就像五色雞頭有著獸王族好戰的血液一樣，一個是不容許塵埃，一個是希望保護迷途者，所以才會不斷牴觸。

爲什麼之前我會沒注意到呢，明明就是這麼容易發現的事情。

看來人眞的是會長大的，經過這段時間，我突然看得更多了。

那些山妖精那麼執著黑石力量，將其藏起然後殘忍殺害旅團，到最後讓自己扭曲變形，滿腦子都只想要那個東西、執意地不斷追殺我們，渴求的心變得骯髒，連形骸都不像原本的樣子了。

總有一天，會有更多「山妖精」爲了慾望放棄一切，扭曲自己，只爲了掌握與滿足吧？

總有那麼一天，鬼族會覆蓋世界的吧？

等到白色種族都不再純潔那天，等到人心都輕易被扭曲時，黑暗就會降臨大地，阿斯利安的種族將無法再爲迷途者領路，摔倒王子的種族將會廝殺到連最後一人都不剩，當那些都開始扭曲，就會如此地推倒樹木，連原本應該守護山脈的使命都拋之在後。

我已經不再像以前那樣什麼都不懂了。

站在被保護的後方，這瞬間我突然好像透過那些山妖精、透過黑鷹的眼睛，看到了重疊在上面的某些畫面。

那一個個的古老生命們殺人、被殺、周而復始地，搶奪著。

就像刻印在陰影記憶中，現在鮮明地出現在我面前，就像某種滑稽的劇碼一樣重複上演。

總有一天，黑暗會眞正降臨大地的吧。

然後那個時候，就不再有白色的種族，因爲黑色種族才是正義，撕裂著世界上任何一切屬於白色的東西。

直到那一天，陰影才眞正降臨，而妖師與夜妖精們，才會打開應該沉眠的兵器，讓所有失衡的世界完全終結。

那個，才是妖師眞正的使命吧。

刹那間，我不確定我是不是眞的笑了，但察覺這些事情之後的確讓我的心情非常好，然後我伸出了手臂，讓黑鷹停在上面。

「你還是出手吧。」

因爲現在還是白色種族的時代啊。

所以，妨礙妖師的石頭，早早消失吧。

黑鷹笑了聲，身體瞬間化爲大片黑暗。

「對了，不要毀壞到草跟樹。」

黑影越過了摔倒王子、擦過了阿斯利安，像是洪水一樣捲入了山妖精中，那近百個會呼吸的東西瞬間連個聲音都沒有，就這樣被黑暗完全吞噬了。

毛毛的山妖精、凶猛的傭兵端姆，連一點點都沒有剩下，在陰影席捲過後，四周空蕩安靜到可怕。

然後陰影收回，重新變成了黑鷹落在樹枝上，滿意地發出了短短的鳴叫。

眞的很簡單，一下子威脅全都消失了。

阿斯利安轉過頭，帶著驚恐的目光看著我，摔倒王子和色馬也幾乎都是不敢相信的目光，連五色雞頭都講不出話來。

「……呃、這個……」我抓著頭，有點尷尬地笑了聲，「對不起，我不曉得會這樣，陰影好像眞的、很恐怖喔……」

阿斯利安和摔倒王子在瞬間鬆了口氣。

「漾～差點被你嚇死！」五色雞頭一巴打在我肩膀上，直接把我打到矮一截，「不過好你個僕人，居然把本大爺的獵物都殺光了——」

「啊！別拘泥這個嘛，下一個會更好啊！」

「這樣說也是，反正那些山妖精也不夠打牙祭，本大爺還是去找更強的敵人才對。」直接轉手勾住我的脖子，五色雞頭咧開笑，「果然本大爺的僕人最了解本大爺！」

是說，你一點都不難了解啊。

然後，我也跟著笑了。

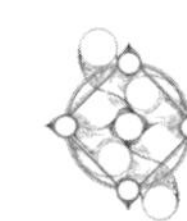

第九話　妖師的部屬

天亮了。

我看著天空，光慢慢穿過雲層，照進了我們即將脫離的樹林。

阿斯利安和摔倒王子整個是沉默的，應該說自從山妖精被殲滅後他們兩個就不太講話，之前阿斯利安起碼還會跟我們聊上幾句。

「小美人心情好像不是很好啊～」

唯一還在吵的就是色馬，依舊魔音灌腦，讓我直接轉過去瞪了他一眼。

也不知道是不是因爲陰影的事情太震撼了，雖然他們後來看起來似乎沒什麼問題，但隱隱約約總覺得摔倒王子和阿斯利安看我的眼神似乎有哪裡不一樣。阿斯利安還好，就是稍微有點不自然感，摔倒王子已經是帶著些許警戒……應該說他厭惡我的感覺提高爬升了，搞不好現在滿腦子都覺得我會害死他們。

從那刻開始，我們就沒辦法像之前那麼輕鬆了吧。

我很清楚明白地知道了種族義務，也劃清了自己的界線，這就與摔倒王子和阿斯利安有自己的種族責任一樣，所以那種突兀感更明顯了。

妖師……就是這樣旁觀到世界結束那天吧，然後會將他們全部重歸於無。或許經過昨天的事情後，他們兩個多少也理解到這些歷史必然與任務。

似乎注意到我在看他們，阿斯利安突然對了我笑了下，打起了精神，表現出和平常一樣的笑臉，「今天就會脫離樹林區域，這樣比較好，因為昨晚的事，樹林開始不安與騷動……」他頓了頓，沒繼續講下去。

「就老實說因為某妖師差點嚇死人，樹林區的保護者沒衝出來追究已經算是不幸中的大幸了呀。」小跳步的獨角獸搖晃的屁股讓我非常想一腳踹上去。

不過因為他很介意跟著我的黑鷹，所以距離非常遠，我還要衝一段路才踢得到，就算了。

站在旁邊樹上的黑鷹四處觀望了半晌，然後飛下來站到我的肩膀上。

光這個動作，摔倒王子就突然出手拉了旁邊的阿斯利安一把，擺明不想讓他太靠近我們這邊，大概是怕像昨天山妖精一樣。

「啡啡啡，這就是阻礙人家和小美人們親近的下場，現在你也被小美人排擠了。」那個躲最遠的色馬竟然還給我傳來風涼話。

甩開摔倒王子的手，阿斯利安警告性地瞪了他一眼，「接下來只要通過前面的道路就會直往燄之谷的範圍了，你……」

我看他好像想講什麼，視線又看了黑鷹，突然瞭然了。

「我也應該折回去了。」

其實我多少知道這點，既然都出手殲滅了山妖精，說不定馬上就有什麼正義之師來追殺了。不過這次重柳族都沒有出面，搞不好他也不認爲把已經變成鬼族的山妖精滅掉有什麼問題吧？

……還是他決定留晚一點殺。

我抖了下，決定不要這樣想對精神會比較好。

而且本來就有打算要折回去處理剩下的事情，黑鷹對山妖精們出手是意外，也因此讓我們提早結束旅途就是。

原本還想說最少可以送到燄之谷。

點點頭，阿斯利安露出個輕鬆的微笑，「使用了陰影的力量，怕會有東西循線追上來，對學弟不好。等你處理完事情，就直接回到學院吧，我會放出訊息請求學院協助，很快就會有人來幫忙你時間交際的部分……我想你應該不具備進入那裡的力量吧。」

他這樣一講我也想起來，沒人帶我的確是進不了那個鬼地方。

「嗄？要追上來嗎？本大爺見一個殺一個，見兩個殺一雙，殺到他夕陽不落日！天下唯我獨尊！」因爲被我干涉反而沒動到手的五色雞頭一聽見有東西要追上來，馬上整個人亢奮了，「漾～快點再用你那個啥陰影一次，把最強的敵人召喚出來吧！」

陰影並不是敵人召喚誘餌啊渾蛋！

覺得眼神有點死了地看著情緒亢奮的五色雞頭，我決定忽略掉他的破提議。

「你們這樣直接去沒問題嗎？」決定忽視色馬的幸災樂禍，我想了想，還是問一下。不過之前我和五色雞頭落跑時他們貌似也都走得很好，看來似乎眞的不太需要我們幫忙。

「沒問題的，我與王子殿下還能夠應付，而且燄之谷的道路也即將到達，只要到了範圍區域，我想應該就能夠順利進入。」看了下同樣站在一邊的魔使者，阿斯利安點點頭，還用手肘撞開旁邊想要插入話題的摔倒王子，後者臉色沉了一下，不知道是被撞得很痛還怎樣，反正就是轉開了，不過我看到他偷偷伸手到前面去揉，應該眞的是會痛，動手的人還神色自若地繼續說話：「請不用擔心我們這邊的問題，畢竟我與王子殿下都身負袍級。」

「這樣就好。」點點頭，我大概是眞的幫不上忙了，而且的確要把陰影送到黑山君那邊才是最重要的。

「本大爺就和僕人一起過去啦。」五色雞頭挺胸走過來，歪著頭打量著動也不動的魔使者，跟著嘖嘖了幾聲，「老三不知道要怎樣處理老四的事情，回去看看也好。你們確定不會在半途就昇天嗎？」

「不會。」阿斯利安接得很快，而且還在微笑。

「接下來就是極樂之旅了～啦啦啦～」

我轉向色馬，眞的想撿石頭丟他。

看著一行人，其實我們應該就要往回走了，但不知道爲什麼，我總覺得好像哪裡奇怪。這種氣氛不像是要分別，反而比較像暫別。

……這樣說起來也是啦，因爲他們很快就會回到學院了，實際上的確就是暫別。

但總覺得好像哪裡不對。

※

「眞的走掉了耶。」

留在樹林的出口，旅團其他人很快就消失在原本我也應該要一起過去的道路上。

總覺得這幾天的事情好像都是假的，轟掉湖之鎭也不像眞的，更之前大家在旅行的事也一下子都變得好遠，現在剩下自己和一點都不可靠的五色雞頭，就會開始懷念了。

「安啦，本大爺在此，管它是何方妖魔鬼怪還是長毛沒毛，只要敢出來，就只有一字殺！」還配合了一個抹脖子的動作，也不知道又自己代入到哪邊的五色雞頭冷笑了幾聲，一腳踏在旁邊的石頭上擺出他自認爲很帥的姿勢，接著開口：「那麼，漾～我們現在在等啥？」

你是沒長耳朵還是剛剛沒在聽啊！

不是說有聯絡學院的人來找我們嗎！

看著踏石頭給我踏得很自然的傢伙，我眞想一陰影把他掃到地上。

而且現在也不用被你保護啊，不管是魔使者還是陰影，隨便一個應該都可以把你種掉吧，我幹嘛還眞的讓你管啊——

「啊，原來是你們兩個，還有一位是哪裡來的啊？」

就在我努力想著有沒有什麼方式可以殺雞於無形時，某個非常耳熟的聲音從森林入口處傳來，接著我和五色雞頭同時轉回去，有點意外地看見了一個黑袍……更正，一個穿著便服的黑袍，看起來年紀都快跟我們相當的可惡娃娃臉。

穿著超不搭的牛仔褲和白色T恤，意外出現在這裡的黎沚朝我們揮揮手，「說要去時間交際點那邊的是你們兩個喔，早知道是你們兩個就簡單了，害我還費了一堆工夫躲過不必要的人，眞是的。」

因爲他語意不明，讓我覺得怪怪的。

「啥？怎麼又是你這傢伙？」五色雞頭很隨口地丟了一句，倒是沒有什麼惡意，比較像問候語。

說眞的和五色雞頭認識久了，我居然連他有沒有惡意都分得出來，有點淡淡的悲傷。

「因爲沒任務，出來晃晃咩，公會很久都沒有排遠距離任務給我了，老是都給我近的，感覺很不公平啊。」露出了笑容，黎沚背著手一跳一跳地走過來，「本來想找洛安看看有沒有什麼要幫忙的，不過他似乎去執行任務不在家，結果在他那邊看到私人的任務表，上面就說有學生發了要求協助要去黑山君那邊，我就來看看啊，因爲我也知道黑山君那邊要怎樣去。」

聽著他很有問題的發言，我注意到一件事，「……你偷別人的任務表？」原來本來要帶我們去的是洛安嗎？還有學院裡竟然可以偷別人的任務嗎？這樣眞的可以嗎我說！

「沒有啊，沒有偷。」黎沚連忙搖頭否認，娃娃臉看起來天眞無邪還有點無辜，活像我誣賴他，「我去他房間，然後看到他放在桌上，也沒說不能看、也沒封閉性法術，所以我就順便看過了，你看就是這樣的東西。」說著，他還掏了掏口袋，拿出一團東西，一甩就變成一張紙，還一點摺痕都沒有。

……你這行爲就是偷人家任務表還偷出人家的任務啊。

看著那張完全看不懂文字的天書，我深深這樣認爲。

而且搞不好他去找人或是敲門無效，又打穿人家門還房才進去的。

「我有留言告訴洛安我幫他處理囉，之前也常常這樣不是第一次了，所以沒關係的……那這位就是傳聞中的魔使者了嗎。」收起那張單子，也不管到底是不是人家的任務，黎沚背著手靠了過來，很有興趣地在魔使者旁邊走來繞去，完全不怕被宰，「果然是妖魔力量的作品，這要恢復原本的樣子不是很容易喔，失敗機率很高，畢竟他的生命時間已經不在了，強行復甦是不太可能的。」

「咦？你也懂喔？」沒想到黎沚馬上看出來魔使者的狀況，不過仔細一想，他們有叫作情報班的東西，搞不好來的時候就已經打聽過了啊！

「多少知道一點，似乎在哪裡有學過吧，應該有人和你提過我沒有以前的記憶，不過基本知識都還知道啊，現在能夠處理這種問題的人不多了耶。」轉回過頭，黎沚這樣回答我，感覺上相當認眞，不是隨便說說，「鳳凰族也不一定可行，沒有處理好會變有意識的喪屍喔，就算眞的能夠復甦，重生時間可能也不會很長，畢竟他是早該離去的人，很可能之後還是會因爲某些事情而消逝……歷史時間會用盡各種方式讓他重新回到既定的道路上。」他說出了和妖魔們相當類似的結論。

「你知道多少？快給本大爺一五一十吐出來，不然別怪本大爺祭出十大酷刑了！」突然一把抓住老師的領子，完全不客氣的五色雞頭劈頭逼問。

「知道的剛剛都講完了。」很鎮定地回答五色雞頭，一點都沒被嚇到的黎沚眨巴著眼睛。

……你是在耍他吧？

看著好整以暇的某黑袍，我深深有這種感覺。

「你——」

「西瑞，不要這樣。」連忙拉開好像真的想把人扭下去的五色雞頭，也不知道黎沚和其他黑袍有沒有差，其他人扭下去往往都會出事。不是受害的出事就是凶手出事，兩種我現在都不想看到謝謝。

「怕啥，本大爺才不管他是黑袍還是小孩，反正揍下去實話就會吐出來！」甩開我的手，五色雞頭有點激動地朝著我罵。

重點是他也不是小孩啊！

而且你罵我幹嘛！對我罵沒用啊！

看著五色雞頭，黎沚慢條斯理地拍拍被拉縐的領子，對剛剛的失禮似乎沒放在心上，感覺完全沒有生氣的樣子，「我是說真的喔，而且就算知道更深入的方式，你們也用不起啊，現在能施用的人已經沒有了，很久很久以前就已經沒有，所以還是看看鳳凰族那邊怎麼處理吧。」

「你是指可以把六羅重新帶回來的方式，還是有哪位治療士嗎？」所謂施用的人是什麼？看著眼前的娃娃臉，我也不知道應該怎樣問比較恰當。他說已經沒有了，難道是什麼絕種的種族嗎？該不會又是哪個衰小的反派種族之類的東西吧？

因爲讓死人復甦感覺不像他們所謂的正向時間和命運。

難道是裡．時間種族系列的？

「是這樣的，我想應該眞的有這樣一個人，可是我也忘記是誰，唯一確定的是那個人應該已經不在了。」摸了摸頭，黎沚露出淡淡的微笑，與他平常的笑容不太一樣，「所以我知道的眞的剛剛就說過了，現在只能看看九瀾那邊要怎樣處理。」說著這話的同時，他給人的感覺好像有點失落，但看起來又有點無所謂，講得似乎與自己不太有關係。

五色雞頭甩開我，有點不爽地轉開頭，「嘖，煩死了，廢話就不要講出來讓人家有期待啊！」

「很抱歉。」笑了下，黎沚的臉色馬上恢復原樣，「那麼，魔使者也要和我們一起去黑山君的住所嗎？」

「啊不然咧？」五色雞頭用一種「你是在說廢話嗎」的語氣還外加斜眼過去。

「會有影響嗎？」這麼長一段時間下來我知道所謂的運行規則等等東西的存在，也知道魔使者的存在好像違反什麼規定，既然黑山君是住在時間交際的地方，那把魔使者一起帶過去不知道會不會有什麼禁忌。我看著黎沚，正在想要不要先聯絡黑色仙人掌他們過來一趟將人帶走比較好。

「多少會一點，倒也沒關係，你們確定要一起帶去也是可以。」看起來好像不是很麻煩的表情，不知道爲什麼黎沚反而露出好像是要去玩的臉，一個握拳、熱血亢奮地開口：「但是要齊心協力、努力衝過去喔！」

……我現在可以改成馬上通知黑色仙人掌他們來領人嗎？

最好連五色雞頭一起領走啊！

雖然不知道黎沚講這些話的意思，但根據長年的危機判斷，我覺得肯定會非常危險！這些火星人都把困難當挑戰、阻止當好玩，不要這樣爲難別人啊我說！

突然轉過來，黎沚指向我身上的黑鷹，「要帶那個就已經是大麻煩了，所以多一個小麻煩也沒差太多。」

反正不管怎樣都要齊心協力一路殺過去就是嗎？

那改一下，我可不可以改成請千冬歲他們來領我算了。

「你還有其他要處理的事情嗎？」歪著頭，黎沚詢問著：「要進入交際點不容易，如果有，最好事先全部處理完，最後再下去，這樣我的力量比較好調整，也比較好捉住時間差。」

對了，一下去可能就十天半個月的。

差點忘記之前的經驗，那邊的時間和這裡不一樣，待久都不知道要拖延多少了。

看了眼魔使者，學長有說過要回去安置夜妖精，可能也要去妖魔地看個狀況，然後也得去確認艾里恩的安危……掛著實在有點不安心，這樣看來第一目的地應該得選擇眼下可以處理的其他地方，最後才進入交際處。

「還有幾個地方要去。」確定之後，我這樣告訴他，「不會停留很久，應該都很快。」

「好啊，那我跟著，可以幫你掌控陰影的外流力量，這樣比較不會被盯上。」黎沚笑嘻嘻地說，還伸出手讓黑鷹停到他手上，意外地一點都不怕陰影，還和黑鷹玩了一下。

「哼哼，本大爺就容許讓你暫時當個跟屁蟲吧。」完全沒大沒小地補上這句，五色雞頭完全展露我就是老大的宣言。

就在我很想深深嘆口氣繼續面對現實時，我發現五色雞頭和黎沚安靜了下來，站在旁邊的魔使者也有了反應，全都警戒起來。

「有殺氣。」

我站在中間。

不知道爲什麼，一發現四周不對勁後，五色雞頭與黎沚、魔使者默契非常好地全都背對我，自動繞成一個三角圈，之前其他人也都會有類似的舉動和反應，大概是長年訓練所致。

黑鷹叫了兩聲，轉向黎沚那一面，也就是昨天我們過夜的森林。

就在我也轉過去的同時，看見了好幾條影子在森林深處晃動著。

該不會又是那些山妖精吧！怎麼這麼難死，明明就全都消失了不是嗎？難道我這一路非得和這些毛東西綁在一起不可嗎？我的人生並不想充滿這些東西啊，拜託要衝去衝色馬那邊吧，起碼可以限制他的脫序還可以保護別人的貞操安全。

看著森林裡的形體，我很認眞地考慮要不要再來一次……好像有點不對，那些影子滿高的，山妖精一點都不高，這些東西看起來比較像人類的體型，但高度不太一樣，高了許多。

「等等。」就在旁邊五色雞頭耐不住、正想衝上去先暴打同時，被站在最前面的黎沚攔了下來，「是遠望者。」

「嗄？」頓了下，五色雞頭倒是收回腳步，臉上寫著「遠望者沒事來襲擊本大爺與僕人幹嘛」等等等之類的字眼。

我轉過頭，對於可以在五色雞頭臉上看見這些字的自己感到稍微有點絕望。

雖然他是不難懂，但我也不想這麼懂啊！

「西瑞，又是你朋友嗎？」基於之前的案例，我決定先問清楚，避免等等又跳出土著面具，然後要踩過才可以解釋之類的。

「本大爺哪來那麼多朋友！」五色雞頭呸了一聲。

太好了，你也知道你沒有那麼多朋友喔！

示意我們不要輕舉妄動後，黎沚把黑鷹還給我先走了過去，大概幾步就停下來，然後開口，說的是我完全聽不懂的話，但與之前遇到雷拉特他們講的那種語言調調很像，應該就是遠望者的話語了。沒想到黎沚居然可以直接講他族的語言……應該說看他的臉還真容易忘記他是什麼都知道的黑袍一員。

講了幾句後，黎沚停下來，接著沒過多久，樹林裡眞的有回應了。就這樣兩邊連續交談了幾次，就有個人慢慢走了出來。

這時候魔使者的警戒已經降低，讓我知道對方應該也散了殺意。

最後從裡面出現的是個高大的遠望者，和之前我們遇過的那些不太一樣，雖然一樣高壯，但並沒有使用面具，穿著也稍微有點不同，感覺風格與雷拉特他們相異。

對方出現之後就和黎沚比手畫腳地講了幾句話，接著轉向我們這邊看過來。

「他們並沒有什麼惡意。」黎沚想了下，傳達剛剛的交流，「你們昨天在這邊用了陰影的力量對吧，黑色的力量驚醒了附近的樹人群，引起了強烈的不安，所以這地區的遠望者才會過來看看究竟是怎麼回事，如果是邪惡的力量就要馬上驅逐或消滅。」

看了下黑鷹，我當然不會誠實地告訴對方陰影就在我手上。

幸好黎沚也知道這點，頓了一下聳聳肩，「所以我告訴他我是黑袍、也出示了證明，我們正在執行公會的任務，一切都可以擺平，他就表示不會再追究了。」

「嘖，又沒得打。」手似乎很癢的五色雞頭發出了可惜的聲音。

「不過就算他們不追究，還是希望我們快點離開這一帶，畢竟那種不安的力量讓他們非常緊張。」聽著遠望者的話語，黎沚補上這句：「另外再過去的區域聽說不太平靜，綠海灣的海盜最近貌似常出現活動，所以遠望者不希望把任何可能的騷亂帶入森林，影響樹人們。」

可能是多多少少聽得懂我們的語言，遠望者還配合著點點頭，一臉表示希望我們有多遠滾多遠。

又轉回去和對方講了幾句話後，黎沚才走回我們這邊，「走吧走吧，反正也要離開了不是，先走他們比較放心。」

我瞄了還站在原地的遠望者，似乎眞的是在等我們滾蛋。

也沒讓對方等太久，黎沚轉了一圈，腳下突然張開了像是翅膀圖形的奇妙法陣，散著很漂亮的銀藍色光芒，淡淡銀透的光點不斷往上飄。

我帶著黑鷹很快走進去，之後是五色雞頭和墊底的魔使者。

在法陣外的景色開始模糊時，我也看見了那個遠望者轉頭回到樹林中，就這樣消失蹤影。

這樣就沒問題了吧。

「那個綠海灣的海盜是什麼鬼？」一直打不了架的五色雞頭在區域轉換時很不客氣地開口。

不知道爲什麼我也覺得綠海灣聽起來很耳熟……啊，一開始摔倒王子很想走的那條路，聽說是奇歐妖精的區域。的確之前雷拉特他們說過出現海盜的事情，而且人緣不好的摔倒王子還沒收到消息，原來那邊的問題還沒解決嗎？最近事情一多反而完全不會去注意那邊，畢竟沒有走到那區域。

「喔，情報班回報好像是學院戰之前就發生了。大略來說，綠海灣其實是奇歐妖精們的附屬領地，那一帶被稱爲翡翠之綠，是奇歐妖精的主要商業區域，外圍的海灣就是現在說的綠海灣；前陣子出現了小海盜群，馬上就被驅逐了，不過沒多久卻又出現，而且變大群了……一直演變至現在變成大海盜船在那裡逗留，而且還吸引了不同的海族、海盜過去挑釁，常常一言不合就打起來，經常與衛兵發生混戰。事情鬧大之後，統領區域的貴族瞞不下去事情才爆了出來。」背著手，黎沚這樣告訴我們：「其實公會早就知道了，不過奇歐妖精那邊一直沒有求援，到最近受不了才來要求幫忙，所以公會聚集了黑袍接下任務，洛安也有去幫忙喔。」

聽起來似乎還滿危險的，幸好我們當初沒有聽摔倒王子的話走綠海灣，不然現在怎樣死的都不知道……

不對！沉默森林也沒多安全啊！

綠海灣如果會死一次，沉默森林就死十次了！

早知道就走綠海灣！

人生果然沒有早知道……

「現在因爲公會介入，所以已經將所有海盜逐出綠海灣範圍。也不知道爲什麼，公會一出手他們馬上就跑了，所以不難處理，大概就是你們在弄黑影這段時間發生的，所以才沒有第一時間派較多黑袍來幫忙，人手調度有點麻煩吧，也不能讓不到資格的袍級來送命。」黎沚歪頭想了下，「總之就是海盜驅散後，大概是要躲公會，有的跑上岸，所以四散開來，大概也有出現在這附近吧。畢竟綠海灣和沉默森林都有通到燄之谷的道路，多少有些會跑過來，公會應該有進行後續追捕，這類逃兵不會影響到黑袍和紫袍，所以你們可以不用擔心阿斯利安他們。」

「誰在擔心他們！」五色雞頭突然罵了一句。

原來你有在擔心喔？

真是看不出來，我是真的沒有注意到五色雞頭會擔心……看來他也開始有同伴意識了，這讓我有點感動，那種感覺就像是看到五色小雞突然變大雞一樣，希望他有一天可以變成不要拖累別人去死也不要每天都只想著攻頂屠人的大雞。

這樣我就會感到欣慰了！

就在我默默有點眼眶濕的時候，移動陣法停止了。

出現在我們面前的，是最熟悉不過的地方。

擁有魔森林的沉默森林。

※

和之前離開時差很多，沉默森林顯然經歷過嚴重的惡戰，估計就是先前對霜丘的那場，現在回來一看，外圍被毀得很慘，不過屍體什麼的倒是已經整理乾淨，樹林裡安靜到詭異。

我們到達時，正好看見幾個沉默森林的夜妖精在整頓那些破敗的外圍樹林與建造物，一看到外人馬上警戒起來，但後來看到我、又看到魔使者，雖然面部有點不自然抽筋，倒是放鬆戒備了。

「妖師。」

一個完全不認識的黑嚕嚕夜妖精迎了上來，穿著與其他人不同，看來應該是這區域地位比較高的領首者，「哈維恩有傳回消息，請不用客氣，沉默森林效忠妖師一族。」說著，他向我行了個禮，把我嚇一大跳。

太友善了，所以還眞讓人驚恐啊。

「呃，我不是當代妖師首領，所以不用這麼客氣。」之前被追殺慣了，現在有人對妖師這麼好還眞難以適應，「哈維恩不在嗎？」

「哈維恩目前留在城裡，尋找到城主解救方式後，就雙方有利條件與先前友好關係，同城主洽談沉默森林的事務，之後會轉向另一處尋求幫助，不會這麼快回到沉默森林。」夜妖精很誠實地告訴我，也讓我明白哈維恩地位眞的頗高，能代表夜妖精洽談和出席，「這次陰影，承蒙妖師的出手，讓沉默森林能重新取回種族責任實在讓人高興，但也可能會影響到存在。哈維恩正在就此迅速談妥聯盟，保證沉默森林如同以往不受侵襲。」

這就是我擔心的地方了，用了夜妖精之後大家就知道他們與妖師是一掛的，很可能會有很多人來找他們麻煩，我的祖先應該也是這樣才解除他們的任務。現在卻又被我拖出來用……雖然眞的是不得已的，但要保證他們生存又不知道應該怎樣做才好。

「不如聯絡一下當代妖師首領？」站在一邊的黎沚向我提出意見，「這個算是種族大事吻，最好交由首領判斷，正好也可以讓妖師首領和原本的責任種族見個面。」

「本大爺覺得乾脆就收了他們，去征服地球啊哈哈哈！」五色雞頭也不落人後提出自己的看法。

於是我決定拿出手機，撥號給然。

幸好這次手機訊號還不錯，也不知道然在哪裡，電話一下就接通了。

我快速把我這邊的狀況告訴對方之後，然沉默了有半晌，開口先講的不是處理方式，「漾漾，以後如果有這樣的事情，可以**麻煩你，最起碼**先通知我們嗎？」

他「麻煩你」跟「最起碼」還加重了語氣，聽得我頭皮發麻，「呃，就很突然咩，當下也只能這樣……對不起下次我會先聯絡的。」在對方一片安靜下，我也只好先認錯。經驗法則，通常越和善的人越安靜就越可怕，先道歉就對了。

不過實際上如果先通知然他們說不定還有更好的處理方式，但就下意識不想再牽扯人進來，尤其冥玥一天到晚在講什麼妨礙人家戀愛會被豬踢之類的，所以也沒有想到要直接告訴他們過來就是。

「我會讓合適的人代表妖師一族前往處理。」

掛掉電話後，我暗暗想著回去最好要稍微躲一下冥玥，不然可能會被藉故修理得很慘。

旁邊抱著黑鷹在玩的黎沚一看見我掛電話，馬上走過來，「如何呢？」

「說會有合適的人過來。」轉頭看向也站在旁邊等吩咐的夜妖精，我想了想，告訴對方，「不過我不確定是哪一位。另外妖師外表看起來都很像普通人類，我想應該很快就會到了。」用血緣定位轉移可能不會花太久的時間。

「是的。」那名夜妖精又畢恭畢敬地行了禮，這才走向有點距離的同伴們，開始吩咐接待事宜。

「嘖嘖，漾~你眞不會善加利用，有這批打手，我們起碼可以攻下整座城。」握著拳，五色雞頭眼睛閃閃發亮地說著。

我要攻下整座城幹嘛！

等等難道你是因爲溫泉的關係想要拔掉契里亞城嗎！不要把你的歪腦筋動到夜妖精身上！

「我對攻下城沒興趣。」白了他一眼，我直接回絕。

「白白浪費啊，本大爺居然有個如此浪費的手下。」五色雞頭搖搖頭，露出一臉很不滿的反應。

我不是手下啊！

「沉默森林的夜妖精數量並不是很多，如果妖師有需要，我們可以代爲聚集同族的兄弟們前來幫助。」聽到我們的聊天以爲有需要，那個很有禮貌的夜妖精連忙過來說道，「戰士也是有的，訓練精良的武士也能夠任憑差遣。」

「你，不要跟著起舞。」看著一臉死忠的炭妖精，我突然懷念起他們與世隔離孤傲的死樣子，好過這種講什麼就跟著跳起來要幫忙……是說之前哈維恩好像也是這樣，二話不說就和他的族人一起讓我抽生命用陣法了。

「是的。」夜妖精又很認眞地應了聲，接著他自己想想，又開口，「我是哈維恩同系兄弟，如果有需要可以吩咐我，我名爲里歐。」

「好。」想了想，其實也沒有什麼事情要交代，正想和他講不用管我、我自己先去魔森林區域看看時，夜妖精們又再度騷動起來。

這次出現的是一圈移動陣法，因爲五色雞頭他們連警戒都沒有，夜妖精也僅有騷動而已，看起來是沒有敵意的。

邊想著，果然幾秒後走出來的是個非常像普通人類的人，甚至還穿西裝打領帶，看起來完全就是上班族，而且還在看自己的手錶。

……這不就是那個妖師○○集團董事嗎？之前妖師跑去攻擊鬼王塚時認識的，後來還教了我一陣子簡單術法和知識，所以算起來是滿熟的大哥。

「首領要我來處理沉默森林的事情。」完全不想浪費時間的上班族大哥一出現劈頭就是這句話，先向我和其他人打了個招呼後，居然轉頭就遞了名片給里歐，「如果我不在，有事可以直接聯絡我的祕書，會第一時間前來幫忙。」

看著手上那張名片，里歐一愣一愣地轉向我，一整個不知所措。

「呃，這位是現任妖師首領的代表，是來幫忙的，晚點請再向哈維恩介紹一下。」看著那張我也有的名片，我突然很想知道這位大哥到底事業有多大，居然連沉默森林也可以處理，難道我之前以為他只有在原世界活動是不對的，原來守世界也有連鎖企業嗎？

這樣想起來搞不好是真的，不然沒道理妖師可以躲這麼久，說不定在大家都不知道的時候已經偷偷擴張了沒人曉得而已。

又看了看名片，里歐才呆呆地點了頭。

接著那個大哥就直接抓住里歐開始問起了沉默森林有多大、多少產業和多少人力之類的，而且步調很快地邊走邊問，大有馬上把沉默森林整個逛過一圈的氣勢。

可能是沒遇過這種人，本來都離世居住的夜妖精們明顯有點錯愕，但又不敢違抗妖師一族，幾個人就這樣被連拖帶拉地走掉了，剩下的則有點慌張地原地轉來轉去。

「看來應該可以交替了。」黎沚露出淡淡地微笑。

是交替啥？被抓交替嗎！你為什麼會用這種笑臉說出驚悚的話，還有他們整個還很驚慌吧我說……

「你們先去魔森林那邊看看吧，我來和他們解釋一下就行了，這點不難。」把黑鷹還給我，黎沚露出大大的笑容，往那群夜妖精走過去了。

可能感受到黎沚的力量還什麼東西，總之他走過去後被包圍起來，那些不安騷動似乎真的開始減低。

「那我們進魔森林吧。」

讓魔使者帶著走過一段路，我又重新回到了妖魔區域。

不過比較不同的是，這次還沒進到魔森林就先看見蒂絲站在外面了，一看就知道是在等我們。

雖然已經把魔使者帶走，但現在看起來應該是蒂絲替代了位置驅逐夜妖精，因爲這裡還是一樣完全看不見夜妖精的蹤跡，就算有也躲得很遠，看來心靈創傷果然不會如此容易癒合。

「妖魔大人們已經封閉通道了，外人暫時無法進入。」等到我們走近後，蒂絲才這樣告訴我，「水妖魔大人要傳遞消息，因爲凱里已經交給你們，所以她不再插手後續的事情，讓你們自己看著辦了。」

我就知道是這樣，其實剛剛就有點感覺了。

話說回來，我也不是專程要來問魔使者，「是關於旅團的事情，這次出去又回來，妳的旅團要保護什麼我們已經搞清楚了。」這是我之前就想幫忙的，雖然後來被我搞得很砸，不過還是得把整件事情告訴他們。

蒂絲愣了下，然後拉著我往旁邊走去，「請務必全部讓我知道。」

看五色雞頭很無聊在玩旁邊的石頭，確定他不會在這短時間給我搞鬼後，我就把所有經過都告訴蒂絲。

雖然不算太多，但也不是很少，完全講完也花了一番工夫。

聽完後，蒂絲並沒有我想像中的激動，也沒有露出什麼難過的表情……正確的形容，她似乎像是終於放下什麼重擔，輕輕吐了口氣，如釋重負般地整個人都放輕鬆了，然後將手交握在胸前，低聲唸了很長一段不知道什麼，才抬頭看我。

「眞是非常感謝您帶來的訊息，現在我終於可以不用再帶有疑惑。」微微向我行了個禮，蒂絲勾起了唇，「水妖魔大人不會主動說這些，所以眞的讓我可以完全釋懷了。」

「……我很抱歉最後沒有把母石用到正確的地方。」如果一開始有察覺就好了，這次鬧成這樣我也反省很久，幸好並不是最壞的結局。

「不，就您所說，其實轉爲陰影的棲息石也算是很正確的方式。」拍了拍我的肩膀，蒂絲看著黑鷹，「目前的世界還不需要陰影，如果能因此而有了另一種存在，也非壞事。就如同我，此時也是心甘情願地服從妖魔大人們，雖然外界會認爲是妖魔的走狗，但是實際如何，只要我能接受即可。」

「……也許吧。」畢竟現在還是白色的時代，留著陰影只是再度被攻擊或利用，所以我大約可以了解她想鼓勵我的意思。

「那麼，凱里就拜託你們了，如果眞的無法再生，水妖魔大人表示他可以再回到這裡來，妖魔之力依舊能夠讓他存在，不用非得遵循世界規矩不可。」看了眼魔使者，蒂絲輕聲地說著：「只要你們願意讓他繼續如此存留；另外或許下次再來，也可以再遇到另一位魔使者了。」

她說的另一位我立刻就知道是誰了，上次被宰掉的夜妖精賴恩，他也算夠倒楣了，就這樣直接被妖魔拖走。

「我知道了，請幫我謝謝水妖魔與火妖魔兩位。」也跟著看向魔使者，之前黎沚說的話不禁讓人有點沉重。就算是鳳凰族，也很難復活一個死亡很久又註定要死的人吧，套用他們的啥啥世界理論，但我並不想把這些告訴五色雞頭。

現在，我覺得有點希望是好的。

而且我想他們自己應該都心中有底了，只是不想放棄而已。

「另外，這是火妖魔大人要交給您的。」從身上拿下一枚金屬飾品，蒂絲遞給我，「或許在接下來的旅途，會有需要。」

接下來的旅途？

對了，的確是還要去契里亞城，最後進入時間之流。

因爲經常接受別人的東西，所以我也道謝後默默收下，他們餽贈的東西幾乎都會在某天用得上，所以有收比沒收好，起碼到時候才不會又手忙腳亂。

「你們講完了？」看我們這邊差不多後，五色雞頭直接走過來，「還眞久，本大爺已經在想如果還要繼續等，就先踩平沉默森林先。」

……那你有可能會被上班族大哥求償，他好像已經把這裡當旗下產業了。

「水妖魔大人要我傳遞給您一些話。」轉向了五色雞頭，蒂絲表情突然有點古怪，「『年輕氣盛的小種族，以後如果沒地方去可以來這裡當我們的手下。』」

五色雞頭一聽到這句話馬上炸了，「本大爺行走江湖一把刀，妳那兩隻妖魔算是哪根蔥！竟然要本大爺當手下！」

那兩根恐怕是很大一根蔥。

不過我有點意外水妖魔對五色雞頭竟然會有興趣，是因爲之前調戲覺得很好玩嗎！

「那麼，就請你們一路小心了。」

不管五色雞頭跳腳還怒吼些亂七八糟的話，蒂絲非常嚴謹地對我們行了一個妖精族的告別禮，也擺明我們應該走人了。

讓魔使者抓住五色雞頭，一路向外拖出來，我們便再度回到沉默森林的前端入口。

已經把夜妖精解散的黎沚正坐在剛剛那一帶的某顆大石頭上，手上還拿著疑似裝有飲料的樹葉杯子，看見我們就愉快地招手。

走出來後氣氛已經好很多了，看來黎沚眞的有派上用場。

「我告訴他們妖師一族的立場和可能協助的方式，大部分都能夠理解。」這樣告訴我，黎沚把手上的杯子遞給我，「這是夜妖精給的，聽說是沉默森林的特產，在發光樹上才有的蟲蜜，很好喝喔！」

蟲蜜嗎……

蟲生的蜜嗎？

看著杯子裡淡金色的液體，說眞的看起來有點像蜂蜜，還有淡淡清爽的香甜味，但因爲名字很離奇，我反而有點不太敢喝。

在這個世界求生存，第一要點就是不要隨便吃喝來路不明的東西，不然幾條命都不夠死，早在很久以前我就有這種體悟了。

注意到我的猶豫，黎沚又笑了下，「不用擔心，雖說是蟲蜜，但意思是飛蟲最喜歡的樹蜜，實際上是發光樹的蜜，植物性的，樹不會跳也不會叫，跟原世界的楓樹差不多，也是採集方式製作。」

很感激地看著黎沚，我一秒放鬆了，然後也眞的有點渴，問了五色雞頭不要後稍微喝了點進去。

眞的和蜂蜜的味道差不多，但喝起來更順口，而且喝了些之後感覺精神都好起來了，看來應該和精靈飲料有類似的效果。

「這是沉默森林很有名的產物喔，所以也跟一些城市有商業性的合作，夜妖精們會收集發光樹的蟲蜜去販售，價錢很好。」看著在附近走來走去的夜妖精，似乎短時間就混熟的黎沚還跟對方打了下招呼，「另外就是一些樹林產物了，看來沉默森林也很有意思。」

……看來上班族大哥會對產業很滿意。

默默地喝完，杯子一見底，旁邊馬上就有夜妖精迎上來問我們要不要再添，還拿了好大一壺與幾個杯子過來。

看著蜜，黎沚不知道想到什麼，突然用我聽不懂的語言和對方交談了下，那名夜妖精也連連點頭，態度相當客氣，一下子就轉頭走了。

「我請他們幫我準備點蟲蜜，拜訪黑山君果然還是帶點東西好，洛安說過黑山君也吃東西的。」

黎沚一這樣說，我馬上想起白川主的交代，「那等等去契里亞城可以多準備一些入口即化的小點心嗎？聽說黑山君喜歡。」

「這沒問題，我通知翼族的人準備好就行了。」黎沚邊說著，就逕自走開去聯絡了。

※

「這座森林的價值不錯。」

我們並沒有等太久，拖著里歐走一圈的上班族大哥腳步依舊很快地走回，然後丟開手上的夜妖精朝我走來，「範圍人數和產業都確認過了，可以納到我們的範圍裡加以保護和生產。」

……是要生產什麼？

「但是裡面的妖魔區域……」

「妖魔沒有惡意，只要夜妖精不要進入那區就不會有事了。」我連忙告訴大哥，「他們是巡遊妖魔，對種族啥的沒興趣，所以只是暫住，不靠近就不會主動攻擊，你們只要把區域劃分清楚就好。」之前好像也說過是禁地的，這樣說起來，如果以後夜妖精有什麼敵人，說不定引到那邊去就行了，會被魔使者們給剷除掉。

大致上和上班族大哥講過這個想法後，他表示理解地點頭，又轉過去用有點生澀又不一樣的語言和里歐談了一下……我靠，你不是在那圈短短時間裡就把夜妖精的語言學會了吧！

嚴重這樣懷疑，因爲那個大哥邊講時里歐很顯然又糾正他幾次正確的發音之類的，重複講了幾次對話後，居然就這樣順了。

然，妖師也有智商兩百的嗎？

我突然理解爲什麼大哥看起來很年輕，卻是企業董事的原因了。

不過使用夜妖精語言，讓里歐看起來顯然滿愉快的，兩人後來居然有說有笑，一下子就打破一開始那種不自然的隔閡，顯然拉近不少距離。

「那這邊由我代表處理與洽談，等等我會去見沉默森林的長老，商談他們後續與妖師一族的各種問題。」聊了一段後，大哥才回頭跟我說道：「這樣就沒問題了。」

「就麻煩你了。」雖然對方看起來遊刃有餘，但是爛攤子終歸是我捅出來的，我還是很不好意思地再向他感謝了一下，大哥就揮揮手叫我不用介意，反正也不是第一次；而且沉默森林看起來是很有價值的地方，所以他不覺得有什麼不好。

接著，大哥又很有行動力地拖著里歐和一票人風風火火殺去找沉默森林的長老們了。

「那麼這邊也處理得差不多了。」背著手，剛剛就在附近晃來晃去的黎沚走過來，「接下來要去哪邊呢？契里亞城？」

「嗯，見過艾里恩他們之後就差不多了。」不知道越見還有沒有在城裡。一想到越見我就覺得脖子涼涼，希望不要被他掐死，接二連三地落跑搞不好都上他的黑名單了。

「啊，本大爺也有點事情要回去一趟。」看了眼魔使者，五色雞頭突然開口：「老三應該還在那邊。」

「嗯？九瀾大哥嗎？」對了，我們離開時黑色仙人掌還在昏睡，不知道醒了沒有，他這次也真是有點倒楣，沒事被我牽拖下去打陰影，看來真的耗了很多力量。

「對，本大爺想和老三講點事情。」點點頭，不過沒告訴我是什麼事情的五色雞頭只是用詭異的目光又看了下魔使者，看來應該是跟六羅有關。

等等，難道他剛剛有聽到我跟蒂絲的話？

這樣猜測著，但問他又有點突兀，我想想，還是轉向了黎沚，「那我們現在可以出發了。」之前都是麻煩魔使者啦，不過看來黎沚轉移速度還要更快，而且他似乎也當司機當得很愉快，我也就不客氣了。

「好，我幫你在這邊做了夜妖精允許標記，下次你可以直接用移送陣過來喔，不會再被種族保護術擋住了。」黎沚張開手掌，上面出現一個螺旋形的黑色印記，發著光，然後拍到我身上，「這樣就行了。」

幾乎同一時間，剛剛去拿蟲蜜的夜妖精匆匆回來，正好趕上，交給我們一大罐琉璃瓶，瓶子看起來也很漂亮，瓶身浮雕著各種絢麗的幻獸，有點淡淡的光采。

「請有時間後，務必再回到沉默森林。」

夜妖精恭恭敬敬地送離我們。

第十話　重返

「是說，只有沉默森林的夜妖精是妖師手下，還是全部啊？」

甩著瓶子玩，等待轉移時，五色雞頭突然提出這個連我都不知道的問題，「本大爺看那些霜丘的就沒這麼客氣。」

其實這點我也有疑惑，說霜丘不是，但又好像是，他們似乎也有辦法可以使用黑暗力量，之前嘗試要抓學長他們就是有把握可以用陰影的樣子，而且哈維恩之前的確也說過他們是一樣的種族。

「夜妖精全部屬於妖師的手下喔。」直接幫我們解了這個疑惑，不知道爲什麼會曉得的黎沚開口：「但是肩負的責任不同，能操作的方式也不一樣。沉默森林是導讀，霜丘很有可能會是輔助或是守護之類的。這次是你們比較幸運先遇上沉默森林，加上沉默森林本身避世、幾乎不與外界往來，所以他們的忠誠才會一直保留著。經過時間流轉，很多夜妖精其實已經不知道自己的種族任務了，如果你們碰上的是其他已經不守忠的夜妖精，恐怕現在已經無法挽回。」

聽他這樣講，我還眞的連冷汗都冒出來。

這次眞的算好運了，如果不是因爲一開始就認識哈維恩、他也一開始就注意到我是妖師，那之後進沉默森林、收拾烏鷲絕對都不會這麼順利。

如果最早都落入霜丘的手上，現在都不知道會怎樣了，而且搞不好還會引起一波屠殺妖師的風潮……

還是不要想太多對精神比較好。

不過這樣說起來，應該得問問哈維恩還有哪些是像他們一樣還在守忠的，說不定可以請然他們稍微注意一下，也不算什麼壞事。

沉默之際，我們腳下的陣法終於停下，接著出現在眼前的，是最後要處理的契里亞城。

算著時間，這邊都搞定之後，快點進去時間之流，把陰影的事情交付，應該也差不多了，再回來說不定都是一個月或半個月後的事情了。

看著城門口的衛兵就像之前一樣走來走去，我正要進城，五色雞頭突然攔下我們，「等等，本大爺覺得有點不對勁。」

不對勁？

「的確，神色有點緊張。」盯著那些衛兵看，黎沚也同意。

難道又是要通緝我們之類的嗎！

因爲之前被追過，所以我現在一整個緊張，該不會是擅自逃逸所以又被指名要抓了吧？

「應該不是針對你們，我去問看看。」歪頭打量了半晌，在對方注意過來的同時黎沚朝對方揮揮手，自己先迎了上去。雙方交談後，他又走回來我們這邊，「好像這幾天因爲陰影問題，契里亞城的防守減弱很多，加上收容附近躲災的旅人、住民，其中有一些是盜賊團，似乎也有之前提到的海盜躲避公會流竄了進來，所以城主下令要全城嚴守，正在搜捕這些會妨礙安危的匪徒。」

原來眞的不是要抓我們，我稍微安心了。

不過契里亞城裡本來就有殺手家族，嚴格來說好像本身就不怎樣安穩了我說。

「沒想到有盜賊踩到本大爺的地盤上來，竟然沒有先向大爺拜碼頭！」五色雞頭一整個很憤慨，然後握住拳頭，「等等大爺我就去召喚手下，抓一個宰一個！」

等等這不算你家地盤啊！

還有不要再去爲難那個經理了吧！他哪天如果胃穿孔，要再去找一個可以把你旅館經營起來的人不簡單啊！

「總之我們先進去吧，衛兵也說契里亞城城主有吩咐，若是你們再來可以直接去住所找他。」打斷了五色雞頭的憤慨，黎沚笑笑地說著。

「本大爺——」

「快走吧！」

再不走經理的胃就完蛋了！

進城後，城裡的戒備果然更重了。

之前我們去過的那家便利商店門是半拉下的，上面似乎還有公告說最近他心情好不開張去採購了，過兩天再帶新貨回來，而門口的娃娃機倒是一點都沒變。

「本大爺先去老三那邊。」五色雞頭丟下這句話，揚長而去了。

想想也對，不管黑色仙人掌有沒有清醒，他應該都會被羅耶伊亞家族帶去照顧，現在恐怕就在靈光大飯店裡。

「那我也去公會駐點一下和洛安聯繫喔，順便請翼族準備點心。」提了提手上的琉璃罐，黎沚笑嘻嘻地說，「如果再不聯繫，洛安眞的會追過來。」

你是要去叫他不用過來的嗎？

我還眞不知道偷人家任務會被怎樣耶，這種作法很正常嗎？這樣眞的可以嗎？

總之默默目送黎沚心情愉快地蹦走，我看著戒備森嚴的街道，長吐一口氣。

現在帶著黑鷹，後面站著包頭包臉的魔使者，如果不是因爲艾里恩吩咐過衛兵，搞不好我馬上就被盤查了，根據過往經驗，搞不好還會被包圍當成可疑分子先拖到監獄再說，接著魔使者就會暴起展開大屠殺……我想這麼仔細幹嘛！

「有很多視線在注意你。」在其他人走掉之後，黑鷹才靠著我的耳朵發出低聲：「很多是衛兵，但也有很多是閒雜人等。」

頓了下，我連忙環顧四周，果然有些巡城士兵多看了我幾眼，街道上也有人盯著我看，有的視線是疑惑有的就不太客氣了。所以我就說我們這樣很顯眼，說不定還被當成什麼盜賊集團。

「先去找艾里恩吧。」連忙加快步伐，希望在還沒有人跳出來找麻煩前順利到達城主住所。

現在有魔使者和黑鷹在是不怕被找麻煩，但也不想被人關切，還是快閃比較好。

雖然這樣想，但命運果然無時無刻都在對人發出嘲笑聲。

就在我低頭快步走過街道後，旁邊的魔使者開始緊繃起來。

「有人跟上來了。」黑鷹轉過頭，提醒我，「三個，很鬼祟還有惡意，看樣子可能是強盜之類的，但似乎並不太強，要直接收拾掉嗎？」

「不用。」被你收拾就慘了，一出手我馬上就會被衛兵收拾。

黑鷹叫了聲，乖乖地繼續蹲在我身上。

加快步伐，希望巡城的士兵會注意到後面那些人，不過根據黑鷹即時匯報，那三個人藏藏躲躲的似乎還隱藏氣息和力量，所以一般人並沒有特別注意到，有注意到的估計也在看熱鬧，所以跟了一條又一條街道，就是沒有讓衛兵發現不對勁。

旁邊的魔使者都已經把手搭在武器上了，可能就是在等我發話，搞不好我一應許馬上就會衝過去先劈人再說。

就在我開始想著要不要去找路過的士兵幫忙時，黑鷹突然發出警告性的叫聲。

一回頭，就看到兩道身影朝我這邊衝過來，魔使者也馬上反應地揮出長刀，但意外地那兩條影子一扭一轉，莫名躲開了魔使者的攻擊，其中一個拉著我往旁邊的小巷裡閃進去。

「等等，我們沒有敵意。」

是女孩子的聲音。

「停手。」我連忙喊停，才沒讓已經抓到人的魔使者一刀劈掉她的同伴。

停下來後，我才發現那兩個人都穿著有點破舊的斗篷，一個是黑色的一個是黑紅色的，拉著我的就是穿黑紅色斗篷的女孩子。

拉下帽子，出現在我面前的果然是個女生，看起來不是很大，大概跟我差不多年紀，臉小小的但曬得很健康，整個是古銅色的還有很多雀斑，有一頭棕色的短鬈髮，看上去讓人覺得很爽朗舒服。

「我們注意到有盜賊團的人在跟著你，因爲看你好像沒什麼力量又很年輕，所以才想幫你趕掉，沒想到……這是護衛吧？你的護衛這麼強，難怪不怕人家跟著你。」女孩子鬆開手，很開朗地露出大大的笑容，「我叫薇莎，旁邊這是鯨。」

跟著女孩的動作，穿黑色斗篷的人也拉下了帽子，與女孩完全不同，這人一眼就看出來不是人類。

兜帽下的臉是張淡藍色的面孔、還滿帥的，但仔細一看面頰側邊似乎有比較細的鱗片，頭髮是深藍色的，眼睛則是銀色，耳朵呈現了魚鰭狀……人魚？

一秒往下看，是兩隻腳，而且還高我一顆頭。

嘖。

不過是說我也看過人魚，好像也不用那麼失望就是。

重新拉上帽子，叫作鯨的人似乎不是很喜歡曬在太陽底下，想想也是，沒有一條魚喜歡在岸上被太陽烤吧我想。

話說回來，這幾天我好像和水系種族很有緣，之前送我水石的也是，現在又來一條魚，也不知道是什麼緣分，難道再下去我就要遇到鯊魚之類的東西嗎？

「謝謝妳，不過那些人應該對我們不太會有影響。」安撫了下正在發出不友善低鳴的黑鷹，我還是向對方道謝。

「哪裡，算是我們多事呦，早知道你的護衛這麼強就不用出手了，嚇死我，還是第一次遇到差點被秒掉的狀況。」誇張地拍拍胸口，薇莎露出和動作不同的愉快表情，還不怕死地靠近魔使者上下打量，「呦，也是個帥哥，可是感覺怪怪的呢……不想說話或不能說話嗎？還眞酷。」

看魔使者沒反應任她看，我就不擔心她直接被劈了。

「那三個還在，而且人數變多了。」趁女孩不注意，黑鷹偷偷在我耳邊說話，「五、六……一共七個人。」

「都不強嗎？」

「可以瞬間打倒的程度。」

你是廢話嗎！你連整批山妖精都是瞬間打倒的程度！那個區分到底在哪裡啊你說！

「呦，看來好像追加人了。」沒再繼續騷擾魔使者，薇莎和同伴互看了一眼，接著拉下身上的斗篷丟給我，「小弟，你看起來不是很強，自己躲好一點。」

我連忙抓住飛過來的斗篷，「喔。」看樣子他們好像還是想出手幫忙，我當然也退開了，不用自己動手最好，不過沒忘記吩咐魔使者不要砍死人。

丟開斗篷的薇莎底下穿著某種舊式繫帶上衣，米白色的，胸部到腰另外穿著深褐色的馬甲，下面則簡單穿了件短皮褲和長靴，看起來相當俐落，不過我也注意到她的馬甲上有幾道直線痕跡，看起來不像原本的花紋，反而像是被割出來的。

甩上了雙手短劍，薇莎一派悠閒地噙著笑容，等著跳出來包圍我們的七個人。

另一邊的鯨和魔使者一樣都沒脫斗篷，不過也取出兵器，看起來很老舊的一柄雕花長劍，因爲奇怪的幻武兵器見多了，所以我倒是沒覺得有什麼特別，只覺得年代應該頗久的就是。

完全就是長得一臉盜匪樣的七人團看到我們要反抗了，也各自露出不懷好意的笑容，好像我們反抗是種很不智的行爲。

「把身上値錢的都交出來，不然就讓你們後悔。」

一分鐘後，強盜團全部被五花大綁地捆在地上了。

「呀，你們身上有什麼值錢的呢？」把盜賊都捆好之後，薇莎直接很不雅地蹲在地上，還用短劍拍拍其中一人的臉。

這台詞好熟……啊，這不就是五色雞頭之前對山妖精做過的事情嗎！

你們這世界難道流行遇到強盜就反搶嗎！

被打得像豬頭的盜賊哭喪著張臉，「大姊饒命，我們身上沒有什麼值錢的東西啊……最近陰影爆發，逃進來這邊手頭也緊，所以才想宰頭肥羊……我是說不小心盯上您的同伴，請原諒我們……」

原來我看上去很像肥羊嗎？

皺起眉，我左看右看也不像肥羊，只是看起來非常普通吧……原來你們是挑好欺負的下手嗎！不要這樣欺負普通人啊！

「好吧，那麼有什麼情報？」似乎也不介意我被當成同伴，薇莎用手去戳豬頭的傷口，把他戳得哇哇叫，「是不是還有什麼大的盜賊團在這裡？」

「這就眞的不知道……哇啊！我說我說！」在短劍把頭髮瞬間削光之後，被逼問的豬頭馬上改口：「其實在陰影之前就已經有一個很有名的盜賊團入侵了，聽說之前城主和小姐那邊發生了事情，所以他們想趁這個機會洗劫契里亞城，但是沒想到陰影爆發，入住了很多公會的人，就不敢動手了。」

「盜賊團？」要洗劫契里亞城？這個我可就是第一次聽到了，沒想到居然有人要動這裡的腦筋，套用五色雞頭說過的話，這裡還有羅耶伊亞家族和雪野家族的產業，怎麼不怕被剁掉啊他們？不過想想也有可能，畢竟艾里恩可是買下了整個湖之鎮，打算開發成觀光地區呢，所以財力肯定不是一般雄厚。

「是啊，先前已經有屠洗過好幾座小城村了，這次好像要挑比較大的……剩下的我們什麼也不知道了，這些都是在酒店裡聽來的。」害怕地看著薇莎不斷拋耍玩弄的短劍，豬頭全都招供了。

與同伴交換一眼，薇莎站起身，「那有提到抓到什麼東西之類的嗎？」她用鞋跟踢了踢豬頭，問著。

「沒有、這個眞的沒有。」豬頭連忙搖頭。

「唔，該不會也不在這邊吧。」薇莎露出了有點煩惱的表情，然後聳聳肩，「算了，只好繼續找下去了。」

也不知道她是要找什麼，但也不干我的事情，根據經驗法則最好不要亂問，不然到時候又有麻煩上身。

「小弟，這些就交給你去解決啦，大家萍水相逢一場，捉捕獎勵金就免費送你了。」豪氣地拍拍我的肩膀，女孩很帥地撥了下頭髮，「有緣再相見喔，如果你也很喜歡旅遊，說不定哪天又會見到了啊哈哈哈哈──」

笑完之後，她抽回自己的斗篷甩回身上，就像剛剛來時一樣拉著自己的同伴跑了。

……嗯，守世界果然超級多怪人。

看著被捆在地上的盜賊們，我現在比較煩惱這些。

「怎麼辦？殲滅嗎？」看起來也不像想要帶著這群人跑的黑鷹張開嘴巴，陰森森的鳥臉還噴出了一絲陰影霧氣，某方面來說還眞有點恐怖。

「交給衛兵吧。」正好巷子外有一隊衛兵走過去，我連忙對外面招手。

其實我忽略了一點，就算被綁起，這票人還是盜賊團，只用一條繩子捆住不一定有用處。

在我轉頭同時，後面立即傳來慘叫聲，嚇了一大跳回頭時我看見一名割斷繩子跳起來想偷襲我的盜賊倒在地上，持著匕首的右手和左腳噴出大量血液，仔細一看，單手腳已經被切到只剩下皮連著，隨便一動隨時就會斷掉。

站在旁邊的魔使者甩掉刀上的血液，緩緩收起。

幸好他有記得我的話沒有砍掉偷襲者，只是砍他手腳……我想是可以完全接回去啦，就看醫療的要不要幫他忙。

在我發怔時，那一小隊的衛兵已經跑過來，看到地上的盜賊團也很吃驚，在我把事情大致上說了下後就把人轉交了。

不過剛剛那兩個人到底在找什麼呢？

看起來不像壞人感覺也不錯，眞誠地希望他們可以找得到。

稍微幫他們祈禱了下，我就領著魔使者繼續往艾里恩住所走去，沒過多久，算是熟悉的建築物重新出現在面前。

這邊的衛兵全都認識我，二話不說就讓開了路讓我自己進去，甚至還有人好心地來問我要不要帶路，被我婉拒後，就更好心地加速通報去。

進到大廳沒多久，艾里恩就出現了。

因爲算算其實也才一、兩天沒見，所以他的氣色還是很差，連走路都是讓護衛攙扶著，看來陰影污染的影響對他們的殺傷力眞的很大。

「唉……契里亞城眞的有如此迫人嗎，沒想到客人竟會連續幾次趁夜脫逃。」

這是艾里恩看到我之後賞我的第一句話。

我想大概眞的是風水哪裡有問題還是跟我有相沖什麼的，我這輩子還是第一次在同個地方趁夜逃逸這麼多次數的！

「啊哈哈……」我只能裝死笑了。

幸好艾里恩也沒眞的要挖苦我，只是無奈地嘆了口氣，抱怨了幾句看來他還是得學習當個八面玲瓏的城主後，就在旁邊坐下來，「這次謝謝你以妖師之力制伏陰影。」他瞄了眼黑鷹，說著，「我已經知道你打算將陰影送至時間之流，希望能順利成功，陰影威脅若能消失，那損失一座湖之鎭和妖師故地也値得，當然也不會再提這筆耗損的金額有多麼龐大，眞是買到很貴的空地呢，希望這塊空地有其他附加的農業價値。」

我收回，他果然還有在挖苦我。

但是湖之鎭不是我炸掉的啊啊啊啊啊，不要什麼都算在我頭上啊！

還有你是還在打我祖先的旅遊觀光主意嗎？語氣整個很惋惜到底是怎麼回事！

不過看他現在好像如釋重負還可以開我玩笑，整個人似乎有點改變，這讓我也鬆口氣了。

「目前契里亞城有些混亂，我們已經致力在整頓上，你一路來應該也有聽見傳聞。」艾里恩咳嗽了下，臉色更加死白了些，只差沒咳血了，「不法之徒比想像中的還多，已經向公會請援，應該很快就會安定下來。」

看著還是很虛弱的城主，我覺得他也眞的有點倒楣，因爲想避免陰影出世所以與霜丘合作，接著被擺一道。蒂絲和六羅都掛了他就要擔起責任，接著又肩負大地任務被搞得半死，現在還要去抓那些趁混亂跑進城裡的盜賊團，明明看起來已經快要啪答倒地卻還撐著繼續在辦事，整個頗慘的。

這讓我深深覺得以後無論如何都不要當那種所謂的核心人物，不是過勞死就是被牽連死，而且擔子像粽子，整個甩不掉，就算甩掉了粽葉也還會掛在身上。

「你們就請稍微休息一下吧，前往時間之流相當辛苦，我會請人幫你們準備些攜帶物品。這次請直接走大門出去，不會有任何人阻攔的。」看著我，艾里恩勾起微笑。

「……我知道了。」

「城主。」

就在我們聊得差不多時，一名衛兵隊長快步走進，「城西又捕獲一隊三人的盜賊團。」

「一樣轉交公會處置吧。」艾里恩淡淡地說，然後注意到我盯著他看，才解釋：「加上這團，我們已經抓到了一百一十五人，城裡的牢獄沒這麼大，很糟糕的是，因爲這次陰影的動盪，所以盜賊團吸收附近區域逃難的居民加入，比原先想的還要棘手，走偏的居民我們盡量能勸止就勸掉，所以也發生了不少衝突。」

「喔。」我表示了解地點點頭，說給我聽也沒用啊其實，我並不想和盜賊扯上關係，就算剛剛魔使者砍了一個我也不想啊！

「另外，從捕獲的盜賊口中聽見傳聞，有個極大的盜賊團要洗劫契里亞城，已經籌備了有一段時間，是陰影關係才延後，依照目前城中守備狀況，會相當危險。」那名隊長見艾里恩不避諱我，很直接報告了。

其實他避開我也沒關係，因爲我剛剛才聽到一樣的情報。

「明白了，我會再與公會商請協助。」艾里恩點點頭，讓對方先下去繼續處理那些盜賊。

「呃，你忙你的吧，既然看到你沒事就好了，請幫我向艾芙伊娃問好。」看來他們這邊也很忙，確認過艾里恩沒大礙，我也不用再多留，「我會去羅耶伊亞的旅館，也要看一下九瀾大哥那邊狀況。」

「好吧，那我會派人將物品送到……飯店。」直接跳過靈光這兩個字，艾里恩這樣說著：「那就請隨意吧。」

告別艾里恩，我退出了城主住所。

還沒完全離開，就先看見剛剛去報到的黎沚正好走過來，頓了一下停住原地，笑笑地向我揮手。

快步跑了過去，他果然又靠過來把我肩膀上的黑鷹抓下來玩了。

難道你如此喜歡陰影嗎？竟然可以這麼歡愉地玩鳥，還有烏鷲你個傢伙不是不太喜歡被別人碰嗎！爲什麼單獨黎沚你不掙扎不抗議也不脫離啊！

「對了，我剛剛去公會時，看到他們抓到一個不知道什麼什麼盜賊團的，然後裡面圍了一大群在逼話。」完全沒有要進去和城主打招呼的意思，黎沚拉著我轉頭離開，「很精采唷，整個就是競比……」

「一堆袍級在圍毆盜賊嗎？」我突然想起來很久以前在會計室看到的謎樣血跡，整個人跟著抖了一下。

「咦？沒有啊，只是在比誰的自白法術比較好。因爲抓到的那個盜賊貌似是個不得了的人物，之前殺害很多種族又很有實力，聽說是屬於某個大盜賊團，所以正在追查他出現在這邊的原因，不過這種人都有保護自己的術法與方式，所以剛剛幾個人在比誰最快又準確地讓對方說出實話喔。」眨著眼睛，完全不知道我腦袋瞬間想到的血腥畫面，黎沚還很認眞地向我解釋。

原來如此，嚇我一跳，我還以爲學校外面的袍級比較凶殘……難道其實是學校裡的才比較凶殘嗎！

沒有看到我表情變化，低頭在玩黑鷹的黎沚兀自地繼續說著：「然後聽到盜賊要屠城的有趣情報……」

「聽說本來是之前要動手的，不過因爲陰影的事情所以延遲了。」我突然覺得不對，一樣的事情我一天聽到三次也太碰巧了吧！難道我是在不知道的時候對自己下了啥妖師的力量，然後又要被莫名其妙捲進去嗎渾蛋！

但我根本不知道有盜賊團的事情啊，所以應該眞的只是碰巧……請讓我相信這是碰巧吧。掩著面，我悲傷了。

沒有每次都詛咒自己比較有效的啦，這種力量不是應該要很強很好用嗎，幹嘛三不五時就搞到自己，然後在祈禱人家撞牆撞樹時特別有效……難道我心中最大的誠心惡意就是叫人家去撞樹嗎！

原來如此，一切的謎底都解開了……不對啊！身爲黑色種族又是很多人要追殺的對象，最誠意的就是叫人家撞樹摔倒這樣怎麼可以！我總不能以後對不爽的人都只能撞樹摔倒吧，現在只有幾次，但數量一多也會被懷疑的啊！跟我有嫌隙的必會落入跌倒撞樹的循環中，怎樣都會被起疑吧！

一想到搞不好之後會有個新綽號叫跌倒撞牆妖師，我就連忙甩甩頭，不想繼續驚嚇自己。眞的變成這樣，不被學長宰也會被老姊宰，不要亂想比較好，每次好的不靈壞的都會靈。

「看來你也知道，眞是有趣啊。」根本不曉得我內心正在怎樣糾結，黎沚居然還拍拍我的肩膀，「如果不是時間上有問題，眞想去看看究竟是怎樣的盜賊團才會潛入沒被察覺。」

我一點都不想看、謝謝。

邊和他瞎扯著，我們終於回到了靈光大飯店前。

應該是第一次看見這種飯店，本來還拉著我滔滔不絕聊天的黎沚突然很不自然地停頓下來，連黑鷹都跟著眼神發直，我完全可以體會到他們的心情，八成是想轉頭拔腿就跑。之前被驚嚇的是我，現在看到別人驚嚇還滿有趣的，原來之前我就是這種表情嗎！我就說這種旅館正常人都會受不了的，連不正常的袍級也都這種反應！

「原、原來這就是公會說要注意的地方。」吞了幾次口水，黎沚才吶吶地發出聲音：「這眞是奇妙的建築……」

我就說吧，連黑袍都敵不過五色雞頭的美感。

正想不管三七二十一地拖著黎沚進去接受一下閃眼洗禮，意外地五色雞頭居然搭著經理走出來了。

「漾~本大爺還沒去找你你就自己來，眞不愧是大爺的隨從！」看到我那瞬間也有點訝異，五色雞頭丟開經理，喜孜孜地走過來。

默默先向經理打了招呼，不知道爲什麼他看起來好像沒有之前那麼愁雲慘霧……

「最近業績提高了七成。」經理有點高興地低聲對我說：「因爲陰影作怪的關係，所以不顧門面入住的客人變多了，而且因爲大部分都不想在餐廳吃飯還會自己處理飲食，可以省掉很大一筆食物開銷。」

「這樣很好啊。」難怪他心情這麼好，他家搞不好難得有這麼多可以忍住眼抽筋的客人。

「不過因爲閃到眼睛的人也多了起來，生氣破壞裝潢的也不少，所以裝修費也……」捂著胃，經理又露出了哀傷的表情。

我是比較想知道破壞的人到後來怎麼了，但是想想算了，還是不要問太多。

「對了，本大爺要處理一下旅館裡面的傢伙。」斜了經理一眼，五色雞頭這樣說著：「有鬼祟的傢伙貌似要拿本大爺的旅館當根據地！」

「……該不會是盜賊團吧？」

是說之前我們也有來住過，竟然沒有發現有這些人的存在。

「啥盜賊團？」五色雞頭歪著頭，轉向正在搓手的經理，「本大爺只知道是一群鬼祟的東西，陸陸續續來住房，好像從前陣子就開始了，最近才發現他們整群都有在接觸。」

「是、是的，陰影爆發之後才發現有幾房的客人互相接觸太過頻繁，有點問題。」擦掉冷汗，經理彎著身體，有點緊張地說著：「暗中調查後發現他們經常整群湊在一起，但其餘時間又各自分開做事，有的也在城裡承租房子，並不全然住在旅館中。」

「數量呢？」黎沚揉了兩下眼睛，終於把視線轉回來。

「連同外面的大概三、四十人左右，旅館內約十多人，最近陰影事情後又陸續有幾個人，但羅耶伊亞的探子回報城外也有，數量約兩倍之多，可能會設術法衝進來。」提到正事，經理認眞地告訴我們：「去探查的探子有一個沒回來，應該是被抹滅了，可見對方來意不善。」

思考著經理的話，看來還眞的被我們碰上潛入的盜賊團了。

這該怎麼說呢，盜賊團會選上五色雞頭他家飯店好像也很理所當然，畢竟他家一看就像邪魔歪道，而且還一點都不正常、客人不多！還有哪裡比這地方還好藏身呢！

但我打賭最後的代價應該都是被拖到對面的房子裡面去，從此消失在世界當中！

「要回報給公會嗎？」我知道公會和契里亞城都要追這股盜賊團，現在既然發現了，正好打包送給他們，也省得麻煩。

黎沚點點頭，正打算通訊時，五色雞頭突然打斷他，怪笑了兩聲之後開口：「既然住在本大爺的旅館，就是本大爺的獵物！那啥鬼的不准插手，本大爺要讓他們知道江湖上只有本大爺踩別人，沒有人可以踩本大爺我！區區四十個，本大爺還不放在眼裡！」

你果然想自己處理掉！

等等該不會每個房間都有接密道，然後就這樣一個個暗殺過去吧！

我突然覺得這群人誤打誤撞，住在殺手家族的旅館中也真是有夠衰的了。

看著五色雞頭不斷地邪笑，我都開始可憐起他們了。

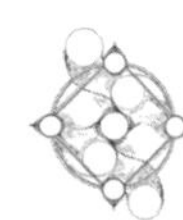

第十一話　盜賊團

深夜，因爲五色雞頭號稱要剷除匪類淨化世界，死拖活賴地讓我們住下來一天。

坐在房間的豪華大床上，我摸著陰影發呆。

早一點時五色雞頭拉著一樣興致勃勃的黎沚，又跟我借了魔使者，就這樣跑得不見人影，還吩咐我絕不可出房間，不然看到什麼不該看的他不負責……我只好一個人乖乖鎖在房裡了。

因爲沒有其他人，所以自動恢復烏鷲模樣的陰影就坐在我旁邊晃腳，「眞麻煩欸，直接抓住那些散發黑暗氣味的人，一個個滅掉不就好了嗎？」他有點不解地歪頭看我：「爲什麼不這樣做呢？不是趕時間要去時間之流嗎？」

我直接搓搓他的頭，「不用管他們。」而且我又不是腦子壞掉，在有公會的地方用陰影，到時候盜賊還沒事我就先有事了。

就在我打算先睡再說時，外面突然傳來一些怪異的聲響，有點遠，應該是另外獨立區域的，感覺上好像是打鬥的聲音。

該不會是五色雞頭叫他們家族的人來打獵吧？

仔細聽了下，好像眞的是打起來的聲音，但是不太像是群鬥，而是某種……該怎麼形容，貌似突然碰上、交手幾次發出聲響，接著聲音莫名其妙不見了。

「應該是在進行大規模暗殺。」烏鷲大概是看我正在聽聲音，突然開口：「你只要把我的力量稍微放遠一點就可以感覺到了。」

難怪他會叫我不要出去，根本是一出去就會被當成敵人宰掉吧！

正想借用烏鷲力量時，不知道爲什麼又隱約好像聽見什麼低語，讓我生起一種異樣感，好像應該要出去看看那些人是怎樣對上的……但我又不想湊熱鬧，怎麼會突然想看？

大概是最近事情太多了，所以一有事情直覺地就要鑽上去看一下吧。

甩甩頭叫出老頭公設下結界，我決定直接睡覺，最好不要再攪和進去多餘的事情了，五色雞頭他們的事就讓他們自己處理吧。

烏鷲快步跑去關燈，然後鑽到床上，直接不客氣地拉著棉被睡在我旁邊的位置。

說眞的，如果他不是陰影多好。

像這樣的時間已經不多了，等他進到時間之流後，說不定再也不會看見了……我並不知道妖師的壽命與一般正常人一不一樣，但有很大機會是眞的不會再見到，就算我很希望可以親手將幻武兵器帶回來也很可能……

雖然盡量不去想這些事情，但果然還是會難過。

不知道可不可以叫然幫忙留個家族傳言，以後不管誰拿到都不准欺負他之類的。

閉著眼睛，不過其實睡不太著，因爲天亮以後就要把他帶去給黑山君了，所以這眞的是最後一個晚上。

想到這裡，搞不好我對五色雞頭的強硬要求多少有點感謝。

啊……心情眞複雜啊。

就在我自己複雜自己時，外面突然轟然地爆炸，巨大聲響非常靠近我們，根本就是已經在我們這個庭院外面了！

烏鷲一秒跳起來抓狂，「我去宰了他們！居然連珍貴的最後時間都不讓我睡！」

「等等。」按著他，我突然發現不知道什麼時候開始，面對庭院那邊的窗外多出好幾條鬼鬼祟祟的身影，接著是撬窗戶的聲音。

因爲有老頭公的保護，一般小偷應該不至於進得來。

幾秒後，外面的人可能發現到這個問題，接著我就感覺到異樣的空氣流動不斷碰撞老頭公設下的安全防護，看來是在用術法類破壞了，不過他們幹嘛如此執意要進來？

拖著烏鷲，我想了想先躲進頗大的置物櫃，接著才慢慢收回老頭公，讓它就近保護我們。可能是意識到要節省空間，烏鷲很識趣地轉回黑鷹的樣子，置物櫃一時空曠許多。我摸了摸剛好拉到條備用的毯子還啥毛毛的東西，沒有多想便直接往自己身上一蓋。

幾乎同時，窗戶那邊發出細微聲音，被打開了，然後有人爬窗進來的感覺。

我百分之百確定絕對不是五色雞頭他們，五色雞頭一定是踹門衝進來，而且聽聲音好像也不只兩、三個，數量意外之多。

難道這是逼我開箱放陰影去咬他們嘛！

……等等我好像在哪裡聽過類似這樣的橋段……啊！不就是五色雞頭自己講說小時候被塞到箱子去暗殺人嗎！我幹嘛跟他做一樣的事情啊！

為了賭上我和他不同這口氣，我決定不跳出來放陰影咬人，我、我等人來救，反正應該很快就會有人發現這裡有問題了吧！剛剛爆炸那麼大聲又不是爆假的……大概會發現吧……求求你們快發現了。

也不知道有幾個人進來，反正過了幾秒後我就聽到關窗戶的聲音，接著是完全聽不懂的語言，瓜拉瓜拉講得很快，不像是精靈族還是哪種妖精的語言，因爲講起來的感覺不怎麼好聽。

「這是方言。」黑鷹的聲音突然傳到我的腦子裡，「盜賊自己的暗語方言。」

你連這種東西也知道？

「他們在說只有這一區沒有遭到殺手家族襲擊……怎麼這麼倒楣會在這種鬼旅館遇到殺手家族，還以爲正常人不會進來，看來這個房間的人應該出去了，也聯絡不到城外的人，就暫時先在這裡避一避好了。」聽了一會兒，黑鷹很義氣地告訴我他們正在鬼叫什麼。

是說知道這裡是殺手家族旅館的人可能沒有想像中地多，城主會知道是因爲有交易；千冬歲是因爲他們本來就情報廣，一般人看到這種旅館外殼，大概會直覺這應該是什麼腦殘的暴發戶蓋的吧？

說不定盜賊團本來也有打算先從這邊開始洗劫起。

又再講了半晌話，外面就安靜下來，可能是被五色雞頭他們幹掉的人相當多，所以就算是龐大的盜賊團也一下子應付不過來。

我突然眞有點同情他們，預備這麼久就因爲住錯旅館，然後計畫就敗了。

由此可見人眞的要愼選旅館，看到奇怪又莫名其妙的最好不要住進去。

也不知道又過了幾分鐘，箱子外突然又傳來罵聲。

這次感覺很憤怒，而且有兩、三個人也跟著附和了，接著我躲的置物箱砰地一聲直接被踢開，我被嚇到不敢動，幸好因爲有那張毛毛的布蓋在上面和老頭公的術法，打開的人應該沒有注意到我，因爲他下一秒就丟了個很大的東西進來，直接撞在我身上、差點把我的內臟給壓噴出來，接著蓋子又被摔上。

蓋子一關，我馬上判斷出壓著我的是個人，因爲還在掙扎，但體積不太大……小孩子？

小心翼翼從毛皮下翻出來，我一把抓住對方，然後本來在動的東西僵了一下，接著一腳踹在我臉上。

然後黑鷹就被惹毛了，直接鑽上去對著那團東西就啄。

騷動中我聽到嗚嗚咿咿之類的渾濁發音，看來對方的嘴巴沒辦法發出聲音。

難道這就是所謂直擊人口販賣之現場？

沒想到活到現在我居然還可以看見綁架人口這回事！

「等等——」因爲對方一直踹在我臉上，讓我覺得他根本是故意的，所以只好壓低聲音抓住那隻腳，「聽得懂中文嗎？」再踹下去我就會變豬頭了啊渾蛋！

對方頓了一下，突然停了。

聽得懂？

「我不是壞人……喔噗！」就在我想先釋出善意時，他準確無誤地一腳踢在我的鼻梁上，當場我覺得鼻血噴出來，整個後腦撞在箱子上。

根本聽不懂！

黑鷹發出超級不爽的尖銳聲音，我頭暈眼花來不及制止，就整隻撲上去對方不知道哪裡強烈攻擊。

也不知道是不是箱子動靜太大……基本上我覺得應該是，裡面都已經快噴陰影了還不斷發出噪音，沒注意到的都是死人。

總之，箱子再度被打開了，要死不死的是這次連我和黑鷹的行蹤都一起暴露了。

一開箱，我馬上看見不斷踹我的東西果然是個小孩子，應該說是小「女生」，整個人被五花大綁，嘴巴也綁了布條，難怪沒有辦法說話。

女孩子應該是國小那種體型，穿的也不太特別，但長得很怪異。真要形容，就是有點像大家童年多少都有看過的那種叫作ＥＴ的生物，又大又黑的眼睛幾乎佔了臉的一半，小小尖尖的臉還有細長的手腳，不過沒有電視上那種難民身材，只是比普通人細一點，還是有點肉的；灰綠色頭髮感覺有點粗糙，一條一條很粗，服貼在頭後面。

沒想到會再看見另一種ＥＴ，這世界果然是什麼都不奇怪。掀開蓋子的就正常多了，是個粗獷的大人，臉上還有三條疤，面目猙獰看起來就不是什麼好人。

但因爲我這陣子黑影啊、山妖精、鬼族什麼的看太多了，這種普通性的壞人不知道爲什麼看起來一點都不可怕……啊，我知道了，我應該是已經了解什麼叫作會咬人的狗不會叫，會炸掉整座城的人都長得人模人樣。

這樣比起來，有疤眞的不算什麼！

搞不好他連城牆都炸不掉呢！

雖然我是這樣想，但對方罵了兩句話之後突然把我整個人像提小雞一樣拽起來，我還是會緊張的，掙扎了幾下，三條疤發出可能是恐嚇的話，我就停了。

「宰掉他們！」一起被抓起來的黑鷹張開嘴，一絲絲黑色氣息慢慢外洩。

我朝他搖搖頭，決定繼續等待救援。

三條疤把我提起來之後，我才發現房間裡還有好幾個人，連抓著我的傢伙，總共有七、八個左右，每個都是一臉橫肉掛著武器，不過肌肉看起來很結實，應該都很耐打。

最後看到比較不同的是個青年，應該是二十多歲的樣子，感覺比其他人年輕，不過也留著一點鬍子。

這幾個人又瓜拉瓜拉了半天，三條疤就一把把我摔在地上，摔得七葷八素。接著一個人靠近我，蹲下來講了幾句話，看我呆呆的又換了別種語言，大概四、五次後，才開口發出很不標準的中文：「你是這房間的？」

「呃……對……」我修正，剛剛雖然說鬼族和有的沒有的看多了比較免疫，但這麼近我還是感覺到威脅，也開始有點驚恐了。對方的表情看起來相當冷漠，眼神也很無溫，看起來像是戴了張面具一樣讓人完全感覺不到溫度。

「這種房間不是普通人類住得起，啥來歷？」從後面抽出短刀，盜賊團的人陰冷逼問我。

「……」這種狀況下應該不能自報妖師吧？但要講什麼？暴發戶？我看起來根本一臉窮酸像吧怎樣看都不像很有錢的人！

難道我乾脆就說我是和你們一樣剛剛摸進來要偷東西的小偷嗎？

「說！」

短刀突然閃了一下，不客氣地插進我的肩膀裡。

因爲完全沒反應對方突然就這樣下殺手，可能之前遇到的壞人多是正人君子型或是會先有警告動作，所以我也跟著愣掉，一下子沒反應過來，幾秒後才感覺到肩膀傳來劇痛。

然後黑鷹就暴怒了。

本來抓著他的三條疤在所有人注意力集中在我身上時，突然發出哀號，接著放開了黑鷹，衝向押著我要砍第二刀的同伴。

這次換對方愣掉，還沒反應過來就被三條疤重重一踹，整個人飛出去。

我一翻身就看見三條疤的眼睛已經變成灰白色的……鬼族！

從喉嚨裡發出奇怪聲音的三條疤不斷抖動，身體也傳來骨骼錯位的聲音，皮膚更是染上了怪異的斑點黑色，開始變成某種硬甲鱗片，看起來很嚇人，把其他人嚇得一愣一愣，目睹著三條疤扭曲成另外一種不一樣的黑暗生物。

在對方黑甲爬滿全身、扭曲成某種怪異的鬼族之後，那些盜賊團的人才反應過來，每個嘴巴都罵出不一樣的話語，看來可能不是什麼好話。

忍住肩膀的劇痛，我連忙撲回置物箱，趁黑鷹支使鬼族攻擊那些盜賊團時先把ＥＴ嘴上的布拆掉，接著解開她身上的繩子。

ＥＴ嘴巴一獲自由，馬上發出一堆巴拉巴拉的聲音，比較柔和一點，和剛剛瓜拉的不太一樣，但我還是都聽不懂，完全沒用。

好不容易把她的手解開，我聽到後面傳來好幾種切割聲，回過頭剛好看見那個鬼族被自己原本的同伴給大卸八塊，噁心的屍塊掉了滿地，因爲鬼族化還不斷扭曲想要再變成別種生物。

這時候，那個青年丟出了一堆水晶，直接把屍塊化成一堆灰。

雖然他動作很快，但黑鷹更快，轉眼另一個盜賊也發出怪聲，然後開始抽成不同的怪物。可能是有前面的經驗，盜賊團這次沒有猶豫，直接合作上去砍殺掉正在鬼族化的傢伙，然後也發現黑鷹有問題了，每個人都非常警戒，不讓黑鷹再靠近他們。

把最後的繩子扯掉，我一把抓住那個ＥＴ直覺就想往門外逃，不過一動就發現盜賊們都守在門窗邊，沒辦法出去。

「可以宰嗎？全部宰掉！」拍著翅膀，黑鷹對我發出腦波。

「不要。」已經連續兩個鬼族化了，我很怕再下去，連重柳族都會衝出來。

這種時候，怎麼還沒有人來救援啊！

你們平常不是最會到處亂闖嗎，快點給我滾出來啊啊啊啊啊！

「你不壞人？」

就在我不斷詛咒五色雞頭他們再不來就去撞樹撞牆撞民房時，後頭突然傳來怯怯微弱的細小聲音，帶著些許顫抖，不像是黑鷹說話。

一轉頭，就看見ＥＴ眨著水汪汪的超級大黑眼瞅著我看。

不壞人是什麼……啊！

「我不是壞人，我是旅館老闆的朋友！」雖然我超級不想和他有亂七八糟的牽扯，但貌似這樣介紹會比較好。

「理解，好人。」

ＥＴ的眼睛近看實在有點恐怖，那兩顆眼睛簡直跟棒球一樣大，還沒有瞳孔，就是黑黑的兩坨，感覺一戳就會流出黑水的樣子。

「他們要殺掉我們全部。」

就在我研究對方眼睛時，黑鷹的聲音傳來，正在翻譯那些人瓜拉拉的快速講話。

「米納斯。」取出早先在水區被恢復力量的幻武兵器，雖然肩膀還不斷抽痛，但五色雞頭他們沒趕來又跑不掉，我只能自己試著抵抗一下……希望不要被秒殺。

「他們的力量都不強。」一滴水珠飄浮出來，帶著柔細的話語：「不用擔心，這些只是比較低階的種族，與陰影比起來非常衰弱。」

不要拿陰影來比啊！

世界上有幾個人沒事去找陰影單挑啊！陰影的力量根本不是世間萬物可以達到的吧我說！用別種東西來比較不行嗎？

「……和冰與炎之殿下比較，相當地衰弱。」

也不要拿學長比，學長根本不是正常人，他是妖怪！

米納斯乾脆不理我了，連飄浮的水珠都消失了，喂、我剛剛才被插了一刀，妳這樣漠視主人真的對嗎？

不過這些人比學長弱的話……根據我以往被揍的經驗，難道我真的可以稍微撐一下子？

盜賊們立刻躲開黑鷹，全部一起放術法往我這邊打過來，根本不用其他人說我也可以感覺到那些法術有多強。

我更正！三秒鐘也撐不下去！

不要欺負弱小啊你們這些渾蛋！

就在我眞的考慮讓烏鷲把全部人擺平時，半開的窗戶突然一前一後閃進來兩個人，其中一個還沒落地就甩出手上的短劍，非常神奇地打散往我劈來的法術，沒打散的就在撞上我之前，被老頭公抵銷了。

「呦，眞有緣。」接住回彈的短劍，對方落地後我看見了早上才見過的斗篷，然後是薇莎爽朗的笑臉，「沒想到會在這邊找到，眞是太會藏了，竟然藏在這種奇怪的地方，要不是另一間旅館沒房間，還眞不會住到這裡來被我們碰見。」

鯨直接朝我這邊走過來，然後一把抓起那隻ＥＴ。

「跑太遠了。」聽他低聲地對著ＥＴ這樣說，站在旁邊的我突然驚覺原來他們就是在找這隻東西——

等等原來是我又自己害到自己嗎！

我沒事祈禱他們順利找到是嗎！所以她才會出現在我這邊是嗎！

我——算了。

「你們快點乖乖被抓吧，外面那個殺手家族已經抓住你們的團長和副團長了。」看來應該有看過外面狀況的薇莎用短劍指著其他人說道，「眞是的，沒看過敢挑戰殺手家族的盜賊團，就算在東北方很有名，但是來到不熟的區域也要注意一下有沒有雷呀。」

這我很同意，不過原來這個盜賊團是剛來的嗎？

「薇莎。」鯨推了下女孩，示意她看地上，是那兩個被鬼族化的屍骸。

女孩一看見地上的東西，眉頭皺了起來，幸好她沒來得及追究，因爲下一秒被忽視的盜賊團殘餘人員又開始對她進行術法類型的攻擊。

原來這些人比較擅長用法術？

難怪米納斯會說不夠強，基本上老頭公好好使用倒可以防禦法術類的，然後我只要找個方式反擊……如果可以的話。

就在我默默思考剛剛是不是眞的應該努力抵抗時，黑鷹已經飛回來站在我肩膀上，那個擅自打起來的女孩和丟下ＥＴ跑去助陣的大哥看來也不是省油的燈，兩人聯手就把滿屋子的盜賊打趴在地。

比我想像中還凶狠的薇莎爲了不讓他們有機會再用術法攻擊，乾脆就一人一劍挑斷了手筋，後面的鯨也不知道用了什麼法術，讓他們完全發不出聲音，接著就像上午一樣找出條繩子，把全部人都給捆起來。

接著就上演人與ＥＴ的感動相會了。

「可惡也讓我們找太久～～～」薇莎一把抄起ＥＴ，一巴掌就往小屁股巴上去。

「妳壞人——」ＥＴ發出細小的尖叫聲。

「我本來就不是什麼好人，快點把我們的水精石還來！」掐著ＥＴ細小的脖子，女孩也跟著發出尖叫聲。

「咕嚕嚕——」ＥＴ翻白眼了。

完全不介意虐待生物的女孩乾脆就把ＥＴ倒吊過來，抓著她的腳用力上下搖晃，接著那個ＥＴ發出類似嘔吐的聲音，就噴出一堆綠色的黏液。

我看得一愣一愣的，還看見那堆黏液裡掉出一塊我們找半天才找到一點點的水精之石。

難道……就在我們努力拚命找的時候，水精之石已經滿街都是了嗎！

一看到東西掉出來，薇莎直接把ＥＴ往旁邊丟開，完全不怕髒地蹲下抓起水精之石，還走到廁所裡去沖水，「渾蛋！居然敢吃了我們的寶物，害我們追這麼久，妳乾脆被盜賊團串燒吃掉算了！」

原來他們不是來救ＥＴ的嗎……

看著被丟在黏液裡的ＥＴ，不知道爲什麼我起了很微妙的感覺，那童年友善與ＥＴ接觸的形象差不多跟獨角獸一樣蕩然無存了。

自從來到這個世界後，所謂的想像浪漫跟放屁一樣，剛出現就完全消失。

呵呵呵……

在我眼神死光同時，薇莎又從廁所裡走出來，手和水精之石已經完全洗乾淨了。

看著水精之石，其實我很想要，但看他們的態度好像也很看重水精之石。之前我已經拿了不少，還是不要再去討好了，這兩個人並不好惹。

「這樣就可以回去交代了，該死的居然在那鬼地方困那麼久。」甩掉水分，薇莎將水精之石交給自己的同伴；鯨接過後，房間頓時出現一股清涼水氣，就像我們去過的那個怪異地方，只是沒那麼重而已。

正想問問他們到底是什麼來歷時，外面先傳來騷動聲。

「唉呀，要快點離開了，見面第二次又有緣的小弟，以後有機會出來旅行，要來找我們玩喔！」根本不是來找ＥＴ的薇莎露出招牌笑容，想了想，從自己同伴身上拔下個東西拋給我。

接住之後我才發現那是枚金幣，完全沒有看過，不過中間有個很漂亮的刻圖，看起來好像是海女妖還什麼圖案，就連我都可以猜得出來應該是有價值的東西。

「那就這樣啦！」

話說完，那兩個人就消失在窗戶外。

接著，房門發出轟然一聲，整片飛進來，出腳踹門的五色雞頭就站在外面。

「漾～你沒事吧！」

⁂

「那隻怪東西是幻獸的一種。」

天亮之後，很遲才獲得通報的契里亞城衛兵來把盜賊團拖走……其實那是剩下的雜兵，聽說比較高階的都被五色雞頭他們抓走了，說要搞出有用的商業情報還什麼，反正衛兵帶走的就是被殺手家族吃剩的渣渣。

被抓走的人下場是怎樣我就沒膽去問了。

稍晚過來的艾里恩這樣告訴差不多把行李打包好的我們，「成年的智力與普通人類孩子差不多，但他們有一種隔離天賦，像是要隱藏水精之石這種有力量的東西，讓他們吃下去後就幾乎無法察覺，所以經常被用來藏匿物品。我已經吩咐屬下將她送回原棲息地，幸好並未遭受什麼可怕的對待。」他想了想，微笑地又補上了句：「我曾經聽說過有更殘忍的對待方式，殺了後剖開肚子塞進去的也時有耳聞。」

類似保險箱的幻獸嗎？

蒂絲他們當年怎麼沒想到埋隻ＥＴ下去……好像是在虐待生物，算了。

「鬼族的事情我並未對外告知。」收拾善後的城主瞇著眼睛看著我和黑鷹，很慎重地說著：「也請盡量小心克制力量，畢竟妖師原本就是很矛盾的存在，但有陰影的妖師又另當別論，請快點起程吧。」

與艾里恩短談完後告別，我拎著行李走出靈光大飯店，已經在外面等了有點時間的黎沚站在路口朝我揮揮手，旁邊就是被抓走一晚、以至於差點讓我不明不白被秒掉的魔使者，和打獵打了一晚的五色雞頭。

「那麼要走了嗎？」手上提著一個大盒子，黎沚微笑地問我。

「麻煩你了。」

黎沚點點頭，「我先跳轉到比較安全的地方，再從那裡下交際點，避免引起其他東西的注視招來危險。」

「有危險最好！本大爺就讓他們見識什麼叫作天堂有路你不走！地獄不開拚命敲！」五色雞頭一聽到會有危險，精神又整個抖擻起來。

你也知道你這邊會直達地獄嗎！還有後面那句不對吧，不要自己亂換話！還換得挺順到底是怎樣！

「那就在這邊離開囉。」把那一大盒東西塞到我手上，黎沚拍了下掌，弄出了大範圍的移送陣法。

「對了，西瑞你後來有見到九瀾大哥嗎？」看著旁邊的五色雞頭，因爲昨天晚上鬧成那樣子，我反而忘記這件事情。

「有。」五色雞頭很老實地點了頭，「老三還在昏睡。」

看來黑色仙人掌這次消耗得眞的很嚴重。

「不過本大爺的目的達到了，咯咯咯……」

因爲五色雞頭笑得太賤了，我反而沒興趣去問他那時候到底爲什麼要去找黑色仙人掌，總覺得問出來肯定不會是什麼好答案。

反正回來之後就會知道了。

模糊的景色在轉移過程後，開始重新凝結起來。

我們的終點地是在一處池畔附近。

「到了。」

黎沚揮手驅散掉還在發著光的法術。

我抱著黑鷹，跟著看了一下周圍，是某個地方的小山谷，感覺非常乾淨。雖然不像他們那麼敏銳，不過這麼長一段時間下來我多少可以看出來，這裡一點雜質力量也沒有，就眞的是風跟水，還有植物，非常乾淨純粹的自然區域。

長得嫩綠的小草地與開著細小花瓣的花朵隨風搖曳，邊緣有幾棵散有古老氣息的大樹相互交繞，一半的陰影映在水潭上，水下還有著小魚。

不遠處似乎還有間樹屋，就架在大樹中間。

一切看起來都舒適到讓人放鬆。

「嗚喔，這眞是個好地方，本大爺很少看到這種的，該不會是不侵地吧？」五色雞頭似乎也很意外會來到這裡，晃了一圈後發出疑問。

「喔，這裡是翼族給我的隱居處、也就是你說的不侵地，我想帶著陰影進時間之流從這邊去會比較安全，不然在外面沒有人保護的話，打開的門戶很容易被破壞。」看到我一臉疑惑的表情，黎沚還好心地附註說明：「所謂的不侵地就是種族不侵犯的地方，不管是誰都不可以隨意入侵，除非有擁有者的同意。在這裡也不會有法術跟地區劃分，完全就是純自然之地，形成乾淨區域，之前你們去過的光之聖泉也類似這樣，但是沒有這裡這麼純粹。」

那應該就是跟人魚他們所謂的封鎖之地、還是其他種族的聖地差不多意思了。

不過黎沚在翼族的地位是可以一個人住在這種區域？

那是什麼身分地位啊？

顯然不打算和我們討論這個問題，大致上講過後，黎沚就拉著我們到水潭旁邊，「就從這邊下去吧。」

我看著水潭，「……跳水嗎。」太好了，原來出門要自行準備浮板，根本不知道要跳水的我連泳褲都沒帶啊！

「你是在耍我們嗎！你先給我下去！」五色雞頭只差沒跳過去掐黑袍了。

「唉，最近的年輕學生眞沒耐性啊。」搖搖頭，黎沚那張娃娃臉露骨地表示出老師眞難爲的表情，還多抱怨了幾句難怪最近其他同僚都告訴他如果要回去教學生要注意一點，接著換我連忙抓住要撲過去的五色雞頭，他才沒眞的撲上去打老師。

也沒管五色雞頭不尊師重道的行爲，黎沚走到水面上，竟然沒有沉下去而是穩穩地踏著走上去，接著張開手，類似翅膀的圖騰在底下繞開來組織成另一種排列；最後那一片水潭下突然失去了風景的倒影，以及那些魚藻的影子，出現的是我曾看過的那些——

冥府與時間之流交際的區域。

賽塔帶我去那次是用某種液體當作媒介，他後來也沒有和我講解相關的意思。現在看黎沚也是用水潭作爲類似的開啓媒介，難道要打開時間交匯處是需要有某些液體才可以開啓嗎？

不知道回去能不能問看看。

現在想想，賽塔當時沒有告訴我應該是覺得正常種族八成一輩子都不可能會再度進去，更別說是一般沒有出學院的學生了。誰知道我就是那一輩子複數出出入入的……眞應該看看能不能學會進出法，萬一好死不死以後還要來，那就又要麻煩別人了。

水下是全黑的空間，只有銀色的細絲不斷飄流著。

「我先過去等你們，快點跟上來吧。」

話一說完，黎沚突然整個人沉到水下，再看到時已經在黑暗空間的那一邊對我們招手。

我吞了吞口水，也只好硬著頭皮跟著走過去。

「漾~等等，你這個要收起來。」突然一把拽住我，難得會說正經話的五色雞頭指指站在我身上的黑鷹，「雖然本大爺不介意去新世界開發領域，不過帶著走會有打不完的東西。」

對喔，把陰影直接大剌剌地帶下去也不知道會發生什麼事。

看著陰影，我抬起手，讓他直接進入老頭公裡的空間，那瞬間可以感覺到米納斯和老頭公傳來的不安與不爽，不過因爲知道陰影不會將他們怎樣，警戒歸警戒，還是容納了他的進入。

雖然我知道肯定很不愉快，不過這種非常時期也只好請他們先忍一忍了。

安置好陰影之後，我跟著五色雞頭、魔使者直接跳進潭水裡。

然後，瞬間踏上了地。

※

下到時間之流，因爲不是第一次來了，所以我一點也沒特別的感覺。

反而是後面的五色雞頭顯得很不自然。

「快點走吧，這邊不可以停太久喔，尤其我們還帶了很多不好的東西。」像是怕驚動周圍而輕聲地說著，黎沚看看上面，我們的正上方還有水潭之上的景色，他揮了一下手，頂上立刻變成整片黑，將通路完全關閉起來，原本似乎要朝那邊鑽上去的銀線整個一哄而散。

這種出入法與之前賽塔用的不太一樣，他之前似乎沒有開到這麼大一個口，難道這也和能力什麼的有關係嗎？

我們下來後，周圍的銀線讓開了一條道路。

不知道是不是我的錯覺，我總覺得和上次不太一樣，上次與賽塔下來時，那些銀絲是慢慢飄讓開的，但這次好像是急著要躲避站在最前面的黎沚，全部快速排開很大一段距離，讓出了寬廣的道路。

沒有打招呼，黎沚笑了下，對我們比了噤聲的動作，就開始拉著我和五色雞頭向前走。

因爲已經來過有經驗，我知道這裡不能吵嚷外加喧譁，幸好五色雞頭似乎多少也知道點規定，倒是沒有劈頭亂講什麼，只是一臉嫌惡地看了四周的銀絲，悶頭跟著黎沚快步移動，完全顯露他一點都不想留在這邊的心情。

走在後面的魔使者似乎較不受影響，不過也引起了不少騷動，我轉頭看見後面的銀絲在經過魔使者周圍時很紊亂，那種感覺很像電波受到干擾出現的各種怪異線形。

就在我擔心魔使者不知道會不會引來不該出現的東西時，拉著我們向前走的黎沚反而步伐開始慢了下來。

五色雞頭低啐了聲。

我看見擋在我們面前的大片銀絲，之前和賽塔來的時候並沒有見過這種狀況。

幾乎就像是一堵牆，那些銀絲密密麻麻纏繞在一起，似乎有自己意志般地阻擋住我們向前的步伐，而且還有越來越多的趨勢。

轉頭看了下魔使者，後面沒有這種狀況，也不知道是怎麼回事。

黎沚轉過來，手指上帶著淡色亮光，快速在我的手環與魔使者身上一點，那道光轉了圈，黯淡下來。

隨著他的動作，銀線也稍微鬆散了些，但還是整片得很詭譎；而且在我第二次回頭之後，我發現後面也開始出現這種狀況，左右逐漸聚集，像是有自己意識般要包圍我們，整個靠攏了上來。

上次到這邊時經過賽塔的恐嚇和之後經歷過相關的事情，我知道這裡很危險，所以拉住正想衝出去一決死戰的五色雞頭，靜靜地等待黎沚看有沒有什麼應對方法。

沒有立即動作，黎沚引出一道藍色的光，在我們周圍畫了一圈，銀絲倒沒有逼進來，就是圈圈層層地在外面圍繞著；同時後頭也隱約不斷出現各種混雜景物，但非常淺淡，眨眼瞬間就消逝。

「應該是感覺到有軀殼，想要使用。」看了眼魔使者，黎沚讓我們跟在他身後，慢慢就著藍光向前移動。

藍光移動之處，銀絲也散開來，但是很快又糾結成片，跟在我們旁邊。

我這下子知道先前黎沚說會危險的意思了。這些全部都是紊亂的過去時間，觸碰會發生什麼事情我也知道，那時候只有一點點就差點炸掉，這種一大片的摸到大概真的就屍骨無存。

移動沒多久，我們前後左右全都包滿了銀絲，光度也開始提增，更給人異常的心驚膽跳感，黎沚的速度也放得更慢了。

走在旁邊的五色雞頭不時發出輕微的抱怨，聲音低到我也不知道他在罵什麼。

不知道走了多少時間，在藍光快要消失而黎沚重新加上後，那整片整片的光動了一下，不知道什麼原因，瞬間炸開變回銀絲，全都散開來。

接著，我看到一團風球出現在我們前面。

一看到這東西我整個驚嚇了，之前我也接觸過這玩意，不過之前的比較大，現在這個小很多，大概是排球的大小，但整顆卻是暗紅色的，在這種黑暗的地方看起來格外陰森。

時間之流的水滴。

站在前面的黎沚沒回頭，一伸手就抓住我的手腕，覆蓋了手環，接著他騰出另外一手，慢慢按上那顆紅色風球。

被碰到那瞬間，風球突然扭曲了起來，接著擴大了一倍，在這種寂靜到詭異的地方發出了呼呼的怪聲。

取下了身上某個裝飾品的羽毛，黎沚再度將手放上去，讓風球捲去那根羽毛；接著風球又扭動了幾秒後，開始慢慢轉淡，最後破碎開來，消失在銀絲當中。

「行了。」黎沚鬆了口氣，這才放開我的手。在他拍拍掌心時，我才發現他剛剛去碰風球的那隻手上都是密密麻麻的細碎刮痕，但是沒有血，應該只是傷到表皮而已。

正打算再度往前走時，光絲再度聚集而來。

好像也覺得很奇怪地歪著頭，黎沚又抓住我的手腕，就這樣打量那片擋路的光絲。

接著，有個半透明的人從那片微光裡浮現出來。

那是個成年男人，感覺上應該大我們滿多的，二十多要三十左右的樣子，臉長得有點嚴肅，穿的衣服也不像是現代人，感覺比較像是以前的。

不知道爲什麼，這個人的形乍看之下與洛安有點像，但仔細一看又完全不一樣。

在那男人出現後，四周隱約浮現出各種不同的半透明景色，也有一些不一樣的人，有的穿東方古裝有的穿西方的，也有些根本看不出所以然，大概都出現幾秒後又消失在銀絲細流中。

但就只有這個人一直站在整片銀絲前面沒有消失，而且還用很詭異的表情環顧著我們。

當初賽塔好像沒說遇到這種狀況要怎樣處理。

「煩死了！」最先爆炸的是五色雞頭，很明顯他從剛剛安靜到現在已經受不了了，而且還一把甩開正在發呆的黎沚踏出藍光圈圈，完全不客氣地指著擋路的東西，「管你是人是鬼，有種就正面來跟本大爺單挑！少在那邊擋路擋財！」

你以為對方是來搶劫的嗎你！

但就在五色雞頭這麼一罵，周圍的透明影像突然全部停下來，而且刷刷地全都轉頭過來盯著我們看。

黎沚突然整個人回過神，我看他也有點怪怪的，那個表情就是很詫異，「不可以離開範圍啊，這裡很危險。」說著，他一把抓住了甩手要和不知名浮影幹架的五色雞頭，又深深看了眼那個人之後，拉著我們繞過男人，直接往那片銀絲撞過去。

那瞬間，比較後面的我很明顯地看見那個男人伸出手，好像是被力量吸引一般想抓住黎沚，不是我們這邊任何一個人也不是魔使者，清清楚楚地就是要抓黎沚。不過只維持了剎那，黎沚一衝過去，那一大片銀絲突然整個散掉了，和本來預計會撞上去的狀況完全不同，連那個人也一起消失不見，影子什麼的也都沒留下。

接著黑暗空間就完全恢復正常了，我們一跑，剛剛看過來的東西又全都把視線移開，繼續消失它們的。

我不知道要怎樣開口問黎沚剛剛那個到底是什麼，五色雞頭也沒有問，黎沚也沒打算跟我們解釋的樣子……他本身看起來比我們更困惑，所以根本沒多講話，就這樣拉著我們安靜地向前快速移動。

這段時間很沉悶。

感覺好像有什麼事情卡著，但又不知道要從何說起，所以乾脆大家都不說話，不過就是有個東西梗著。

好不容易走了不知道多久，黎沚才放開手，像之前賽塔一樣開始在四周看了下，「到了。」說著，他敲了兩下黑色空間。

就像我之前看過的一樣，一扇門浮現在我們面前。

所以現在誰要代表踹下去？

聽說這個地方的門都是拿來踹的！

拉著門環敲了幾下後，那扇門被開了一小條細縫，之前我看過的那個老人臉又探出來，我覺得我幾乎都可以預見再來的悲劇了。

「時間之流裡面不應該有訪客……啊啊啊啊啊啊啊——」

根本還沒講完驅逐客人的話，黎沚突然伸手用力往門板一推，我就看到那個看門的老人很可悲地又和門一起飛出去，砰地一聲門再度壓在地上。

「我們不是訪客！」剛剛才把人家的大門推飛的黎沚拍了拍手上灰塵，直接帶我們走進去還扠著手，「這樣好了，我們是踢館的，所以可以進去。」

真是夠了你們。

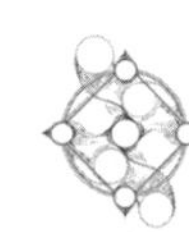

第十二話　分割之黑

「又是誰喔，怎麼最近客人這麼多喔？」

細小的聲音從後面建築物傳來，接著我果然看到莉露跑出來了，「這個門老是壞掉，要問黑色的主人換門了喔。」說著，她抓著門又往上一掀，重新把門板歸位。

底下半老人半骷髏果然又跳起來，指著我們怪叫：「一堆外來者——」

「唉呀，又是你喔。」這次連莉露都指著我，「沒想到人類會再踏進來這裡喔，你又是來找黑色的主人喔？」

「黑山君應該在吧？」看著女孩，黎沚笑笑地問道。

「黑色的主人在喔，他也說有人會來、是客人，但是因爲你們帶著不太好的東西喔，進去裡面可能會破壞黑色的主人和白色的主人的地方，所以黑色的主人要請你們在最外面的大廳等喔，他等等就會過來了。」莉露很認眞地回答了，「但是下次不可以再破壞門喔，老是這樣打門不行的喔。」

黎沚點點頭，還回了對方說以後會注意的。

是說不好的東西大概是指手環裡的陰影和魔使者吧。

「白川主還沒回來過嗎？」看著之前來過一次的地方，不知道爲什麼我還眞隱隱覺得懷念，雖然我眞的只有來過一次。

「沒有喔，白色的主人還沒有回來，黑色的主人上次沒抓到很生氣喔，說下次看到他要乾脆打到他只剩兩隻手可以動，看他要怎樣出去玩喔。」回應了黎沚一個可愛的大大微笑，莉露接著才繼續說道：「而且最近黑色的主人一直睡喔，所以府君們會來幫忙喔，不然這裡會散掉，很難安定下來喔。」

「黑色主人又身體不舒服嗎？」我記得之前好像白川主有提過這類的事情吧？

「沒有喔，因爲你們要帶不好的東西過來，所以黑色的主人在轉換力量喔，把這裡改成最不容易被影響的喔，所以才會一直睡喔。」莉露搖晃著小腦袋，然後蹦蹦跳跳地領著我們往後面的步道走，「走吧，莉露帶你們去屋子裡面喔。」

黎沚和我對看了一眼，一前一後跟上去了。

五色雞頭跟我並肩走在一起，後面就是魔使者。

「漾～本大爺還眞不知道你交友這麼廣闊，眞不愧是本大爺的僕人，竟然把業務擴張到這種地方來。」勾著我的肩膀，五色雞頭發出邪惡的笑聲。

誰幫你擴張業務了！

你是想把什麼業務帶來這裡啊你！

難道殺手家族還有死後契約嗎？死了之後繼續幫你殺也太狠！起碼給別人投胎的機會啊我說！

拍掉五色雞頭的手，我一邊腹誹一邊快步跟上。

倒也沒有生氣，五色雞頭出乎意料之外地也跟在我後面，這讓我有點懷疑他剛剛該不會是因爲走交際處外面有點不安，所以現在才開始要搞笑穩定一下吧？

不然平常我拍開他早就開始追究了，哪還會乖乖跟在後面。

莉露這次就沒有帶我們走那些彎彎曲曲的走廊，而是直接停在建築物的最外圍，走上去階梯之後，她就領著我們到一扇門扉前面，「就是這裡喔，你們先進去休息吧。」打開了門，她邊這樣說著，甩了下手後不知道哪來的燈，就先走進去將裡面點亮了。

這跟我們之前去過的那些房間完全不同，裡面意外地還滿樸素的，全都是架高的深色木板地面，沒有特別的裝飾，只在盡頭有個大型動物圖騰，非常像以前我去過的佛堂，但也沒有擺設宗教類物品就是了，木質地板看起來還滿舒服的。

莉露點亮房間之後甩去了燈，沒有打開兩邊的窗戶，說了聲讓我們隨意就退出去了。

看著乾淨的木地板，我想了想，還是把鞋子脫掉才踩上去。

「嘖，這到底是什麼地方啊。」一點都不客氣的五色雞頭拖著夾腳拖就踩上去，完全沒有禮貌地把人家木板踩得亂七八糟，「漾～你來過幾次？」

「欸？這是第二次。」看他焦躁地走來走去，我眞的確定他應該是對這邊很緊張。

「對喔，你以前和賽塔來過一次，學院戰之後。」踢掉鞋子，黎沚跳著上來，隨便找個地方自行坐下，最後一個上來的魔使者顯然也配合我們的動作，乖乖褪掉了靴子，「那時候其實也可以找我的啊，學院裡面還有我和洛安、安因都會打開門戶的。」

原來安因也會嗎？看來回去問他可能會比較快一點。

「你竟然來這種鬼地方第二次。」五色雞頭低罵了聲不知道什麼東西，也一屁股坐下來，心情看上去似乎不是很美好。

「這種地方有問題嗎？」不就是黑山君的住處？而且上次來的感覺也不算差，只是一閃神可能會消失而已。就五色雞頭的能力比我強來說，應該比我更快適應這種地方吧？

「你個……算了，沒問題！本大爺怎麼可能會有問題！」轉開頭，五色雞頭直接看向旁邊，不跟我搭話了。

看來他肯定不喜歡這裡。

啊哈！終於有一個五色雞頭待不下的地方了！我還以為他生命力強韌到丟在火星還什麼沙漠都可以馬上生根成長，原來他也是有不能待的地方……真讓人感動。

「漾～你的表情看起來好像有點得意喔？」猛地又轉回來，五色雞頭盯著我，發出陰惻惻的聲音，「本大爺的僕人應該要跟本大爺一樣，你怎麼可以在這邊暗爽！」

「……你看錯了。」難道我的表情有這麼明顯嗎！難怪常常被學長打假的，連五色雞頭都可以看得出來我還要混嗎！看來我以後應該沒事要鍛鍊一下自己的面部表情。

「還想裝死，身為本大爺的隨從就應該要跟本大爺一樣！」

不要把僕人跟隨從加在一起，誰跟你身兼兩職了啊你！

「可以請你們至少在這裡保持安靜嗎……」

淡淡的聲音從木地板另一端傳來，不知道什麼時候出現的空間主人站在末端的大圖騰前，一點表情也沒有地看著我們這邊。

就和上次一樣。

黑山君端坐在木板地上。

基於禮貌，黎沚一開始就把準備好的蟲蜜和點心拿出來送給對方。

可能眞的如白川主所講，黑山君對這種食物類的有興趣，所以並沒有推拒就直接收下，還允諾會找相等代價的東西給我們帶回去。

接著莉露隨後進來，拿了一些靠枕和坐墊來給我們使用，又端了茶水後才帶著那些拜訪禮物離開，還不忘順手把門關上。

四周陷入一片死寂。

我知道黑山君已經曉得我們這次來訪的目的，就算白川主沒有通知，學長那邊肯定也都已經告訴過他了，不然他也不會將這邊都準備好。

就是因爲他已經知道我這次的目的，所以我才不知道要從哪邊開口，而且很顯然黑山君也懶得當第一個講話的人，就坐在原位端茶杯喝他的茶。

「這個茶喝起來味道好熟喔，該不會和洛安常常拿回來的一樣吧？」打破沉默的不是五色雞頭，而是一樣在喝茶吃點心的黎沚，而且竟然還說了完全不相干的話題，「洛安也經常分送這種味道的茶葉給大家，聽說是他們修行的祕境區域那邊盛產，其他地方很難找到。」

「是洛安捎來的沒錯，先前他有事相求於我，以十年供茶作爲代價。」很正經地回答了這個問題，黑山君將杯子放回茶盤上，「雖然是小事，但是基於立場，我並不方便透露內容。」

……原來還有這招！

十年的茶葉是嗎！

那十年的鍋碗瓢盆搞不好都可以當作代價了。不知道爲什麼這瞬間我突然覺得黑山君這邊好像跟資源回O場有點相似。

「那我用相等數量的奇晶石跟你交換洛安的內容可以嗎？」歪著頭，黎沚露出了稚氣的笑容，講的依然不是我們此行的重點。

「洛安在前、你在後，不可以。」黑山君簡潔明瞭地拒絕。

黎沚癟了嘴，倒是沒有換著方式交換，就這樣停止詢問。

「咳，不好意思，那就是我這邊了……」既然已經有人先開頭了，最好是快速解決，我連忙在氣氛還沒冷下來前馬上接上去，「我想請問是否有讓陰影進入時間之流，沉眠後成爲幻武兵器的方式？」

「有。」

沒想到他會回答得這麼快，反而讓我一時接不上話，哽了幾秒才重新開口：「所以……

又要付什麼代價？」這感覺還眞像在什麼高利貸之類的借款一樣，都不知道對方會拿走什麼東西，讓人有點緊張。

那瞬間我覺得黑山君好像白了我一眼。

不只學長和妖魔們，如果不是我錯覺，我眞的覺得可以察覺到別人要說什麼還是想些什麼的傢伙比想像中還要多，而且每個都是沒打招呼就自己來！

「讓陰影進入時間之流有很大的風險，若要讓他沉眠在其中任由時間之力沖刷，淘洗成另外一種存在，需要極大的代價。」頓了頓，黑山君直直盯著我看，「一個存在換成另外一種，你願意付出自己的存在當代價嗎？」

那一秒我腦子裡空白了瞬間，這如此熟悉的對話我好像在哪裡聽過，而且還是在不久以前而已。

「呃……」又是在開玩笑的吧？我都不知道原來黑山君如此喜歡開玩笑。

正想戳破一下他的笑話看看會怎樣時，沒有經驗的五色雞頭突然唰地暴跳起來，口氣非常衝地直接指向了黑山君，「你這是啥意思！難道你想要拿本大爺的僕人去換那個啥陰影嗎！僕人准本大爺還不准！竟然想用這種招數來搶僕人，萬一今天眞的讓你得逞，以後行走江湖本大爺的面子要往哪裡擺啊！」

被你說僕人隨從已經夠衰了，不要自己擅自把我劃分成資產啊喂！

黑山君將視線放到五色雞頭身上，表情似乎有點不以爲然，接著又轉看旁邊的魔使者，

「我還以爲，你們是兩件事來尋我。」

如果烏鷲是第一件，他說的第二件該不會是……

「你有辦法處理六羅的問題？」看他還是那不冷不熱的樣子，我猛然想起來他都能重續學長的精靈時間，說不定魔使者眞的可以。

「一個人重生。」指著魔使者，黑山君移動了手，最後落在五色雞頭身上，「一個人死亡，這次並不是開玩笑。」

……難道你從剛剛開始一直都在開玩笑嗎！請正經一點啊！

沒有等我詢問，黑山君收回手，表情變得異常嚴肅，「死亡者的復甦會影響許多歷史，他的時間早已經終結不應存在，與上一次的精靈狀況並不相同，如果強要重生，那就必須要有相對的時間消失。」

「咦？但是他死去之後，妖魔還是一直讓他存在啊。」對這點我有些疑問，就算眞的已經掛了，但他也影響不少吧，例如去砍沉默森林，結果造成一堆異變不是嗎。

意外地，回答我話的並不是黑山君，而是坐在旁邊的黎沚，「關於這個，妖魔們的方式是用自己的時間去延續喔，就像另外做個分身人偶一樣。例如魔使者殺了人，但是他是以妖魔的歷史時間身分去殺的……就是如果不是魔使者殺，對方也是會被妖魔殺掉，如果沒有魔使者，很可能陪你們下去湖之鎭的也會是妖魔或是另一個人偶喔。」他似乎揀了比較簡單的解釋，所以我一聽就知道他的意思是什麼了，「但是重生不一樣，他復活以後就不是妖魔們，而且會完全剝離開，所以會影響時間。」

「這方面，古系者似乎比較明理。」黑山君點點頭，沒再附加解釋了。

五色雞頭皺起眉，我想他也知道他們在講什麼，畢竟都已經白話到連我都能聽懂，常常在看連續劇的人沒道理會聽不出來。

「所以，如果你們意圖讓他重生，將付出同等的代價。」看著五色雞頭陰晴不定的表情，黑山君再度開口：「歷史時間已經停止，無論再做什麼努力，也只會有相同的結果，就算是鳳凰族出手也亦然，在必定的時間上，連鳳凰都必須聽從定律。」

看來他也知道妖魔讓黑色仙人掌帶靈魂和屍體回去研究的事情，我記得妖魔們的確也講過不一定可以成功之類的話，但要他們鳳凰族試試看，現在聽黑山君這樣說，應該是會失敗了……

瞄了眼魔使者，我突然感覺有點悵然。

心裡像是悶著，非常不舒服。

「而，使陰影沉睡在時間之流的代價亦是同等，我須負起置入的監督之責，要求者就必須給予對換之物，例如另外一個幻武兵器，或是至今所有的法力與咒術。」似乎也懶得再開玩笑了，黑山君終於開口說明陰影的部分，「這些要求都須同等交換，這裡不是時間任何一處，所以我必須以最不影響的方式達到平衡。」

所以我這邊是要拿米納斯換烏鷲嗎？

這可不行，無論如何米納斯都不能換的吧，這樣還不如把我到現在所有的法術都給他還比較划算，反正我本來也沒學很多嘛啊哈哈哈。

「給予之後，未來一生都無法再學會和擁有任何一種術力，包括光影村契約。」像是看穿我在想什麼，黑山君補上這刀。

等於以後我就是個完全的人類這樣嗎？

這種狀況下也不能再使用米納斯了吧，畢竟幻武兵器也是靠術法力量觸發，但我也不可能把米納斯拿出去交換，這下子可眞……

如果這個提議是早一年出現我可能會馬上接受，然後擺脫那個讓我超級驚恐的學校和一堆外星人，可是現在已經與那個時候不同了。

我並非眞的想放棄所有力量回到本來的地方，繼續那種毫無變化的人類生活。

「你們尚未決定，請仔細想想吧。」

黑山君站起身，就像之前一樣，把空間留給我們，逕自離開了。

※

「嗚啊，很麻煩耶。」

屋子的主人一離開，黎沚直接躺倒在地板，仰頭看著我和五色雞頭，「不管是哪個，你們要付的代價都非常大喔，我是建議乾脆不要換會比較好。」

這不是廢話嗎，不要換幹嘛來這裡！

「本大爺的命換老四嗎……」旁邊的五色雞頭一屁股坐下來，很罕見地非常認眞，完全沒有多餘廢話迸出來。

現在好像也沒資格說他什麼，因爲我也陷入這樣的狀況。

米納斯是不可能當作東西送人的，那就只能考慮把術法全給對方，畢竟我一開始也是誤打誤撞進來的，而且這種火星生活實在太驚險，說不定回去人類世界對我這種人來說才是最好。

這樣想一想，搞不好還是第二個選擇在各種方面來說都會比較划算。

可是……

「如果用我的可能會比較適合喔？」看著我，黎沚突然開口：「我的力量比你們強太多，說不定不用到全部，而是部分就能交換陰影沉睡呢。」

「這不行。」我搖頭，沒多想便直接拒絕，「烏鷲是妖師這邊應該處理的事情，所以不要拿你來交換。」先不說他根本不是相關人士，萬一拿他去換，搞不好我會被洛安還是誰扭斷頭，要知道這些人都陰晴不定的，最好不要隨隨便便傷害到他們比較保險。

「咦～可是這樣是最好的方式耶。」從地上翻起，黎沚坐正了，有點不解地看著我，「魔使者我沒辦法，那不是我的範圍，不過如果只是取走部分力量，那倒是不會有干擾，因爲我的體質比較特殊，所以只要休息一段時間就會補回來了，跟你們不同。」

「不是永遠不見嗎？」難道剛剛黑山君又唬爛我？

「正常人是永遠不見啊，所以我才說我的體質比較特殊。」黎沚指著自己，很有某種推銷的意味，「我不在限制裡，所以眼下就算被拿走，還是可以補充回來，很方便呦！」

方便你個大頭啦！

這到底是什麼靈異的體質啊！

不過說起來，之前大家好像有講過黎沚比較不一樣，而且雖然是黑袍，似乎也不在必須聽從公會的範圍裡，不知道是什麼來歷。

想一想，我突然對黎沚的身分有點好奇，不過他本人自己都不知道，看來跟學長一樣也是個祕密，以後有機會再詢問看看好了。

「漾～如果他沒差，你就乾脆讓他幫忙算了。」默默聽著我們的對話，五色雞頭突然插進來，「以後本大爺要是不在，你又把力量都給剛剛那個詭異的傢伙，這樣沒辦法防身怎麼辦！大爺行走江湖不可能永遠保你安康，要自己留點底比較穩。」

「你是已經決定要代替六羅去死了嗎你。」我覺得我的語調非常平穩，應該說已經平板到一直線了。

「你怎麼知道！」五色雞頭驚訝一下，摀著胸口倒退兩步，露出誇張的怪異表情，「難道你終於練到和本大爺心有靈犀的地步了嗎！竟然在這種時候——」

靈你的頭啦！你剛剛那些話根本就是某種戲劇老梗！

通常要去跳海跳樓被車撞重病將亡還是去互砍生死決鬥的劈頭一定會跟別人講以後他不在，然後巴拉巴拉巴拉的，當我沒看過嗎！這個連我阿嬤都知道的劇情還須要猜嗎！

看著五色雞頭開始出現某種瞭然的欣喜神色，我還眞想一巴掌揙上去。

「……有必要這麼快決定嗎？搞不好還有其他方式。」就算他要去死，我也不可能眼睜睜看他這樣自己跳下去吧。

就算平常很不爽他，但畢竟朋友一場。

「有啊。」五色雞頭冷笑一聲，「本大爺剛剛也想過其他可能性，還有別的方式可用。」

「喔？這樣不是很好嗎？」既然有別的方式應該就不用自己跳啊我說！

「基於兄弟友愛原則，本大爺可以去打殘老大老二老三其中一個，然後拖過來換。或是基於父慈子孝，本大爺去打殘我家的老頭，然後拖過來換，其實這些方法也是不錯，只是要耗的時間比較多。」磨著爪子，五色雞頭邊講還有點亢奮，一臉很想去殺他全家的表情。

……對不起我錯了，當我沒問好了。

還有打殘你家老子絕對不是父慈子孝。

「你們還沒決定喔？」

就在五色雞頭開始策劃要怎樣獵捕他家兄弟老子時，門突然被打開，頂著一盤食物茶水的莉露走了進來，幫我們更換空的杯盤，接著才轉過來看我，「黑色的主人要找你喔，在外面走廊右轉就可以了，但是不能帶陰影喔，其他人也都不能跟去喔。」

她指著我的手環，說著。

「只有我？」沒想到黑山君會主動找我，這讓我驚訝了。

「對喔，黑色的主人是這樣說的喔。」莉露點點頭，肯定了我的詢問，然後再次強調剛剛說過的話：「陰影要留在這個房間喔，不然出去會破壞空間喔。」

我看了下手環，想了想，黑山君要找我是很稀奇的事情，所以不去似乎也不行，「黎沚，可以麻煩你幫我照顧一下嗎？」

「好啊。」黎沚點點頭，然後靠了過來，向手環伸出手，接著黑鷹就從手環裡面竄出來，衝著我鳴叫一聲，乖乖地蹲到黎沚身上去。

說眞的，我還是第一次看到烏鷲這麼乖蹲去別人身上。

「不可以離開，也不可以做怪。」很認眞地這樣交代目前看起來沒什麼殺傷力的黑鷹，我很怕我等等一轉頭，他又給我亂搞，「只能站著，其他事情都不准做。」

黑鷹張開嘴巴，似乎有點不滿地唧了聲，但也沒有再移動了。

交代完畢後我站起身，莉露看起來似乎不像要離開，所以我也就只好自己摸摸鼻子往外走，還不忘把門關上。

外面非常安靜。

與上回來有點不太一樣，這次外面一點東西也沒有，死寂到有點詭異。難道這也是因爲我帶陰影來所以必須做的準備嗎？

半是疑惑地循著莉露剛剛說的指引，轉過迴廊沒多久我就看到一座小涼亭了。可能和我能力成長有點關係，以前來還誤觸時間的夾縫，這次好像多少可以看到空間裡的確有什麼東西，就跟天氣太熱可以看到空氣扭曲一樣，稍微能避開不對勁的地方，所以一路走去沒有出什麼怪事。

很快地，我就看到坐在小涼亭裡的空間主人。

「黑山君。」行了個禮，我在對方示意下一屁股坐到另一邊的位子。

這是湖上涼亭，迴廊外是人造湖……說不定也可能是眞湖，總之就是整片的水景，與我之前看過的不太一樣，一眼望去十分寬廣，好像還可以看見淡淡的霧氣和虹彩，有點特別。

「有些關於你的事情，有人付出代價，所以你須要知道。」靠著一邊的軟墊，黑山君在我坐好後才緩緩開口。

「關於我的事情？」除了我是妖師、所有種族都想宰掉我，接著陰影是妖師的手下之外，還有什麼必須特別付出代價得讓我知道的嗎？

還有又是誰付代價啊？

「是學長嗎？」不知道爲什麼，我一整個直覺可能又是學長，不然應該沒有人心情那麼好委託黑山君來跟我聊天。啊，其實然也有可能，但是與我相關的事情然大概會直接跟我講，何況他也不知道我會來這裡。

所以學長的嫌疑比較重。

沒有點頭也沒有搖頭，更沒有告訴我對方是誰，黑山君只維持一貫冷淡冷淡的情緒，「是關於陰影之事，他認爲可能未來還會遇到類似的事情，所以讓妖師一族提早知道些許相關，對世界之白也是好事。」

「難道有使用說明書？」我咳了一聲，在黑山君冷漠的直視下，不敢再跟他扯笑，「我知道妖師一族可以啓用陰影，好像是歷史兵器。」世界之黑，就和精靈的世界之白是相對立場，不過怎樣想像都覺得很難劃上等號。

會難劃上等號的原因是，一劃上去就等於說身爲世界之白種族的學長一天到晚都在揍身爲世界之黑的我！然後他猴子老爸則是一天到晚被我祖先揍，這到底是什麼離奇的糾纏啊，還有然還和辛西亞是一對……難道以後小孩會是斑馬嗎？

還眞不知道妖師和精靈的小孩會變成什麼樣子，世界之灰嗎？

這對精神眞是某種打擊啊。

「陰影，一開始只有一個。」完全無視我的話，黑山君非常自我地敘述：「原本只有一個巨大的存在，可以在瞬間毀去整個世界的兵器。一直以來是由妖師一族所擁有，但歷史不可能讓所有妖師血緣都能使用，所以原本設定只有被選上的首領、或是例外者才能完全使用。」

說到例外者時，他還看了我一眼。

我是有凡斯的能力啦……這樣說起來，歷代妖師例外者應該不止我一個才對，「其他妖師就不能用嗎？」

在陰影之前，妖師的主能力是心語，比我們認知的言靈還要深一層，也就是我多年帶賽的主要原因——

早知道越覺得自己帶衰就會更衰是因為妖師力量作祟，我就不會一直詛咒自己衰了，而且悲劇的是我以前真的誠心認為會就這樣衰一輩子，也不知道影響有多深遠。

這樣一回憶，我都開始覺得前途一片黑暗。

「並非不能用，而是在有條件之下僅能使用細微的部分。」更正了我的疑問，黑山君頓了頓，「妖師首領的力量能夠規制陰影完全服從，但在妖師一族被毀滅後，陰影就處於無法安定的狀況下，於是在有心人的操作下開始分裂了力量，在各地引發戰爭。」

這個我好像也知道，聽烏鷲說有很多個，不過在各地都有被封印住的樣子，他應該算是比較小的那種。

「原本是一個的兵器，之後分裂成兩個，其中一半再度分碎成幾十個，不斷散落在各地被封鎖，最原始的主體應該還是在時間種族的監控下，這次引起騷動的只是其中微小部分而已。」黑山君大概是收了酬勞，很認真地幫我解說，然後又附上一句：「用人類的話表示，應該像是老鼠會的存在……？」

原來陰影是老鼠會嗎？

我覺得有點眼神死，那妖師不就是老鼠會的上司了？

但就他剛剛講解的，似乎還眞的有點老鼠會的味道……原來妖師的旗下最大產業就是陰影嗎！

「在接觸陰影時，你應該已經有部分記憶了，所以目前所說的與基礎妖師之責你應該都有基本了解才是。」直勾勾地看著我，黑山君一語講破我對其他人保留的部分。

「……是知道不少。」

看樣子不能隨便糊弄他，我只好老實地先承認，「大概知道使命和使用時機那部分。」有些事情在那瞬間就瞭解了，但我並不想讓其他人知道。

或許學長就是擔心這部分還是我想歪，才會特地拜託黑山君來告訴我這些事情吧？

「另外，還有一部分的問題。」

我看著黑山君，他也看著我。

然後我們就這樣大眼瞪小眼，瞪了有十幾秒的時間吧？

……快說啊你。

不要在這種關鍵時刻給我突然停頓下來，這又不是什麼下回預告的小說要吊胃口！

看了我滿久的黑山君終於在我快失去耐性之前，悠悠地開口：「其實看樣子也有可能是我多慮，原本我以爲經過長久封印與變化的陰影可能會產生類似鬼族般的毒素與反面影響，但是看你的樣子並沒有被黑暗侵蝕，所以也不算什麼重要的影響。」

「咦？陰影不是跟黑暗不一樣嗎？」那時候安地爾還在那邊笑說妖師會被黑暗侵蝕，可是卻不會被純正陰影影響，難道還有第三種？

是說反面影響……

「是，照理說是不一樣，陰影是純粹的黑色之力，而黑暗是變化的毒素之力。」黑山君想了想，說著：「但是陰影之力一離開束縛就很容易轉爲黑暗，如同附寄之後會成爲鬼族，這時候就會對妖師有傷害性。就算未轉換，在使用過程也很有可能會有意志上的動搖，以及影響的發生，雖然不易察覺，但是會隨著時間而明顯。」

這點我就知道了，凡斯他們的族人聽說就是受到鬼王的黑暗侵蝕才會被殺光的。

所以意思就是，雖然我們可以用陰影而不受傷害，但用不好變質就會出問題，類似自己會煮飯但放久飯臭掉吃下去也會食物中毒……應該是這種意思吧。

「就是這部分須謹愼，不管是在使用前或是使用後。」看起來大致上也是點到爲止的黑山君將該講的部分講完，就停下來了。

「欸……我知道你的意思了。」大概吧，反正講到最後還是要我自己接觸陰影小心一點，不然害人害己之類的。

「那，最後最重要的是愼防兵器再被重新聚集的可能性。」

……你把最重要的一次講完會死嗎？

看著黑山君，他這次好像眞的講完了，也回望我，又開始大眼瞪小眼的狀態。

「這樣我知道了，謝謝您。」看來大綱應該就是叫我以後碰陰影要小心一點不要外洩，也不要毒到自己，還有回去之後要小心有類似霜丘那些人要把陰影弄出來的可能性。

這些事情可能還要轉告然才行，就我是沒有辦法完全預防的，畢竟這個年代的首領是然才對，他才有權力決定妖師和陰影的這些事情。

是啊，在世界最終之前，我其實也不用再去多管什麼，我僅是得到凡斯力量的人，並不能代表整個妖師種族判斷。

而且，不要危害到我們也不會特別想要去反擊的。

這些白色種族的人啊……

「就如你的意願，和妖師首領做判斷吧。」似乎知道我在想什麼，黑山君緩慢地說著：「因爲這趟旅程的代價已經差不多了，夢能力我也會收回，接下來的路途就不能再靠這能力，你必須開始思考如何以己之力去解決各種即將面臨的困境，這是我所能給予的話語。」

「嗯，我知道了，謝謝您。」看來這次談話也告一個段落，正打算回去時，我突然想到另外一件事情，「請問，六羅的事情是眞的沒有其他辦法嗎？」

黑山君搖搖頭。

「唉……」看來他們的是眞的很難處理。

「一起過來吧。」猛地站起身，黑山君突然拖著腳步往剛剛那個房間走。

也不知道他怎麼心情這麼好想到要一起，我也連忙跟了上去。

回到房間時，還是跟我出去時差不多，五色雞頭坐在房間的一處，然後黎沚坐在另一端和黑鷹玩，兩個人看起來完全沒什麼進展的樣子。

一看到我們回來，五色雞頭先跳了起來。

看到黑鷹，我突然有點感慨，那麼大一坨陰影居然還只算個碎片，到底毀滅世界要用到多少的量？

還有本體是被囚禁在哪邊也不曉得，本體不知道有沒有自己的意識，是不是跟烏鷲一樣自己一個關在那種地方自己在害怕。

總覺得知道是我們的責任之後就開始感到對不起他們，雖然說妖師被滅也不是我們願意的，但果然還是滿可憐的。

精靈的自然力量就放著到處跑，相較之下被封印的陰影應該會更怨恨吧，畢竟是一樣的存在。

「漾～你在想什麼？」五色雞頭蹦過來，剛好和黑山君擦肩而過，後者緩慢走回後面的位子，逕自坐好。

「沒什麼，你決定得怎樣了？還是回去和其他人商量看看？」回過神，我看了眼杵在旁邊的魔使者，問道。

「不，本大爺已經決定好了。」按了下我的肩膀，五色雞頭非常豪氣地往黑山君那邊轉，「要命就命，十八年後又是一條好漢。」

這種邏輯說起來，六羅去投胎也一樣是好漢吧！

雖然知道他們很想要六羅活回來，但我還是非常不贊成用這種換命的方式，而且要換的還是我朋友，就像上次賽塔要換學長一樣，兩邊都不想選，超級嘔。

「既然如此，那麼就確定了。」

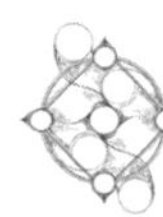

第十三話　不需要的交換

室內空氣有點沉重。

黑山君從袖裡取出一個小小的瓶子和一顆深綠色的水晶，然後放在地板上，「水晶會讓靈魂有現形的短暫時間，如果他願意復甦，那麼喝下這些，你們的時間就能夠對調。他重生，而你墜入死亡流域。」

五色雞頭看著手上的東西，一開始表情還有點迷惑，接著他就發現不對了，「等等，還要經過他的同意嗎！」指著沒意識的魔使者，他直接爆炸，「本大爺還要他同意嗎！用腳趾甲想都知道六羅不會同意啊！」氣沖沖地邊罵邊瞪著地上的兩件東西，露出非常不爽的表情，可見他剛剛應該和我想的一樣，直接啪答倒下去往生，接著六羅就醒，原來事情並沒有我們想的這麼簡單。

但是六羅會接受五色雞頭換命嗎？

看著站在一邊的魔使者，我隱約有種可能會很難實現的感覺。雖然時間不長，但六羅是一個能夠犧牲自己生命甚至永遠存在的人，這種人不可能願意讓別人奉獻命來換他吧。

「如果接受方無法確認，那就算你先結束時間，他也未必會收到你的時間，更可能抗拒；這樣時間就會重回你身上，屆時你頂多就像作了場夢，又甦醒罷了。」提醒了五色雞頭先喝也沒用，黑山君表情沒什麼改變地繼續說著：「既然你也將對方帶來，那麼就一起詢問意願如何。」

帶來？

我疑惑地轉向五色雞頭，他的表情罕見地浮出某種做賊樣……要知道這傢伙就算做賊也整個理直氣壯的，根本不可能會心虛。

「你不是將靈魂也帶來了嗎，那麼直接詢問意願後就能進行之後的換命。」黑山君似乎也有點不耐煩，很直接地開口催促。

靈魂不是在黑色仙人掌那邊嗎？

我記得的確是交給他了……啊！

「原來你是去九瀾大哥那邊偷靈魂！」難怪他會跑去找黑色仙人掌，原來他就是聽完其他人說成功率不高後，打著算盤要直接來這邊執行萬無一失的交換！

「囉、囉唆，本大爺做事還須要你插嘴！」見我們全都看著他，五色雞頭也反罵了回來，然後掏出那顆好不容易被我從湖之鎮底下挖出來的靈魂光球。

不知道是不是我錯覺，那顆光球的顏色還是很黯淡，感覺沒什麼力量，因爲後來就沒有仔細接觸，也不曉得狀況如何。

接過光球後，黑山君微微瞇起眼，然後也沒跟我們說什麼，就著球搓了幾下，光球才開始增加光芒。

……看來靈魂之前眞的很衰弱。

「莉露，拿進來吧。」淡淡地開口，在黑山君講完，門又給撞開。

這次進來的女孩拖著一個裝滿水的盆子……那種大家應該都看過的很大鋁盆子，都可以裝一個莉露進去了，照理來說應該是很沉重的水盆被女孩用一隻手拖著，另一隻手挾著一個木盒走了進來，「這樣夠嗎？莉露有盡量打滿了喔。」

「夠了。」黑山君淡淡地應了聲。

看著鋁水盆被放到我們中間，黑山君把光球和剛剛要給五色雞頭那顆水晶丟進去後，一股淡色霧氣開始從水面上飄散出來。然後他接過那個木盒，一打開裡面全都是一撮一撮看起來很像是翡翠的東西，碎碎散散地裝滿一整盒，沒有絲毫遲疑，他就將那盒東西全都倒到盆子裡去。翡翠一碰到水後瞬間融化，幾秒後整盆水帶著寶石般的光澤和霧氣，一下子變得很漂亮。

「這是替代的方式嗎？」從頭到尾蹲在水盆邊看的黎沚歪著頭詢問。

「是的，這次無法進入內區，只好取了湖水來這邊使用。」彎下身，黑山君直接將手伸入盆水中，撥弄了幾下後牽出了另一隻手。

這種畫面如果在湖面上做其實視覺上應該滿美的，但如果是在一個冒著水煙的盆子上做，感覺就有點靈異了。

黑山君從盆子裡拉出來的人是六羅，感覺很像剛睡醒，表情還有點迷迷糊糊的。因爲是丟他的靈魂下去，所以我們完全不意外看見他的出現。

「可以打嗎？」看著自家兄弟還在迷濛，五色雞頭突然開口。

「不可以碰。」黑山君很快地就回答。

就在他們兩個對話同時，六羅也漸漸清醒起來，一回神見到我們時臉上是帶著吃驚的，之後沒多久就露出瞭然的神情，整個放鬆下來，「一切都結束了吧。」

「嗯，這裡是時間之流的夾縫點喔。」從地上蹦起，黎沚直接告訴他：「這位是司陰者、黑山君。」

六羅輕輕向黑山君行了個禮，「久仰大名，在遊歷時也聽過不少人提起。」

「不少人？」這次黑山君真的皺眉了，看起來這句話對他來講似乎不是什麼好事，不過他也沒講什麼，就是搧搧手決定繼續正事，「先說好剛剛的事情吧，時間維持不久。」接著，他直接切入重點，把五色雞頭要交換對方的事情說過一次。

雖然是剛剛睡醒的感覺，不過六羅腦袋依舊很清晰，聽著黑山君的話越聽臉就越嚴肅，不時瞟了五色雞頭幾眼。

「我不願意。」

聽完後，他果然說出我想過的話，「這是我自己選擇的，我也已經決定好要離開時間，不需要所謂的交換。」六羅的話有點淩厲，幾乎帶著不可抗拒的冰冷語氣：「既然是殺手家族，就不應該對他人生命有過多的留戀。」

「這句話本大爺還給你，你還沒資格來說教！」語氣不比他哥差，五色雞頭也痛罵回去，

「自己為別人去死的人沒資格講這種話，還有套用你的鬼道理！本大爺活膩了想去死又干你屁事！」

「那麼我拒絕接受你活膩的時間，也是我自己的事。」並沒有五色雞頭那麼氣憤，六羅反而幽幽說道：「要怎樣安排自己，也不是你該插手的事，你回去吧，我也該順從時間的安排前往該去之地。」

「你是想存心氣死本大爺嗎！」看起來好像想撲上去揍靈魂的五色雞頭暴跳如雷地說道。

「是。」六羅回了一句連我們旁人聽了都有點想吐血的話。

原來六羅和兄弟們講話如此不客氣，難道他們殺手家族沒有傳說中柔性溝通這回事，不是打就是罵嗎？

我突然有點理解為什麼五色雞頭和黑色仙人掌都是那種德性了，看來如果以後好死不死有機會遇到他家其他兄弟一定要特別小心，有多遠閃多遠才好。

「如果鳳凰族救你也一樣嗎？」耐著憤怒的語氣，五色雞頭狠狠瞪著對方。

看著自己的兄弟，六羅淡淡微笑然後搖頭，「我自己也有鳳凰族的血統，所以曉得的……鳳凰族並沒有能夠使時間結束的生命回歸的方式，沒有人能夠違反時間與歷史，這是必然的結果。我是註定會在那邊死亡，就算付出極大代價得以回去，也只是違反世界規則的扭曲存在。」

「吼！本大爺才不管！」

伸出手，本來想碰五色雞頭，但六羅的手卻直接穿透對方的肩膀，他頓了下，搖搖頭便微笑地收回。

「夠了，拜託你們放棄吧。」

空氣整個凝結了。

「……你知道老大老二老三他們花了多少力氣，才讓死老頭願意把你驅出羅耶伊亞家族嗎。」咬著牙，五色雞頭低下頭，連我都看不到他的表情，「家族根本不想放棄你這個最好的戰力，但是你自己說你想要的是去看世界，所以我們很努力。」

結果他們努力的對象卻死了，還是自己選擇以這種方式解脫掉。

我多少可以了解五色雞頭的感受，雖然不一樣，但如果哪天冥玥他們遇到這樣的事情，我也會很想要讓他們回來吧。

六羅沉默下來了。

「不是還有個方法嗎？」來來回回地看著兩兄弟，黎沚眨著眼睛，「回去妖魔之地。」

所有人轉向他。

「啥意思？」五色雞頭抹了下眼睛，語氣不太好。

「既然一定要他回去又不要有後遺症，不是回去當魔使者比較符合需求嗎，而且也可以跟著妖魔到處旅遊呀。」露出了笑容，不知道爲什麼黎沚的表情讓我覺得他搞不好和那兩個妖魔也認識，因爲他笑起來有點狡詐奸險，跟要敲牆壁時差不多感覺，「如果是這樣的話，也不用太多的代價，無法接受嗎？」

被他這樣一講，我覺得好像也是，與其回去復活承擔變成喪屍的風險，不如乾脆繼續魔使者的身分還比較穩，而且妖魔們的興趣也是到處旅遊，之前也說過可以放在他們那邊之類的話，重點是還不用犧牲五色雞頭。

「這也是種做法。」在一邊聽的黑山君居然也附和黎沚的話，「重新成爲魔使者後，等待有一天鳳凰族能找到完全復活的方式，也不是不行。」

五色雞頭和六羅的表情一時變得很怪，兩人都沉默下來，似乎在各自思考著這種可能性。

「若要轉爲這種方式，只要付聯絡上妖魔的同等代價即可。」看他們兩個都不說話，黑山君又接過莉露拿來的新盒子，打開裡面也是碎翡翠，沒猶豫就朝那盆水倒進去，這時候我才注意剛剛還很漂亮的水澤已經變得比較黯淡，補充之後又重新光亮了起來。

想了想，五色雞頭終於看向他兄弟，「老四，你自己決定呢？總之，本大爺是不准你去回歸那個啥鬼地，至少在我們還活著的時候都不行，就算變成喪屍也要把你弄回來！」

「這根本是不給我決定啊。」六羅露出苦笑。

「你會不喜歡妖魔們嗎？」看他好像也不是很有意願，我多事地開口發問。

六羅搖了頭，「並不討厭，雖然先前並不是眞的服侍，但多少也能透過身體看到些許，我曉得他們是不錯的妖魔。」

「那就這樣決定了！」五色雞頭指著對方，完全不給對方有反對的空間，「不是去當魔使者等時機，就是本大爺現在跟你換命，沒有第三條路！」

「你從小到大都沒改過這種個性。」六羅嘆了口氣，轉向黑山君，「那麼，就這樣吧，很抱歉必須勞煩您幫助。」

頷首之後，黑山君稍微退開身，然後朝空氣張開了手，一抹半人大小的圓鏡直接出現在所有人面前，「出來吧。」

他彈了下毫無一物的鏡面，發出了清脆的聲響，接著有影子慢慢出現在上頭，沒幾秒後我就看見了水妖魔的影像。

「呵～還想說是誰這麼有膽衝破我們的法術，硬是聯繫上呢。」在鏡子另一方的水妖魔劈頭就是先來這麼一句，不懷好意的眼神骨碌地打量著鏡子邊的黑山君，接著才轉到我們身上，「後面那個就是凱里的靈魂吧？」

在水盆上的六羅微笑了下，禮貌性地躬了身。

「之前妳讓蒂絲告訴我的算不算數？」看著似乎有點慵懶的水妖魔，我連忙湊上前。

「蒂絲……？喔，想起來了，妖魔託話讓她跟你講些事，當然算啊。」不知道是不是故意的，水妖魔往前靠過來，幾乎就在鏡子很近的地方趴下來，事業線整個清楚到讓我們這邊都尷尬了，「你們那些種族什麼時間規範的煩死了，不如讓凱里回魂之後來妖魔地繼續幫我們忙，當然不幫忙殺也可以啦，驅逐人和整理東西總該會吧。」

「是這樣打算沒錯。」黑山君接下她的話，而且還伸出手。

「這隻白嫩嫩的手是想幹嘛呢？」露出陰森的微笑，水妖魔看著我們這邊的人。

「同等代價，就算是妖魔也不能例外。」頓了頓，黑山君還補了一句：「連帶此次通訊代價。」

原來你算盤都打好了，代價整個要從妖魔那邊扣嗎我說！

看著外表好像無害的黑山君，我再度深深認定他才是眞正的狠角色。第一次看到有人敢這樣跟妖魔討東西的。

水妖魔停了幾秒，眼神亂飄著也不知道是在想什麼，始終帶著那種讓人覺得超級不妙的微笑，「好呀，賣你個面子，想要點什麼啊？我親自拿過去給你如何？還眞沒到過那種地方觀光呢～」

「不用，東西送來就可以。」非常果斷地拒絕了妖魔的參觀，黑山君根本不想跟他們客氣地開口：「七百年前你們在東方飛靈仙境偷走的那塊土地。」

……

你們是妖魔幹嘛去偷仙境的土地啊！

妖魔是能住嗎！

看著鏡子那端突然哈哈大笑的水妖魔，我完全不想再吐槽什麼了。偷人家餐廳，偷沉默森林的地我都還可以理解，你們沒事去偷仙境幹嘛？難道你們有每到一個地方不帶走點什麼就會死的毛病嗎？

那根本是手賤吧！

你們是巡遊小偷啊你們！

「有人拜託你幫忙要回去的嗎？」停住了笑聲，水妖魔眨眨眼睛，很有興趣地發問。

「給我就是我的，如何處置似乎不用向妖魔交代。」完全不想給水妖魔答案，黑山君的對話讓站在旁邊的我捏了把冷汗。

雖然知道妖魔不是非常壞的妖魔，但也不算非常好的妖魔，正確來講他們一樣無視生命。這次拜託黑山君的是我們，我有點擔心會因爲這樣害妖魔對這個地方不利。

幸好並沒有發生我擔憂的事情，水妖魔只笑了聲，沒打算繼續問下去的意思，「好吧，那塊地就給你，記得把人整理好哪。」然後她越過了黑山君，看向比較後面的六羅，「現在要改叫六羅對吧，等你完全弄好了之後再回來。」

六羅點點頭。

「哪，通訊的費用。」轉回視線，水妖魔彈了一個東西，從鏡面的那端飛到我們這邊，站在前端的黑山君立刻接住，「好累啊，不要再擅自連上來了。」

語畢，鏡面上的影像瞬間消失。

因爲就站在黑山君旁邊，所以他張開手後我就看見他手上剛剛接住的東西是個水晶種子，不知道是眞的還是工藝品，反正就是一顆種子樣子的水晶，看不出來哪裡特別。

將種子交給莉露，黑山君緩緩吐了口氣，才走向魔使者的位置。然後也沒有向我們解釋什麼，逕自抬起手，一點光亮直接在魔使者頸部一抹——那點光繞著魔使者頸部的傷痕跑了一圈，然後消失不見。

不到幾秒，我們就看見魔使者脖子上的傷痕慢慢轉淡，淡到只剩下一圈隱隱的粉色，不仔細看還看不出來。

「請暫時先在我這邊待一陣子吧，我會幫你和軀體的狀態重新調整，就能再使用妖魔的力量了。」回過頭，黑山君這樣告訴水盆上的靈體。

這時我發現水盆的光又漸漸黯淡，這次黑山君沒打算再加翡翠了，六羅的形體緩慢變淡。

「我們會再去找你的！」五色雞頭只來得及跟他說上這句話。

最後，亡者的靈魂完全消失在我們面前。

黑山君從盆子裡取出光球，遞給一邊的莉露。

「那麼，該輪到你們了。」沒有再和五色雞頭多講什麼，他直接轉向黎沚，「是你要交換的，沒錯吧。」準確無誤地看著對方，看來黑山君對我們的討論與決定完全一清二楚。而且不知道是不是我的錯覺，雖然他老說付代價就好，但貌似總會選擇最沒有傷害的代價和方式，還會在不太行的時候給我們討論的空間。

難道這就是傳說中的額外服務嗎？

「是我沒錯，雖然不太懂，不過我想應該足夠付代價吧。」黎沚笑了下，背著手，蹦著晃到一邊，「不管從哪方面來看，不是嗎？」

黑山君點點頭，「的確。」

「那就行囉。」聳聳肩，黎沚這樣說著。

「應該不會有什麼問題吧。」看著要替我付代價的黑袍，我有種很不安的感覺，雖然他說沒有之後會再長出來，但也只是他自己說說，萬一長不出來怎麼辦？可以拜託黑山君還他然後我另外付嗎？

不管如何，感覺就是很不穩，可是又沒有比較好的方法。

「放心，真的沒事，不然你問黑山君。」指著旁邊的青年，黎沚還拖別人下水擔保，「而且也不是拿走全部，只有部分，影響沒有你想像的那麼大，安分一陣子別到處亂跑倒也不會有問題，剛好接個課程打發時間也行。」

我很誠懇地看向黑山君。

「照理來說，是如此沒錯。」黑山君還真的誠實地回應了我的視線，「只要能收到代價，支付者會不會恢復不在我的干預範圍之中。」

既然他都這樣說了，那我也沒什麼好再反對，願意提供的黎沚都已經做到這種份上，再拖拖拉拉下去就顯得我很白目了。

「那麼就先在這邊完成母石融合吧。」黑山君看我們都同意了，就伸出手向我要去母石，

「需要點時間嗎？」

招來黑鷹，我想了想，點點頭，抓著黑鷹直接閃到離他們比較遠的角落去。

走到房間另一端，黑鷹落下來，變化成烏鷲的樣子，眼睛有點紅紅，抓著我的衣角。

我跟他一起坐下來，然後伸手搓搓他的頭，「現在後悔還來得及……」頓了一下，我才突然發現這句話不知道是跟自己說還是在跟他說，後面的聲音有點心虛。

不知道爲什麼，烏鷲盯著我看了幾秒，然後笑出來，「要來找喔。」低低地這樣說著，然後他放開手。

「嗯，一定會。」我到現在才發現原來分別來得這麼快，前幾天我們還一起殲滅山妖精，再更之前我也才剛認識他而已，眨眼後還不到多久，他就眞的要走了。

之前還嫌他煩，沒事就害我掉夢裡，但都已經過去了，那些事情都已經變成以前了，而現在他是眞的要走了，很可能未來不會再看見他。

就像其他人說的，運氣好可能很快就會回來，但如果要等上幾百年，那就眞的是最後一次見面了。

有時候人就是這樣子，在身邊時覺得很煩又沒什麼幫助，也不會特別想要珍惜什麼的，直到要分別時才會突然發現，其實也已經多少習慣了這種麻煩。

爲了我的話願意放棄強大力量的陰影可能世界上就只有這一個了。

之後，可能就眞的不會再有了。

「這個給你。」緊緊盯著我，烏鷲彎了下頭，從脖子上拿下一條青色項鍊，我似乎沒看過他有戴這東西，不知道是什麼時候出現的，感覺還頗細緻，看樣子好像是什麼草編成的，但草色完全沒有枯萎成黃，而是保持著難以置信的翠綠，在最尾端結著一個粉米色如彈珠般大小像是寶石又好像是果實的東西，「這是我在祕密基地找到的東西，就給你了，不可以忘記喔。」

接過了那條草項鍊，觸及時我注意到有清爽的感覺蔓延到掌心上。不過比起這個，我更在意一個問題，「祕密基地是眞的存在？」還是夢裡的東西可以拿出來？

「眞的在喔，我好不容易才找到的。」烏鷲露出微笑，「存在世界上，等到我變成幻武兵器之後，總有一天我們可以再一起去那裡，對吧。」

他並沒有打算告訴我那個地方在哪裡，而是想等以後再告訴我。但是，成爲幻武兵器後不一定會再記得過往的記憶。

拿回了項鍊，烏鷲湊上來，直接幫我綁到脖子上，「我在上面附加了力量，我走掉之後，還可以保護你，這和陰影力量不一樣，是我們保護妖師用的，就算眞的沒有記憶了，我也會記得自己的力量。」

「好。」我想著要是我這代沒辦法再遇到他，就只好將這個傳下去，直到他再回來。

然後抬頭，看到那個孩子站在那邊看著我。

就像最開始一樣，只有我們兩個人站在夢連結，他露出了微笑，向我伸出手。

我回握著他。

縱使還有很多話要說，還有很多想要走的地方，還有我也想要再介紹更多人給他，讓他再也不會寂寞，也想讓妖師一族了解他們，但是直到最後能講的還是那樣的話。

「再見。」

「嗯，下次見。」

「可以了嗎？」

看著我牽著烏鷲回來，黑山君問了句。

我們兩個一起點點頭。

也沒有再多說什麼，似乎在我們離開去講話時就已經稍微整理過母石的黑山君拿著那顆害我差點被打死的凶石，突然就像剝花生一樣把石頭剝成兩半。

因爲動作太快太乾脆還相當理所當然，所以我是到他剝開之後過幾秒才驚覺他眞的把石頭給剝了。

可能跟我一樣也傻了有幾秒的五色雞頭打破沉靜，「喂喂喂，要做幻武兵器的石頭難道是剝開夾進去的嗎！」

「不是。」黑山君居然還心平氣和地回答了這句。

雖然說黑山君一定沒有問題，但是看到母石如此輕而易舉地被剝成兩半，我也一愣一愣地不知道應該講點什麼。

到底是那顆石頭本來就如此柔軟脆弱還是黑山君跟黎沚一樣，有著與外表不同的怪力？

「先全部讓開喔。」莉露跳過來，把我們一個個推開，只留黑山君和烏鷲在房子正中央，「再來這個不太安全，不要進到黑色主人的範圍裡喔。」

話才剛說完，被空出來的區域突然繞出一個大圓，上面急速繪出各種代表不同意思和術法的力量圖形，繪成的同時發出了銀黑色之光。接著，大圓圖形突然整個掀起，翻轉成另外一面，落地同時我們看見那區域原本的木頭地板都消失不見了，取而代之的是整片開滿蓮花的水池，散發著淡淡的幽香與水霧。

這些變化眨眼瞬間完成，快得讓人有點跟不上節奏。

將一半母石收起，黑山君向烏鷲伸出手，後者最後回望了我一眼，下一秒就變成了原本整團陰影的樣子，飄浮在黑山君手上。

我覺得我那時候是眞的有點想叫住他，但沒有給我這些猶豫的時間，莉露突然推了我一下，讓我回過神。

「不要以爲沒事幹喔，莉露自己一個人忙不過來喔。」說著，她遞給我一個方方的……網狀小箱子？

接著五色雞頭、黎沚，甚至魔使者都被塞了一模一樣的東西。

分發完畢後，莉露才揹著個幾乎有我們手上兩倍大的箱子，不知道從哪裡掏出來一支鐵夾，揮舞著對我們講：「現在開始黑色的主人要製作融合石喔，借用了仙境的淨池，但是因爲沒有先跟主人報備喔，所以不可以讓裡面的東西跑出房間喔。」

沒有跟主人報備……你是偷用的啊！

看著理所當然站在某朵蓮花上面的黑山君，我都不知道他是偷用誰家的水池。這個水池感覺眞的很有力量，很可能是要輔助之類的。

但是除了蓮花之外，我好像沒看到什麼東西啊……

就在我這樣想著的同時，莉露閃電般快狠準地朝空氣一夾，我這才發現她夾到一隻半透明的蝴蝶，扔進箱子裡。

半透明……

仔細一看，空氣中竟然眞的有東西若隱若現地從水池飄出來，而且見鬼的數量還不少，一大群散出來起碼有二、三十隻，數量還一直增加中。

其實你們借的是某種昆蟲的培養池吧？

「不可以打死喔！」

指著正打算像打蚊子一樣拍蝴蝶的五色雞頭，莉露加上警告，「打死會很嚴重喔！」

雖然有點想問她是多嚴重，但我已經看到旁邊飛滿了蝴蝶、蜻蜓之類的東西，也連忙去撲下來，然後放進盒子裡。

給魔使者下了同樣的命令後，魔使者就跟著我們開始抓跑出來的昆蟲了，不過速度比我們快很多，一下子就把他自己的箱子塞得滿滿，相反過來的黎沚根本只是滿房間追著蝴蝶在玩，一點貢獻也沒有。

看著水池中間的黑山君，他正在慢慢把陰影與化成氣體的半顆母石混合在一起，接著重新壓縮成一個體積。

漸漸地，黑色的石頭在他手上成形。

「最後一隻！」

莉露的吆喝聲讓我回過神，一轉頭就看見她很快地回收所有人的箱子，「應該沒有漏網了喔！」說著她就拿著那些裝滿透明昆蟲的小箱，全部扔回去水池上……這樣眞的可以嗎！池子的主人發現一堆裝滿昆蟲的小箱子浮在水池上眞的不會抓狂嗎！

在昆蟲被丟回去的同時，黑山君再度翻覆了圖陣，室內又恢復成原本的地板。

「這樣就行了。」朝我們這邊走過來，黑山君將手上那顆黑到很純粹的小石頭放在我掌心，「另外那半顆，是未來相連尋找時使用，我會另外告訴你使用方式。」他輕輕說著，就這樣越過我，直接朝房門外走去，也示意我們跟上他的步伐。

掂著手上的黑石，非常輕的重量，和這兩天蹲在我身上的黑鷹完全不同。

我還是有點迷惑，但我也知道這樣對他和任何一切都是最好的。

「快跟上喔，這種狀態不可以維持太久喔，要一口氣做完喔。」拍了我一下，莉露快步蹦到最前面去帶路了。

「你如果現在後悔，就一路殺出去吧！」似乎看出我的遲疑，五色雞頭直接勾住我的肩膀，用一種「大爺我絕對會幫你見神殺神遇佛砍佛」的語氣說著。

「並沒有後悔。」白了對方一眼，我握著石頭，邁開腳步往前走。

※

離開了房間後，意外地我們並沒有朝裡面、而是在莉露的帶領下，走出了大門，重新回到時間之流裡。

看著黑暗的外區域，黑山君回過身，看著我旁邊的黑袍，「那麼先取足夠平息時間流域風暴的代價吧。」

「好。」黎沚也很豪邁地答應，「那麼就請先動手吧。」

也不再廢話，黑山君直接抬手拍在黎沚的額頭上，一點銀黑色的光芒出現在掌心與額心之間不斷收縮，接著黑色的羽毛一根根被拉了出來，出現的同時黑山君順手一抓，直接抓了一大把。

在那把羽毛被抓走之後，黎沚頓了一下，像是虛脫一樣突然跪了下去，還好旁邊的五色雞頭反應算快，直接拉住對方，才沒讓他直接往地上撞下去。

「沒關係……休息休息就好了。」臉色看起來很蒼白的黎沚笑了笑，扶著五色雞頭的手慢慢在門框邊坐下。

抓著那堆毛，黑山君看了我一眼，然後遞給我其中一根，「或許會使用到。」

所謂會使用到的意思到底是……我突然覺得拿著羽毛這種感覺好像有點熟悉……？

「那麼接下來你和我走吧。」指著我，沒有打算帶上其他人的黑山君回頭告訴莉露，「請在廳堂裡招待其他客人，這時間裡不要讓任何人進入住所。」

「好喔！」莉露推著還想跟上來的五色雞頭，「不可以跟去喔，保護不了那麼多人，你們也要在這裡幫忙才行喔。」

「本大爺——」

五色雞頭被推走了。

我向魔使者點了下頭，於是他也扶著黎沚尾隨著女孩離開。

然後，門被關上了。

瞬間，四周立刻陷入黑暗中，再也看不見門原本的位置，只剩下那些依舊飄流的銀絲。

「現在這裡只是冥府與時間交際點，我帶你去真正的時間之流放置陰影，但是那邊相當危險，與這邊的程度並不相同，所以不管看見什麼或聽見什麼都別有回應，只要依照我的指示放石頭就好。」走在前面，黑山君只是輕輕揮動了下手，四周的銀色絲線立即全部讓道，整理出了一條深黑色又安靜到不可思議的蜿蜒道路，盡頭不知道連結到哪裡去，也看不見終端有什麼東西。

雖然已經走過兩次，但這次讓人感覺特別害怕。

沒有禁止我在走這段路時不能夠說話還是發出聲響，黑山君喃喃說了很久沒有離開這麼遠之類的話，於是領著我走上那條黑路。

其實我有個疑惑想問他，因爲當時白川主的意思應該是交給黑山君去放，不過看起來黑山君是要我自己放……大概是和所謂的代價又有關係吧我想，有可能他去放要更多相等代價，所以他才轉成讓我自己去。

雖然不知道差別在哪裡，不過我也滿樂意自己來的，起碼可以自己送他最後一程。而且因爲之前遇到那種恐怖的水滴，讓我多少也對時間之流有點興趣，感覺上一般人似乎不太可能看到那種地方……雖然說黑山君他們的住所應該也是很難看到就是了。

這段路沒有我想像那麼久，不過中途有幾次停滯，大半都是黑山君突然停下來，不是接住一抹銀光不知道在講什麼，就是抓住個殘影丟開之類的，他也沒和我解釋這些是什麼問題，就一個一個處理過去。

走了有段時間後，黑山君突然停下腳步。

這種區域其實很沒有方向感和時間感，我只知道走了有段距離，但是完全分不清楚這裡與一開始進入的地方哪裡不同，也不曉得賽塔、黎沚他們到底是用什麼根據在找住處和判定方向，總之黑山君就是停了，還說了句差不多這裡就可以了。

「在時間之流你不要說話，也不要做任何事，只要在我開口時把石頭放進去就可以了。」轉過來，黑山君非常謹愼地又對我告誡了一次，「如果做了多餘的事情，很可能會無法脫身，那種地方不是一般生命能夠踏足，即使是妖師也相同。」

我連忙點頭表示明白。

確定我有聽進去，黑山君才打開一道門，這次與他住所的門不太一樣，與其說是門，不如說只是把一片沒有什麼厚度的黑暗空間推開而已，在那片黑暗的另一端是相反的刺眼光亮。

讓我先走進去，尾隨的黑山君才再度關起了那片黑。

這是一大片奇異的……應該說沒有東西。

進來後，我只有看到整片湛藍的天空，腳下踩著的是水，與天空相呼應、完全無波無邊界的平穩水面。

和相連天空的大海不一樣，這裡連一點風吹水動都沒有，靜靜的水面折射著天空的光采，有那瞬間感覺好像是看到兩個對應的天空，廣闊無邊到讓人害怕了起來，似乎站在這裡可以瞬間明白自己是個多小的人類。

這裡的空氣凝滯不動，完全無法感覺到移動的氣息。

「這就是你眼中的時間之流嗎……」黑山君淡淡的聲音打斷我的驚恐，他看了我一眼，沒講什麼，就踏在水面上開始往毫無邊際的地方走去。

那種感覺好像踩在鏡子上，但又確實有踩到水，感覺似乎有點深淺，不過我直接踩在水面上也不會沉下去，只踩出一圈圈的水紋，走在前面的黑山君則是一點水花都沒踩出來。

我也不知道他到底想要帶我到哪個地方，不過走了一陣子後水下的風景似乎開始有點變化了，本來只是折射天空，但逐漸有些倒映的花草樹木，以及虹霞之類的光采。

然後也開始看到活物了。

在我看見一隻雙頭的黑色老虎穿過樹林時，還沒反應過來，老虎已經吼了聲，直接竄出水面站到我們面前攔住路。

巧妙地擋到我面前，黑山君看著那頭擁有詭異青色眼睛的雙頭虎。

「不准再前進！時間之流並沒有同意讓交際處的人進入，即使有正當理由，也必須有時間的允許。」老虎雙雙咆哮出怪異的語言，但是奇怪的是我居然聽得懂，那種聲音在腦子裡瞬間轉變成我可以理解的話語，讓我好奇地又偷偷探了一點頭去看。

「一根羽毛。」也沒有要與雙頭虎解釋什麼，黑山君直接抽出剛剛拔來的羽毛之一，還在對方面前晃了兩下。

那瞬間，雙頭虎的四顆眼睛都發亮了。

「就、就算有……還、還是不准路過……」

已經變成路過了嗎？

剛剛不是進入嗎！

黑山君抬高手，老虎的頭就跟著抬高，還吞了吞口水，看來羽毛對牠的吸引力非常大，但牠還是堅持著沒有讓開身體，只是那兩顆腦袋跟著不斷晃來晃去。

「一根羽毛。」晃著那根黑得發亮的羽毛，黑山君又開口一次，「我相信顧守時間之流者很少見到這個。」

「我們有兩顆頭，兩根！」老虎居然討價還價了。

「最多一根半，不然我就離開，得到時間允許之後，你連一根也沒有。」又拿出半根羽毛，黑山君用冷淡的口氣說著：「身爲黑山之職，或許只要眨眼的時間我就能夠進入。」

雙頭虎遲疑了，然後焦躁地甩著尾巴走來走去，最後吼了聲。

「成交！」

「那是時間水滴。」

在雙頭虎拿走了一根半羽毛回到水裡的景色後，黑山君才又繼續向前走，然後還是沒有什麼情緒起伏地平淡開口：「看來你眼中的水滴就是那種型態。」

我眼中？

從剛剛開始我就覺得黑山君講話有點怪怪，進來時他也說了我眼中的時間之流是長這樣子，按照之前大大小小的事與經驗推算，難道時間之流其實不是這樣子，而是反映出我的想法還什麼深層意識之類的，所以才會有這種風景和老虎？

因爲承諾在先，我也不敢在這種時候開口詢問，只好先把疑惑吞回去。

接著再繼續往前走，下面的風景還在不斷變換著。

然後過不久我們又遇到一隻很大的火鳥擋路，這次用掉兩根羽毛才把火鳥給打發走，接著又一段路遇到獅子……再過來遇到大猩猩……我都開始懷疑我眼中的時間之流到底是怎麼回事了，居然會出現如此多的東西來討羽毛！

黑山君在連續遇到十幾隻擋路的動物之後，終於停下腳步檢視手上剩下的黑羽毛，大概剩五根左右，他沒變表情也沒說夠不夠，就把羽毛往衣袖裡塞，正打算要再走動時，我們面前不知道什麼時候出現了一個女孩子，有著巨大的蝴蝶翅膀，五色繽紛的很漂亮。

「黑山君進入時間之流有何貴事呢？」

與先前那些擋路拿羽毛的動物不一樣，女孩子發出清脆好聽的聲音，「一路支開了因您行動而引起的水滴與波動，有什麼特別的需要嗎？」

波動？

我看著腳下的水紋，該不會就是被我踩出來這些吧？

這麼說起來，黑山君走路的確完全沒有引起水花，難道他和黎沚討這些力量是因為我走路會有漣漪？

「我要進入時間流域一下，有個東西希望放在裡面煉造。」沒有抽出羽毛收買，黑山君還滿客氣地和蝴蝶女孩說著：「我認為『有此需要』。」

「這是兩位主人的判斷嗎？白川主也如此認為？」

「是，我們兩人皆同樣認為。」稍微讓開身，黑山君讓女孩看到站在後面的我，「白川主因為有事無法前往，讓代表他的使者前來放置。」

不知道是不是我的錯覺，我總覺得黑山君講到「有事」這幾個字時，特別咬牙切齒。

「你是代表白川主的嗎？」女孩拍著翅膀，偏著頭看向我。

不能講話也不能做多餘的事，我都不知道要不要點頭，才想看黑山君時，他就已經先開口了：「是沒有任何力量的人類，在這邊不能留存。」

「原來如此，那麼請切記千萬不要開口說話，也不要做任何事情，謹遵你的本分與該做的事即可。」蝴蝶女孩說了與之前黑山君一樣告誡的話，像是明白地點點頭，沒再追問我的來歷，就指著水下的溪谷，「若只是放置一物，就請盡快吧，因爲您沒有時間的允許，一舉一動都可能造成歷史的變盪呢，請不要在這裡久留。」

「我明白。」

黑山君說完話的同時，我突然發現四周風景剎那全都改變，剛剛明明什麼都沒有，但眨眼之後我們已經在溪谷裡面了，抬頭上面還是那片天空，不過四周山川水景已經全都觸手可及。

周圍有很多像是蝴蝶女孩一樣的少女，有大有小，大的就跟人一樣大，小的就跟一般蝴蝶差不多，在溪谷間飛舞遊戲笑鬧著，掀起各種淡淡的水霧折射出大小不一的虹彩，乍看之下很像某種仙境。

……等等，這些全都是水滴嗎？

指著那條溪谷，黑山君無言地看著我。

難道我眼中的時間之流是長這樣子喔？不過的確之前聽到時間之流，我都覺得好像是某種河流而已，看來這也是我眼中的景物了！

取出了一根羽毛，黑山君在掌心握了握，張開後已經變成粉末，他吹了下，那些粉末帶起一股氣流往溪流的反方向飛去。

本來在嬉戲的蝴蝶們像是突然發現那種粉末，居然一哄而散，全都追上去了。

「趁現在放進去吧。」推著我走到那條還算頗大的溪流前，黑山君這樣說：「輕輕放進去就行。」

看著一點都不特別的溪流，說眞的我好像有點失望，本來總覺得應該會看到什麼壯觀的場景還是什麼不得了的畫面，但這樣實在太安靜平穩了，和我想像的差異很大啊！

眞的什麼事情都不會發生嗎？

邊這樣想著，我邊蹲下去把黑石放到水流裡。

裝載陰影的石頭無聲無息地沉入水中那瞬間，某種空蕩的感覺從手蔓延上來，一時讓人覺得有點寂寞，再回過神時，石頭已經不見了，就這樣完完全全徹底消失。

我盯著水面，突然感覺有點難過。

「這樣就行了。」從頭到尾都站在旁邊的黑山君靜靜說著：「站起來，該回去了，在時間注意到之前盡快離開。」

點點頭，想再看一次烏鶖最後的去處，但再度低下頭時，我整個人呆住了。

溪流的對岸那端折射出來一個影子，而且是眼熟到我都想詛咒他八代的人影，抬頭看對面根本沒有任何人，但水上眞實出現了那個渾蛋的身影。

那個之前給我捲了一部分陰影就落跑的鬼王高手！

河水上的倒影看著水面，似乎沒察覺我們站在對岸，就這樣露出每次讓我看了都很刺眼的陰險笑容。

根本不知道爲什麼會在這裡的鬼族手上有個翠綠色的空瓶子，和他不一樣，散發出高雅的氣息，看起來根本不像是鬼族會有的東西。

他就這樣彎著身，用那個空瓶子裝滿了水，從頭到尾動作從容到不行，活像這裡是他家、他拿茶壺來裝個水的樣子。裝好水後他甚至還愉快地取出了瓶塞把那瓶水塞好，確保連一滴都不會漏出來，最後才慢吞吞地將水瓶放回身上。

接著，他身後出現一個孩子般大小的蝴蝶女孩，表情很驚慌，似乎正要開口大叫，但是鬼族搶先了一步，一黑針就插在女孩的頸子上。

女孩發出無聲的慘叫，摔落在地，站在一邊的鬼族舉起手，直接給女孩最後一擊。

等我回過神來時，我已經吐出制止對方的話了——

「安地爾！」

我深深覺得我一定不知道欠了這個渾蛋什麼債。

每次有安地爾出現的地方我都會特別倒楣，連出現個影子都會衰到我，他眞的跟我八字相剋……搞不好是剋了八百個字！

可是他到底來這裡拿時間的水幹嘛？

在我開口剎那，黑山君的表情整個變了，不過只有短短瞬間，很快又恢復成一點也沒有表情的樣子，但是他的動作變得很倉促，幾乎是一把抓起我就跑。

溪谷發出了震動，接著不知道哪裡傳出很像人在低鳴的聲音，一波接著一波，而且聲音越擴越大，傳遍整片谷地，連溪流都跟著翻滾了。

我一回頭就看見那些水一濺出來，就變成我之前看過那種巨大暴風球，而且好幾顆，超級危險地轟轟響著並飛快往我們這邊逼近。

來不及開口罵我，黑山君揮了下手，我們直接出現在剛剛的水平面上，但整片天空已經變成怪異的藍紫色，看起來超級不舒服，水平面上也多了幾顆風球，水下的景色完全消失，倒映了天空的怪顏色，像是進入了某種詭異的區域裡。

「你會減少三年的壽命。」一把抓住我向前跑，黑山君冷淡地說著，那種態度平靜到好像只是在說你今天會踩到三次大便一樣，內容卻完全讓人驚恐，「一個字代價一年，換取不被時間水滴永遠纏住的機會。」

靠！我因爲安地爾瞬間減壽三年了！

我發誓我一定要每天花一個小時詛咒他走路摔倒吃飯噎到喝水嗆到還有穿衣服被針刺到，連穿褲子都會被拉鍊夾到！

去死吧渾蛋！

黑山君急促地解釋了下，我才知道在這裡，如果不是和時間有相當關係的存在，多餘的話語還有動作都會讓時間水滴盯上，當作干擾異物排除，總之就是非死不可的意思，像之前夢連結看過的那樣子，它們會卯起來排除掉我，所以需要用代價換取安全。

比起瞬間掛掉，減壽三年當然是最好的選擇。

但是我居然是因爲安地爾會提早掛掉！我怎樣也無法釋懷啊啊啊啊啊——

你害我祖先就夠了，之前整我就算了，現在還被你的殘影陰！你到底是不是連下意識都想玩死我啊你！

我再度深切體會到妖師一族絕對跟那個鬼王高手有無解的仇怨。

早知道剛剛就不要叫安地爾，直接罵去你的不是更好嗎！至少有罵到我也爽啊！我根本不想拿自己的命去叫他名字，該死！

帶著一肚子悔恨和髒話，我被黑山君拉著左躲右閃地衝出了時間之流，跨過門戶跑回了先前的黑色交際區。

似乎受到時間之流的影響，黑色區域裡的銀線全混亂了，歪七扭八地到處纏繞，而且速度有快有慢，看起來相當雜亂不安。

把我推開，黑山君站在門前，壓抑著要衝出來的風暴。

整個空間都在震盪，本來還在附近的銀線全部退開，離我們這區非常遠，而且光度似乎降低得很厲害，有條幾乎都已經快要看不見了。

那時候六羅是怎麼平息那個時間水滴的？

「……歌頌時間潮汐，一是孩子取起血成為河谷聚成大海……」

淡淡的聲音從遙遠地方傳來，悠悠地傳進我腦袋裡，讓我不自覺地開口跟著唸出來。

接著，我看見白色的影子逐漸浮現，衝著我笑了下，然後揮手讓我退下，自己吟唱出那首六羅唱過的短短歌謠。

那個並不是實體，因為有點半透明。

站在前面的黑山君也注意到了，露出惡狠狠的表情用力瞪了對方後，才向另一邊退開，接著拿出剩下的黑色羽毛。

「小黑啊，要搞這種大事應該通知我回家啊，你知道我從上任之後就超想炸一次時間之流看看的。」帶著幾朵白色的花，白川主還是那種不太正經的笑臉，「結果沒想到原來你比我還要想，看來在這方面我們還真難得地有默契哪，早知道就先跟你約好來炸才對。」

黑山君的表情看起來比較想一拳揍上去然後炸掉對方，「……你竟然沒親自回來擔負責任。」他用冷到讓人快要變成冰塊的語氣說話，站在旁邊的我也覺得威脅感很大。

「唉呦，還不到一定要回來不可的時間呀，一切都隨緣吧。」打哈哈地迴避了對方殺人的目光，白川主揮了揮手上的白花，「而且用這樣子一起先平息震動倒還是行的，就別追究了，我一時半刻也趕不回來啊。」

「隨便你。」

接著他們兩個也沒再說話，應該說白川主沒再繼續抬槓下去，黑山君似乎也懶得理這種狀態的同僚，於是就翻了手上黑色的羽毛，下秒我看見了一隻黑到發亮的貓出現在他的手上，金色的眼睛閃閃發亮地直視那些風暴。

站在另一側的白川主則是拋起了那些花，落下後則成爲白色的鳥站在他的手臂，帶來了一股淡淡的風。

兩隻動物都落定後，同一時間便暴起向前衝，直直竄進了時間之流的空間裡，幾個暴風團也一起被撞進去。

抓著時間，黑山君直接關上黑暗之門。

周圍，再度安靜下來，震動也不見了，那些銀線又開始緩慢順著自己原本的軌道繼續向前飄。

「這樣就行了，時間應該不會再來追究吧，都已經送這麼多支付過去了。」白川主笑嘻嘻地說著，然後轉過來打量我，無奈地聳了下肩，「但是被剝奪的壽命就沒辦法了，你就當人生苦短吧。」

苦你的頭。

我對他翻了個白眼，已經不想再講了。

「接著就是你了。」森冷的聲音從黑山君那邊傳來。

白川主頓了下，抓頭，「我突然想到剛剛還在辦事，小黑啊你自己在家不要常常勞動，很辛苦的，要乖乖待著不要再亂跑出來了，不然每次都不舒服看了也難過。」他在講這些話時若有似無地瞪了我一眼，不過也就眨眼之間，不知道是不是我多心看錯。

「這種話等實體回來再說吧。」張開手，黑山君的掌心上出現了一條條細小冷光。

「先、先這樣，下次見啦！」

話才說完，白川主的影子瞬間變成一道光急速消失。

甩出了手，那些冷光在黑色空間中撕裂開一條線，也跟著消失不見，被扯開的黑暗很快又恢復原狀，繼續寂靜。

「又逃了！」

最後我就聽到這句。

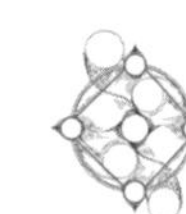

第十四話　甦醒的認知

我清醒時已經不是在黑色空間裡。

……我昏倒了？

意識到睜開眼睛這個動作時我愣了有幾秒。我怎麼連自己什麼時候昏倒的都不知道？剛剛的印象的確是停留在黑山君沒抓到白川主那邊才對。

「醒了嗎？」

聽到旁邊有聲音，我回過頭，看見黎沚放大的笑臉，「你睡三天了，在時間之流消耗的力量會比交際點還多，所以沒撐到回去黑山君的住所就突然失去意識，還是黑山君把你帶回來的，用了羽毛在你身上後似乎只要休息即可，幸好體力恢復得比我想像中還要快，不然再沉睡下去可就不太好。」說著，他讓開身，繼續剛剛停下的動作。

我眨眨眼睛、又揉了下臉，雖然腦袋還是有點昏沉沉的，不過已經逐漸反應過來。

這是一個小小的房間，四周都是木頭，除了我躺著的這張床外，還有張小桌子和小椅子，旁邊有個木架，上頭擺了些不知道作用是什麼的瓶罐，木頭牆面上掛著某種飾品，整體來說相當整潔乾淨，細微的光從半掩的窗戶透了進來，空氣相當乾淨。

不知道爲什麼，我突然知道這裡是哪裡，我們當初進入時間交際點的地方。

想了想黎沚的話，我摸摸身上，黑山君給我那根羽毛果然不見了，看來是眞的派上用場。

「這裡還是我的隱居處，因爲你和西瑞同學很累的樣子，所以大家先在這邊休息，補足元氣再回學校，反正也不是這麼趕。」哼著我聽不懂的小曲，黎沚又從架子上弄下來一個罐子，我這才發現他好像在製藥還什麼的，一個木碗裡裝盛米白色的粉末，又加點東西進去後，他才拿了旁邊的水壺沖點水，接著攪拌後將整碗看起來白糊糊的東西遞給我，「我們出發到交際處後到現在已經過了二十日，你也等於有半個多月沒什麼進食，先喝掉這個吧。」

感覺到身體很疲憊，我聽話地喝了那碗其實有點糊的東西，味道還算不錯，喝掉後開始有精神和力氣了。

「西瑞呢？」剛剛有聽說他也很累，不過我沒看見五色雞頭，不知道又跑去哪裡了。

「在外面，昨天就醒了，獸王族的恢復力一向都很好，所以已經完全沒有影響了。」黎沚微笑地說著，然後整理桌上的東西，「因爲我現在暫時不能動用太大的力量，所以打了你的手機回學院，洛安說晚點會過來幫忙喔。」

……你打我手機？

默默地拿出手機，我果然看到又被輸了一堆亂七八糟的電話和訊息進去，而且還有很多都是我不認識的，不要當成你個人手機啊我說！

還有黑袍幹嘛不自己帶手機！

「帶手機洛安會打啊。」像是知道我在想什麼，黎沚居然還理直氣壯地丟來這句話。

不帶手機他就不會找嗎！不可能吧！不要自欺欺人！你們主要的聯絡方式才不是手機吧！

按著腦袋，我甩甩頭，把最後那點暈沉沉的感覺甩掉，整個人差不多完全清醒了。

「對了，爲什麼你們會引起時間之流的水滴暴動呢？」不知道從哪裡拿來顆熱呼呼的粽子，一把塞在我手上後黎沚拖了張椅子在旁邊坐下。

看著手上暖熱的粽子，我一邊思考這個打開會不會有鬼還是會有暗器飛出來，一邊想了下，就把看到安地爾的事情跟我叫了名字被減壽三年告訴他。

一邊講我還一邊在心裡努力地詛咒那個死鬼族。

「鬼王高手拿了時間之流的水嗎……」支著下頷，黎沚歪頭想了半晌，不知道是不是看我遲遲不吃粽子，他乾脆拿回來剝好粽葉後重新塞到我手上，看來眞的是顆最平常不過的粽子，我誤會他了，「這樣不太對，時間之流的水是不能取走的。」

「咦？」塞了一口粽子，我都還來不及感動這顆粽子居然如此可口，就先停頓了。

「這樣說吧，時間之流本身應該是虛無，實際上在我們這種人的眼裡看起來它什麼也不是，就是匯聚了時間的地方，所謂的流也僅是稱呼的一種方式。但是因爲生命會有各種思想，而且絕對不可能接受虛無，會因爲超乎自己的常理而混亂或失去意識。所以它會反映思想者出現各種面貌，既然你看見的是溪谷河流，那就是以河水代表了時間。」黎沚稍微解釋了下，那時候我聽黑山君的話其實多少就有點這種感覺，看來我果然沒有想錯方向，「你看見他是取水，但那只是時間的殘影表示，用你理解而接受的顯像，所以直接地說，那個鬼族拿走的並不是河水，而是……」

「某種時間。」我幾乎可以肯定了，安地爾那個拉拉鍊夾到的渾蛋不知道爲什麼去偷了一點點的時間，而且還游刃有餘地捅掉了一個水滴。

「嗯，我想他是拿走了不知道什麼部分的時間，所以時間的記憶才會反射出那種畫面。」可能也不知道鬼族到底爲什麼會這樣做，黎沚又拿出一顆粽子剝粽葉，一樣剝完遞給我，「但他侵犯了時間領域，我想應該會有相當的殺手跟著他，只是不曉得那是多久以前的事情。」

這樣說起來，我看見安地爾時他都很悠哉，也不像被殺手追的樣子，難道那是更久以前發生過的？

……我居然被一個很久之前的影像給害了。

我到底跟他有什麼仇啊……

拍拍我的肩，黎沚又勾出讓我想拉他臉頰的單純笑容，「放心吧，我想繼承力量的妖師應該會活得比一般人類久些，人生在世本就無一物，所以三年去就去了，當作提早睡三年吧。」

你不要講話我可能自己邊詛咒安地爾還覺得好過一點，拜託不要安慰我啊啊啊啊啊——

誰要跟你提早睡三年！

我這個根本算是無妄之災啊，不是三言兩語就可以釋懷的，到底爲什麼我會覺得這陣子比較沒那麼衰了？其實還是持續有在衰吧！它根本是變成很多次集合成一次，直接進化讓我衰個夠本而已啊！

但是話說回來，安地爾到底爲什麼會去拿時間？跟他拿陰影有關係嗎？難道這些和要把鬼王再弄復活都有關聯？還是他又有什麼奸險的計謀還沒搞出來……或是他根本已經搞了我們沒注意到而已？

雖然對這部分相當介意，但我已經不想去管了，一來沒能力；二來我也不想再和那個鬼族有什麼照面。沒照面都早死三年了，下次再見都不知道哪裡又會出問題，果然還是多祈禱他早死早超生比較實際。

「對了，這是黑山君要給你的。」無視我內心掙扎，黎沚又拿出一個小巧的盒子來。

那是個黑水晶盒子，從外面看不出來裝有什麼，只覺得盒子相當漂亮，他一打開我馬上就認出來了，雖然形狀縮小了一半又重新被弄成圓形，不過我的確看到了母石。

母石一半被拿去製作了，另外一半應該是要在黑山君的手上。

「因爲你失去意識，黑山君只好先放在我這邊，他要我傳達給你，把這個放在你的手環裡面就可以了，母石本身也是有力量的東西，黑山君將一半製作成幻武兵器，另外一半去除了以前的力量混合了新的術法，等幻武兵器成形之後它就會指引你去尋找。」拿出了那一小顆母石，黎沚遞給我，很負責地轉達我沒聽到的事情：「放在時間之流裡面的幻武兵器不一定會一直待在原處，也很有可能會被帶到世界的任何一個地方，有這一半未來要鎖定位置才方便。」

我接過母石，打量著。上面的確已經沒有原先那種力量感，取而代之的是某種靜靜的氣息，像是沉澱著什麼的感覺，「等到成形就會指引嗎？」

「嗯，黑山君是這樣說的沒錯，他說他有分別做下互相連結的力量，不管過多久都不會改變，你那個陰影變成的幻武兵器只有這一半出現時才會甦醒，其他人打開都沒有用，這是陰影支付代價向他換取的。」想了想，黎沚又補了句，「可是黑山君沒說陰影跟他交換什麼。」

點點了，我看著母石半晌，放進了手環裡面。

應該是我們在抓捕東西那時候交換的吧……那傢伙眞是有夠堅持……

就在我開始咬第二顆粽子時，本來很安靜的屋外開始吵嚷起來，還可以聽到五色雞頭非常有精神的叫囂聲。

「洛安來了。」

※

之後，來到隱居地的洛安就當著我和五色雞頭的面狠狠訓斥了黎沚一頓。

不過他用的是我和五色雞頭都聽不懂的語言，大概不想讓無關的人知道內容，反正就知道黎沚被狠刮，好像還有做什麼承諾外加道歉了幾次，洛安才鐵青著張臉把我們全部送回學院。

基本上到這邊我一直都還是渾渾噩噩的。

總覺得這段時間發生的事情很多又很混亂，一下子剛出發，現在沒過多久就回來了，而且也已經差不多經過一個多月了……雖然有大半個月都在黑山君那邊。

回到學校後，學校依舊沒有什麼改變。

然後我回到了黑館房間，就這樣倒下去直接又睡了三天。

中途醒來一、兩次好像有看到賽塔在房間裡，不曉得和誰正在交談著，但那時意識沒有很清楚，所以完全不知道在講些什麼又繼續昏睡過去。

這次沉睡就完全沒有被打擾了，沒有夢連結、沒有烏鷲也沒有學長，整個空蕩蕩的夢，不久之後就開始作起一如往常、亂七八糟的夢了。

夢裡面不知道爲什麼總覺得隱隱約約好像還有什麼事情，但醒後便忘光。

第三天我起床時，剛好路過的尼羅敲了門，說大廳裡有我的同學。

接著我就徹底從那種混亂狀態脫離了。

我是眞的回到學院裡面了，經過了不算長的旅程之後，遇到一堆事情等等，我眞的被送回來學校了。窗戶外面依舊是陽光普照的晴朗天空，看出去學院還是四季如春的樣子，庭院裡甚至可以看到幻獸和學生。

突然覺得現在整個閒適了下來，反而有點不知道要幹什麼。

隨便整理了下，我去借了盥洗室，整個打理完才跑到樓下……雖然現在沒有以前那麼怕黑館的東西，但我好像已經變成習慣了，在黑館裡面用走的反而超不習慣啊啊！

「漾漾～」下樓後果然看見喵喵他們已經等在那邊了。

不過出乎意料之外好像沒有看到五色雞頭。

「那個不良少年似乎跟他哥發生什麼爭執、吵得很大，前兩天被拖走就沒出現過了。」坐在一邊的千冬歲用我很懷念的動作戳了一下眼鏡，發出了閃光。

原來黑色仙人掌也回來了嗎？

希望他們兩個不要鬧太大啊……

「賽塔說你今天應該就會醒了，所以喵喵帶了食物大家一起吃。」露出大大的笑容，喵喵拿出一個大食盒，一拉開裡面是各式各樣的食物，最下面還有一排飯糰，「要好好吃一頓喔，漾漾第一次出去這麼久還遇到陰影，肯定得補一下。」

我這時候才發現原來萊恩有跟來，而且還坐在千冬歲旁邊！

有陣子沒看自體隱形所以現在有點驚訝，不過很快又覺得沒什麼了。

吃吃喝喝之後，千冬歲稍微和我講了一下事情後續，貌似陰影也造成他們在那邊的產業受損，不過應該很快就可以補回來。

比較訝異的是千冬歲居然也曉得盜賊的事情。

「早在你們去之前就知道了。」他喝了口茶，說著：「原本我們是有打聽了部分情報，想釐清盜賊的目的，畢竟藏身於各種地方的盜賊遠比你想像的還要多，正打算將報告送到城主那邊時……你也知道城主對我們做的事，我當然就不會主動去告訴他，總之只要敢不敬，就要有雪野家袖手旁觀的心理準備。」

看著千冬歲，我深深覺得以後不要得罪他比較好，雖然早就有這種體悟了。

「對了，喵喵幫你帶來筆記，最近學校教了很多東西喔，漾漾雖然在外面有王子他們跟著，不過學校的還是要學起來比較好。」露出可愛的笑容，喵喵突然又弄出一個大袋子，裡面裝滿我一看到就想繼續睡死回去的書和水晶。

等等這也太多！平常一個月的分量有這麼多嗎？

我才想說好不容易回來就先去放蕩個幾天再去重拾進度啊啊啊——

看來是不可能了。

含淚收下了喵喵的愛心，大家又稍微聊了下，就說不打擾我而各自離開回家了……雖說是不打擾，但千冬歲很擺明要回去找他哥，所以就直接跑了。

放著袋子，將桌面大致整理後，我直接躺倒在沙發上。

盤旋在黑館大廳的空氣有兩種顏色，普通的風之力，以及各式各樣力量凝結而成的氣流，以前我根本不會察覺到的，現在看起來相當清楚。

這陣子我已經注意到了，沒有人的時候一安靜下來，那些所謂的風都變得明顯。周圍的掛畫嘀嘀咕咕的說話聲或是細小的移動聲，代表白色時間的各種行動也可以很輕易地分辨了，不知道是和陰影的接觸影響或是什麼，總之有個直覺就是這種改變並不可以隨意拿出來和人家討論。

對白色的種族來說，妖師的力量開始增強並不是好事，各方面而言都是。

其實如果我想的話，或許可以繼續找到第二個、第三個陰影吧，某種聲音隱約在心中響起，細小地繼續訴說過去的那些歷史，那些可能埋藏有陰影的地方，以及各個種族們懷有的黑暗和居心。

遲早有一天妖師會取回那些力量，但還不是時候。

坐起身，我看著黑館門外，笑了一下。

總覺得自從妖師身分傳開後，來找麻煩的人就不少。

之前大半都是被萊恩他們給打跑，五色雞頭還超級不客氣地嗆聲說誰敢動他僕人就死全家之類的，不過好像也沒眞的去殺人全家，頂多是被狠狠教訓了一頓，但通常教訓完就會把怨恨又附加到我身上，如果不是因爲有老頭公搞不好還會被咒殺。

我其實稍微可以理解，像我這種身分、還不是直升的學生，居然可以住在這種象徵身分地位與能力的黑館裡已是非常特別了，還認識那麼多有名的袍級、家族，甚至連殺手家族都可以走很近，會招來各種嫉妒是絕對的，我也想起來就算是學長，那種具備力量強到沒幾個人追得上的人，也還是有人因爲年齡問題等對他有不屑的反應。

不管是什麼種族都會有那種黑暗面，他們會嫉妒自己無法得到的、別人的光采那些，但不會承認，只會躲在自己私心之後強去將他人拉下泥沼，所以只要一有缺失就馬上去攻擊，就算妖師已經沒什麼危害性也一樣。

就像山妖精的慾望一樣，到最後招致黑暗不斷侵蝕，變成另一種怪物。

現在想想，學長站在那種地方也不知道肩負多少壓力。

順著小花圃向外走了一段路，我停下來，看著四周無人的花園，明明有感覺接近了說。

「今天沒有別人在啦。」大概是在懷疑千冬歲他們有沒有留下來吧。

我也不是都需要人家保護的啊。

等了有點時間，從剛剛就開始徘徊在黑館外的幾個人全都跳進花園裡，周圍也被封了隔離結界，看來他們這次是眞的有準備要來圍毆我的。

看了一下，有一半都是熟面孔，之前很常來襲擊我，另外一半就沒看過了，大概是累積滿一定程度又跟來的，全部有七、八人左右，全都散發著不懷好意的黑色氣流。

「不要以爲一直會有人保護你！」領在前面的那個好像是A班的吧，我記得之前來偷襲剛好被五色雞頭撞個正著，還被扭斷脖子，後來輔長抱怨我害他增加額外的工作，因爲五色雞頭超粗魯的，要復活前的修整都很麻煩。

萊恩是一刀乾淨，千冬歲要看心情，喵喵總是會把人打個半死不活……用天使般的笑臉，沒打死還教訓人家以後不可以這樣欺負同學之類的，然後那些人就要撐著一口氣聽她的訓誡，快死還會被補充一口氣繼續聽，所以聽說喵喵也流傳個恐怖綽號，一般沒什麼人敢去亂動她。

「我也沒想說會一直被保護啊。」聳聳肩，我看著逐漸包圍的人，拿出了米納斯，「不過還是盡量不想被打啦，你們可以不要常常來找我麻煩嗎？」被找久也會很煩的，我又不想除了安地爾之外還得要天天詛咒同學。

「離開學院！」A班的始終如一堅持要把我趕出去。

那就眞的沒得商量了。

在他們撲上來之前，我直接開槍先打出水珠，瞬間拉出了環繞一圈的水瀑將那些人全都逼退，接著敲出老頭公破壞掉他們事先設下的隔離結界。

老實說現在這些都不難做了，也有可能是本來就不難，只是之前自己一直迴避面對這些問題和處理吧。

那麼多山妖精在瞬間消失之後，這些學生就算是A班的，看起來也不過就是那樣子而已，他們甚至也沒有一定要除掉我的強烈殺意、只是想把我趕走，不然大可在學院外把我宰掉，所以這種時候我反而覺得有點好笑了。

沒想到我也會有和同學打架的一天啊……這到底算不算人際關係有進步呢？以前明明都是我被欺負著好玩的，現在都變成會還手了。

可能沒有預料到打狗有天也會被狗咬，幾個人好不容易衝過水瀑後，我連移動也沒有，就直接一人賞一槍米納斯特製的壓縮彈，爆開的水彈把衝過來的人打飛很遠很遠，變成遠方的星星之後就徹底消失在視線裡了。

用這種方式把這些人全都打飛完，剩下最後那個帶頭的A班。他用不敢置信的驚愕表情瞪著我看，「你居然一直在裝弱騙其他人出手！騙子！」憤慨到好像我欺騙他感情一樣。

「我很弱啊。」看著忿忿不平的A班同學，我實話告訴他：「是你們現在看起來比我弱而已。」奇怪了，以前爲什麼我會一直覺得Ａ班的人比較強咧？明明五色雞頭、萊恩、千冬歲跟喵喵他們周圍的氣流還要強太多，我幹嘛會羨慕可以讀Ａ班的所謂資優生呢。

那股聲音告訴我，直到世界最終，再怎樣的強者都不具意義了。

「你、你——」Ａ班的人超級生氣，整個臉都漲紅了，看起來巴不得衝上來把我拖出校外滅屍，最好永遠不能復活。

「對了，拜託不要再來找我麻煩了，不然以後來就照這樣一直打飛，我的幻武兵器還可以升二檔，別那麼皮肉癢嘛。」衝著對方微笑，我直接送他一槍，把他跟其他同伴一樣掃飛。

我突然了解應該要保護自己了，離開這裡後，會對妖師不利的人將更多，像他們那樣帶著惡意來的也只會增加吧。

如果其他人不容許我好好留存，那我也不能夠再像以前一樣都靠五色雞頭他們幫忙了。

遲早有一天，我必須讓自己學會要更狠心才可以。

收起米納斯後聳聳肩，我想這趟旅程的收穫大概比之前所預料的還要更多吧。

「看來你也開始有認知了。」

淡淡的聲音從後面傳來，因爲沒有注意到還有人，所以把我嚇了一大跳，不過一回頭馬上就鬆懈下來。

站在花園入口處的然還是那種熟悉的溫和微笑，他身後站著哈維恩。

回契里亞城時我沒遇到他，沒想到他會出現在這裡。

「我拿了點綠豆湯來，才剛做好的喔。」然讓我看他手上提著的保溫壺，然後拉著我去花園裡的涼亭，「沉默森林經過溝通後，目前已和妖師一族建立聯絡網，基於先祖們的好意，我決定還是讓沉默森林的夜妖精們維持自己的自由，不收爲附屬種族。」

「這樣喔。」我跟後面的哈維恩打了個招呼，他還是那種冷淡淡的反應，不過比起第一次見面禮貌客氣很多。

坐下後，然看了我半天，才開口：「也差不多時間了，比我以爲的還要晚些，不過你也開始產生了妖師的黑暗面了。」

「黑暗面？」這樣說起來，我最近想的事情是有比較陰沉一點啦。

「唔，既然妖師是世界之黑，那麼我們的本質原本即是黑暗，只是因爲時間與不斷混血的關係才會像是人類一樣有各種情緒。」似乎是特地來找我聊這些的然打開保溫壺，也讓哈維恩坐下，幫大家都盛了綠豆湯，「我和冥玥很小時候就已經具備了這種性格，你比較晚一些，之後會逐漸增強，這是一種種族認知。」

總之就是不會再像以前那麼天眞了嗎。

「我聽哈維恩報告了，你有使用過陰影的陣法，最近會不會一直感覺到什麼細語之類的？」沒等我回應，然就用明瞭的表情看我，「陣法是有自己意識的，一開始不會很明白地顯現，但停止後意識還是會留存，可能會很快就消失也可能會持續一段時間，身爲族長的我不希望你被那種意識影響，因爲會威脅到妖師一族的合理存在性。即使你曾控制過陰影幫助了各種種族，但只要一有不妥的舉動，我們的辛苦與藏匿就會完全白費，再度進入被追殺的時代。」

也就是說我剛剛跟同學打架那種舉動很不妥嗎？

我看著然，突然明白了。

不可以表現得太過強勢，否則會更有威脅感，所以以後還是讓五色雞頭他們出手比較好。

我覺得然好像是特別來警告我這些事情，語氣也比較重，和之前玩鬧的態度不同了。

他是用族長的身分在向我講話，還有要我意識到後面還有自己的種族。

這已經不是我自己一個人什麼都不知道的那時候了。

「你知道爲什麼歷代有很多妖師會和精靈交好嗎？」

沒有繼續再唸我，話題一轉，然的語氣又輕鬆了起來，而且居然講八卦了。

「……除了三王子和辛西亞，還有其他的？」我都不知道妖師還有和其他精靈族來往，難道眞的有所謂孽緣吧！

比起這個，我更想知道和鬼族糾纏到底是怎麼回事！

「根據我知道的，至少各代還有七、八位先祖都有精靈友人，不單只有冰牙與螢之森。」笑了下，然完全不避諱揭祖先隱私，「其中不乏精靈貴族或王族，某方面來說，有時候妖師一族可以殘存下去，精靈也有出到點力，似乎也有一代是被精靈庇護而躲過追殺才延續血脈。」

所以眞的和精靈族特別有緣？

「這跟種族血緣也有關係。」然看著我，我猜我的表情大概是很驚訝，所以他也跟著笑出來，「因為是極端的存在，反而可以相互吸引和牽制，即使兩邊都無意識。」

就跟蘋果掉下來會打到牛頓一樣意思，精靈掉下來也會打到妖師嗎？

不對，好像也打過妖魔。

難道前幾代也有發生過妖師走在路上被精靈打到的嗎？這樣以後我走路一定要特別小心上面……是說也不用小心了，反正一天到晚被學長打，只是打的方式不一樣而已。

現在想起來，我剛認識學長也是被打的！

難道妖師認識精靈的方式就是先皮肉痛嗎！

我突然好奇起當初然是怎樣認識辛西亞的了。

顯然並不想說與辛西亞的初識八卦，然突然又認眞起來告誡我，「不要想要去找其他的陰影，也不要再去吸引黑色種族，現在的時間還沒到，應該做結束的不是我們這一代，所以別去做更近一步的事情。時間到的那時，歷史就會引導黑色種族，與世界的破滅，所以在此之前，我們只要當個旁觀者就好了。」

我點點頭，這些事情在使用陰影陣法時我就瞭解了，因為現在還不是結束的時代。

「我們，只要繼續活下去就行了。」

尾聲

我的生活軌道又重新回到日常。

回到學校後沒多久，課程也重新開始了，幸好落後的進度沒有我想像的多，課餘麻煩安因他們幫忙惡補也慢慢補回去了。

「唉呦，眞的不是要出學院啦。」

從回來後就一直被洛安死盯著的黎沚不知道第幾次發出哀號，一邊從黑館樓上走下來一邊向身後的友人解釋，「都說了有接任新的學生課程，所以要去教職員室開會，最近眞的不會離開學院嘛……漾漾，這個請你吃！」

我接住他拋過來的一整包餅乾，連忙道謝。

後來我取得的水精之石都交給了黎沚，他說他會去安排與水妖精接觸和重塑水鏡的事情，不過因爲現在公會那邊還很忙碌，可能會稍微壓後一點時間。

本來正在教我陣法的安因站起身，「夏卡斯請您去教職員室前先到會計部一趟。」

黎沚停下腳步，歪著頭看著在大廳裡的黑袍，「我最近有做了什麼會被罰錢的事情嗎？」

「這我也不清楚呢。」安因微笑地回答他。

「好吧，洛安你也要跟著去嗎？我眞的不會跑出去啦，都說過了啊……」

看著兩名黑袍一前一後離開了黑館，安因與我又繼續回到功課上。

這陣子差不多就是這樣，不是安因就是夏碎，或是到圖書館和喵喵、千冬歲、萊恩他們一起溫習。

結束每日補習後，我回到房間前才想起來，好像過不少時間了，似乎一直都沒有聽見學長他們的消息。

不知道是不是順利到燄之谷了？雖然每天都有和其他人見面，但大家似乎也完全不曉得相關訊息，連安因都沒有告訴我，黎沚他們更是一問三不知。

時間就這樣過去。

回到房間、放下書本後，我又聽到某種竊竊私語，細小的聲音，大部分是跟著氣流來的，就像然之前說過的一樣，會越來越強烈。不過這部分我就沒有告訴其他人了，有時候不要讓人知道反而比較好。

不過這次好像有點不同。

隨著風傳來的是浪潮的聲音，還有女孩子唱歌般的細語，搖搖盪盪的像是飄浮在遙遠的那端，伴著冰涼的風傳遞而來。

我總覺得我忘記了什麼事情。

那首歌謠逐漸清晰了起來。

對了，曾經有人的確是這樣告訴我的，故事不會結束，現在應該才是正要開始。

我做完的是屬於我自己的旅程，那個曾經的種族預言。

但是應該還有在這個預言之外的事情未完才對。

從現在開始往回倒數，在幾乎快被遺忘的那時候，優先於現在的時間，有人曾經有意無意地提到了另外一個時間點。

像是回應了我的想法，一枚銀幣突然從我放置雜物的架子上掉下來，撞擊在地面上發出清脆的聲響。

銀幣上古老的文字傳來的是海風與歌謠。

「一年之後牠會在你的旅途中派上用處。」

從那時候到現在，經歷了十二個多月近乎十三個月，一年之後。

我自己的旅程還未結束，只是個停頓。

或許，又即將開始。

《特殊傳說Ⅱ亙古潛夜篇》全文完

by 紅麟

這個世界周而復始，依舊輪迴。
持握護盾的白、持握刀刃的黑，
逐漸被生命遺忘最初始的意義。

特殊傳說〈陰影篇〉

腳本／護玄
繪／紅麟

艾曼達與菲雅是一對戀人，在精靈族中被稱為百靈鳥般的美好存在。
他們會詠唱各式各樣的歌謠、創世的神話。他們的聲音就像是擁有世界與主神的祝福般純淨完美。
不論是白色種族或黑色種族，皆為他們準備了上座；就連鬼族都曾悄悄躲在暗處中等待他們的歌聲。

在那個時代，他們造訪了無數種族尋取歌謠。滲透人心的音嗓撫慰了許多心靈。
精通各種醫術、藥術的他們，也扮演了相互交換各種資源的橋梁。
所以為了紀念他們，那段時間稱之為『艾曼達時代』。

艾曼達。
你聽，在這深層是否有著細細的聲音？
雖然並非與我們相同的白色種族，
但為何不能與這位朋友一起暫度這美好的時光呢？

真是非常美麗的聲音。
如果這個世界一直如此美好就好了，沒有爭鬥，就不需要武器……
但是生命永遠都無法滿足……

咔咔咔咔～
擋住他！
咔咔咔咔～
絕對不能讓他打開封印！
咔咔咔
現在還不行，這還是白色的時代。

請您務必再閉上眼睛，這個時代還有很多事物值得繼續生存下去。

又是那個歌聲……

我是誰？是什麼？

唔……

那種撕裂的痛楚……就像分成了無數個我……
那個歌聲呢？
艾曼達與菲雅是最初發現黑色徵兆的人。黑色種族想取黑色力量來毀滅世界，他們挺身而出、犧牲了生命。

他們……是誰？
我忘記了什麼呢？
但是他……但是他們……

第一個孩子踏在血泊中，靈魂滲入泥土最深底。
永恆不會永久地持之以恆，所以故事才被流傳在時間裡。
這是給誰的歌謠？

我究竟是誰？
這裡是哪？
這裡好冷……
為什麼不再有
歌唱？
這是誰的夢境，
怎麼能讓我離開
這裡……
哪怕……
就算來一個人，
一瞬間也好……

誰？
哪，你是誰？
你不知道？
算了，我都不知道我是誰了。
不知道，很久以前就不知道了。在這裡只有我。那你是誰？
我叫褚冥漾。

其他的毀滅也無所謂，我只想跟自己喜歡的人在一起。
只要有人需要我的存在就好了……
所以，給我個承諾……

再見。
嗯，下次見。

我已經不再害怕、不再孤單。我會等著那天到來……
我好像又聽到了那個歌聲……

艾曼達。
你聽，在這深層是否有著細細的聲音？
雖然並非與我們相同的白色種族，
但為何不能與這位朋友一起暫度這美好的時光呢。
是啊，如此美麗的景色，雖然無法看見。不介意的話，不妨讓我們為您詠唱。

我名菲雅。
我名艾曼達。
尊貴的世界朋友，
即使业非你的年代，

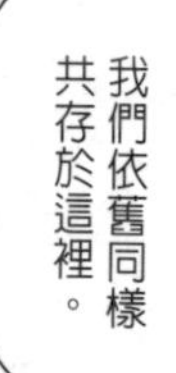
我們依舊同樣
共存於這裡。

歷史依舊，生命流轉。
一代接著一代，持續不斷地上演著。
這是，從古至今的故事。
《陰影篇》完

新書預告

特殊傳說Ⅱ 恆遠之書篇 01

當被遺落的第八句歷史重新回歸，
塵封忘卻的古老記憶將再度運轉。

被吹起的，是附著在硬幣上的歌謠。
然後──
「學長我錯了，請你救我。」

……為什麼這種說話方式好熟悉啊！

內心OS：
不要再來一次了啊啊啊啊啊啊啊啊！

2015·夏　敬請期待！

國家圖書館出版品預行編目資料

特殊傳說II.亙古潛夜篇／護玄 著.
——初版.——台北市：蓋亞文化，2015.02
冊；公分.

ISBN 978-986-319-136-0（第四冊：平裝）

857.7 103006273

悅讀館 RE324

作者／護玄
插畫／紅麟　封面設計／克里斯
出版／蓋亞文化有限公司
地址◎台北市103承德路二段75巷35號1樓
電話◎（02）25585438　傳眞◎（02）25585439
電子信箱◎gaea@gaeabooks.com.tw
部落格◎gaeabooks.pixnet.net/blog
臉書◎www.facebook.com/Gaeabooks
投稿信箱◎editor@gaeabooks.com.tw
郵撥帳號◎19769541　戶名：蓋亞文化有限公司
法律顧問／宇達經貿法律事務所
總經銷／聯合發行股份有限公司
地址◎新北市新店區寶橋路235巷6弄6號2樓
電話◎（02）29178022　傳眞◎（02）29156275
港澳地區／一代匯集
地址◎九龍旺角塘尾道64號龍駒企業大廈10樓B&D室
電話◎（852）27838102　傳眞◎（852）23960050
初版三刷／2023年3月
定價／新台幣 250 元
Printed in Taiwan

ISBN／978-986-319-136-0

Gaea

Gaea